KB267184

유선문학과 환상의 전통

조 · 선 · 중 · 기

유선문학과 환상의 전통

강민경 지음

한국학술정보㈜

책머리에

미니홈피가 한창 유행이다. 홈피 속에서는 일상의 현실 공간과는 다른 세계를 펼칠 수 있다. 이 공간은 현실을 일탈한 꿈꾸기가 이루어지는 곳이다. 성을 지어 매일 방을 바꿀 수 있고, 호화로운 드레스도 입어볼 수 있다. 이 공간을 떠돌아다니노라면 지금의 고달픈 삶을 잠시나마 잊게 된다.

유선문학은 중세 지식인들의 미니홈피다. 중세의 인간들도 고단한 삶을 살았으며, 때로는 도피를 꿈꾸었다. 이때 현실을 일탈하는 수단으로 사대부 지식인들은 유선문학을 택했다. 이들은 선계로 들어가 신선도 되어 보고, 하늘에도 올라 보았다. 신선의 말에 위로도 받고, 다시 살아갈 힘을 얻기도 했다. 선계는 현실의 고통이나 억압이 없으며, 인간의 욕망을 자유롭게 펼칠 수 있는 공간이었다. 그야말로 유토피아이자 환상의 세계였다.

나는 그때의 지금을 살았던 인간들의 꿈꾸기가 궁금했다. 그리하여 지금의 환상을 그때의 지식인들은 어떤 방법으로 실현했을까를 들여다보려 하였다. 이 책은 꿈꾸기 문학인 유선시가 당대 지식인들의 삶과 내면에 어떻게 작용하였는가를 밝혀본 것이다. 지식인들의 초월 세계에 대한 꿈꾸기 방식을 엿보고, 새로운 세계를 갈망하는 인간의 내면을 들여다보았다.

구속과 억압의 현실을 벗어나 선계에서 외로움을 극복하고자 했던 허난설헌, 신선전을 써서 끊임없이 현실 밖으로 뛰쳐나가고픈 염원을 담은 이춘영, 꿈에서나마 상처받고 왜소해진 자아의 의식을 소생시켜 자유로이 비상한 이수광, 감정을 최대한 배재한 채 선계 장면을 마치 그림 그리듯 형상화한 허균, 직접 신선을 찾아나선 양만고 등이 내게 그들의 미니홈피를 보여주었다.

이들의 환상 세계를 탐구하며 때로는 그들의 고독에 같이 가슴이 젖고, 그들의 꿈에 같이 동화되기도 했다. 삶이 힘겹고 버거울 때 초월 세계로 비상하는 즐거운 도피를 꿈꾼다는 점에서, 그때의 사람들이나 지금의 사람들 모두 똑 닮았다. 이미 수백 년 전 떠나 사진 한 장 남기지 않은 사람들과 글을 통해 맞나게 만날 수 있다는 것이 인문학의 매력인 듯하다. 이 매력 때문에 앞으로도 간혹 옛사람의 미니홈피를 슬며시 들여다볼 것 같다.

감사드릴 분이 참 많다. 고등학교 때까지 한문을 제일 싫어했던 내게 한문학의 맛을 느끼게 해 주신 지도교수 정민 선생님은 늘 따라가며 닮고 싶은 분이다. 언제나 멋진 이도흠 선생님, 뵐 때마다 다정한 말씀을 건네주시는 김용덕 선생님, 찾아뵙지 못해 죄송한 박노준 선생님, 이종은 선생님, 석사논문을 지도해주신 따스한 윤석산 선생님, 늘 먼저 전화 주시는 현길언 선생님께도 마음을 담아 드린다.

일찍 홀로 되어 세상 풍파를 온몸으로 막아주시다 이제는 손자까지 떠맡아 키우시는 사랑하는 엄마께는, 차마 말을 잇지 못하겠다.

목련 봉오리가 달빛마냥 고운 4월
강민경

목 차

Ⅰ. 서 론 ·· 9

  1. 문제 제기 ··· 10

  2. 연구사 검토 및 연구 방법 ··· 13

Ⅱ. 유선문학의 유입과 전개 양상 ··· 21

  1. 유선문학의 유입과 흐름 ·· 22

  2. 조선 중기 유선문학의 전개 양상 ····································· 38

Ⅲ. 조선 중기 유선문학의 세계 ··· 45

  1. 허난설헌: 현실의 굴레와 초월의 갈망 ···························· 46

    1) 허난설헌과 「유선사」 87수 ·· 46

    2) 현실의 부정과 현실 바깥으로의 초월 ························· 50

    3) 고독한 선계와 애상의 정서 ·· 60

  2. 이춘영: 신선전 독서 체험과 시화 ·································· 70

    1) 이춘영과 「독신선전」 53수 ·· 70

    2) 독서를 통한 현실의 일탈 ··· 71

    3) 「독신선전」 53수의 시화 메커니즘 ······························ 80

    4) 「독신선전」 53수의 도교문화적 의미 ························· 98

  3. 이수광: 꿈을 통해 현실 초월하기 ·································· 102

    1) 이수광과 「기몽」 ··· 102

2) 꿈을 통한 현실의 일탈 …………………………………… 103

3) 몽중선계의 환상적 이미지화 ………………………………… 114

4. 허균: 대자유를 향한 일탈 ……………………………………… 125

1) 허균과 「상청사」·「열선찬」 외 ……………………………… 125

2) 「상청사」의 객관화된 선계 형상 ……………………………… 126

3) 「열선찬」에 보이는 절대 자유를 향한 꿈 …………………… 133

4) 「몽기」 등에 나타난 선계 체험의 현실화 …………………… 141

5. 양만고: 지상공간에서 유토피아 찾기 ………………………… 151

1) 양만고와 『감호집』 …………………………………………… 151

2) 지상공간에서 유토피아 꿈꾸기 ……………………………… 157

3) 지상선계의 증명 ……………………………………………… 167

Ⅳ. 유선문학과 환상의 전통 ……………………………………… 183

1. 환상성과 도교적 환상 …………………………………………… 184

2. 유선문학의 환상적 특질 ………………………………………… 196

Ⅴ. 결 론 ……………………………………………………………… 205

참고문헌 ……………………………………………………………… 220

1. 서 론

1. 문제 제기

문학은 크게 현실을 중시하는 문학과 상상을 중시하는 문학으로 대별할 수 있다. 현실을 중시하는 문학은 대상 혹은 외부 현실에 대한 객관적인 묘사를 중시한다. 반면 상상을 중시하는 문학은 현실 너머의 자유로운 인간의 창조 정신을 강조한다. 달리 말하면 이 세상을 재현 혹은 모방하고자 하는 문학과 현실 너머의 세계를 창조하고자 하는 문학으로 구분 지을 수 있는 것이다.

그러나 현실을 중시하는 문학도 기본적으로는 상상력을 기반으로 한다. 현실을 모방하려는 문학이라 하더라도 완벽하게 현실을 있는 그대로 재현할 수는 없으며, 설령 있다 해도 그것은 이미 문학이 아니다. 카메라나 거울처럼 대상을 복제하고 반사하는 작용에 그칠 뿐이다. 일상의 상황 가운데 작가의 심미적 가치 판단에 따라 취사선택되었다는 사실만으로도 이미 상상력이 발휘된 것이며, 그렇게 재현된 현실은 작가에 의해 가공된 허구적 표상이 된다.

문학 본연의 임무는 상상력을 발휘하여 현실에서 경험할 수 없는 세계를 꿈꾸는 데 있다. 그러므로 문학의 본질적 속성은 상상을 통한 현실 일탈이라고 규정지어도 좋을 것이다. 동양의 고전 문학은 상상력을 통한 현실 너머의 세계를 그려내는 작업이 중요한 테마였음에도 불구하고 늘 타자로써 작용했다. 특히 조선조에는 유교의 이른바 '괴력난신(怪力亂神)에 대해서는 말하지 않는다'는 사유가 상상력을 강조하는 문학을 배척하는 중요 근거가 되었다. 사실성과 현실성을 강조하는 유교 문화의 특성상 상상력과 환상성을 강조하는 문학은 중심에 설 수가 없었다.

그러나 주변부에 있다고 해서 그러한 문학이 별로 존재하지 않았다는 뜻은 아니다. 오히려 양적으로는 상상력을 강조하는 문학이 지배해 왔다. 비합리적인 요소들이 실재한다고 믿는 사유는 인간의 이성으로 파악할 수 없는 세계에 대해 관심을 갖고 그러한 세계를 지속적으로 창작하게끔 하였다. 특히 신화나 불교, 도교적 세계를 노래하는 작품들은 기본적으로 상상과 환상에 기반을 두었다. 그 가운데서도 특히 상상력이라는 문학의 속성을 가장 잘 반영하는 장르 중 하나가 유선문학(遊仙文學)이다. 유선문학이란 글자 뜻 그대로 선계(仙界)를 노니는 즐거움을 상상하며 지은 작품이다. 선계는 현실 너머의 세계이자 비합리성과 비현실성이 지배하는 공간이다. 자유로운 상상이 보장되며 현실의 불만족을 대신 보상해 주기도 하는 등 무의식이 연결되는 통로이다. 유선문학을 통해 우리는 당대인들의 자유로운 꿈꾸기, 새로운 현실을 갈망하는 작가의 고독한 내면세계 등을 들여다보게 된다.

지금까지 유선문학에 대한 연구는 특정 학자를 중심으로 개괄적이고, 자료적인 측면에서 축적되어 왔다. 한편에서는 유선문학 자체보다는 유선문학의 근간이 되는 도교 사상, 도가 사상을 문학과 연결시켜 그 영향 관계를 따져보는 작업이 꾸준히 진행되어 왔다.

본고는 이러한 연구 성과를 적극 수용하여 유선문학을 창작한 작가들에 대한 개별적인 분석을 진행하기로 한다. 도교가 문학에 많은 영향을 주었으며 유선문학으로 형상화되었음을 밝힌 점이 선학의 연구였다면 이제는 이러한 유선문학이 어떠한 개별적 양상으로 전개되었으며 당대 지식인들의 삶과 내면에 어떻게 작용하였는가를 밝힐 차례가 되었다고 본다. 이미 정민 교수에 의해 도교와 신선 세계에 대한 동경이 초월을 향한 중세인들의 꿈꾸기라는 점이 밝혀졌지만 나아가 지식인들의 초월 세계에 대한 개별적인 꿈꾸기 방식, 문학적 형상화의 방법 등에 대해 논해 볼 것이다.

또 한 가지 밝혀보고자 하는 중요한 목표는 유선문학과 환상의 관계에 대해서이다. 근대의 미메시스(Mimesis)에 대한 대안으로써 제기된 환상문학에 대한 관심은 지금 전성기를 구가하는 느낌이다. 시류에 편승해서 이에 대한 관심을 제기하는 게 아니라 환상성이야말로 문학의 근본적인 주제이며, 어느 사회 어느 시대를 막론하고 예술에 내재된 기본적 속성이기 때문이다. 환상의 속성은 기본적으로 '꿈꾸기'이다. 물론 이때의 '꿈꾸기'란 단순한 정신 작용으로써의 꿈꾸기가 아닌 삶을 억압하는 폭력에 대한 반작용에서 출발하여, 그 같은 폭력이 제거되기를 바라는 것으로서의 꿈이다.

그런데 유선문학은 초월세계에 대한 꿈꾸기이며 현실 너머의 세계를 갈망한다는 점에서 환상의 속성과 매우 밀접한 관련이 있다. 꿈속에서의 선계 오유(遨遊), 혹은 인간 세상에 귀양 온 선계의 신선이라고 생각하는 작가 의식, 나아가 또 다른 세계인 선계(仙界)를 찾으려는 시도들은 모두 환상성 혹은 초월성을 기반으로 한다.

지금까지는 환상의 전통을 서양 이론에서 찾았다. 환상 이론의 제시나 텍스트에의 적용, 심지어 환상에 대한 인식 문제도 서양의 이론을 구해 왔으며 환상에 대한 합일점을 찾지 못한 채 여전히 다양한 목소리가 혼재해 있는 상황이다. 간혹 동양의 문학에서 그 전통을 찾으려는 시도가 엿보이기는 하나 대체로 소설 작품에 국한되어 있으며, 아직까지는 그 성과가 성글게 이루어져 있는 편이다.

따라서 먼저 환상이란 무엇인가에 대한 논의를 통해 환상의 전통을 찾는 작업을 시도할 것이다. 그리고 이러한 환상의 전통이 유선문학(遊仙文學)과 어떤 관련을 맺는가를 살펴보고자 한다. 환상의 속성을 매우 잘 보여주는 유선문학에서 환상의 전통을 찾아내는 작업은 환상의 내용과 정신을 풍요롭게 해주는 데 기여하리라 본다. 유선문학을 창작한 지식인들의 꿈꾸기 방식, 환상을 수용하는 양상 등을 환상 이론과 접맥시켜 봄으로써 동양의 환상에 대한 한 모형을 그려내기를 기대해 본다.

2. 연구사 검토 및 연구 방법

지금까지 유선문학에 대한 연구는 어떤 개념의 하위 구분으로서 진행되어 왔다. 초기에는 유선문학의 바탕이 되는 도교(道敎)와 도가(道家) 사상을 연구하고, 그것들이 문학에 어떻게 영향을 끼쳤으며, 문학이 도교 혹은 도가를 어떻게 수용하고 형상화했는지를 중점적으로 다루었다. 특히 이종은 교수는 이 방면에 선구적인 업적을 남겼다. 이종은 교수의 『한국시가상(韓國詩歌上)의 도교사상(道敎思想) 연구(研究)』에서는 시가(詩歌)와 한시(漢詩) 속에 나타난 다양한 도교적 색채를 살폈다. 도교 사상을 지닌 문학작품의 특색으로 초세적(超

世的) 은일(隱逸)과 취락 사상(醉樂思想)을 들었다.[1] 또 『한국(韓國)의 도교문학(道敎文學)』 등의 연구서에서는 한국 문학에서 도교의 영향 관계를 고려부터 조선에 이르기까지 통시적(通時的)으로 접근하는 한편, 시가(詩歌), 한시(漢詩), 소설 등 다양한 장르에서 도교의 자취를 찾아 이 방면 연구의 초석(礎石)을 다져 놓았다.[2]

뒤를 이어 이연재 교수는 『고려시(高麗詩)와 신선사상(神仙思想)의 이해(理解)』에서 『신증동국여지승람(新增東國輿地勝覽)』에 실린 제영시를 분석하여 여기에 투영된 신선사상의 구체적 내용을 논의하였고,[3] 손찬식 교수는 『조선조(朝鮮朝) 도가(道家)의 시문학(詩文學) 연구(硏究)』에서 조선시대 단학파라 일컬어지던 문인들의 시문학을 분석하였다.[4] 박영호 교수의 『허균(許筠) 문학(文學)과 도교사상(道敎思想)』에서는 허균 사상의 기저가 도교에 있음을 밝히고, 그것이 그의 문학에서 어떻게 형상화되었는지를 밝혔다.[5] 이들 연구는 한 시대의 분위기 속에서 도교가 차지하는 영향력을 문학을 통해 클로즈업하였다.

정민 교수는 지금까지 도교적 색채를 띤 문학이라고 포괄적으로 규정되어 있던 유선문학을 구체적으로 범주함으로써 사실상 이 방면 연구에서 독보적인 업적을 쌓았다.[6] 유선문학을 유선시(遊仙詩)와

---

1) 이종은, 『한국시가상의 도교사상 연구』(보성문화사, 1978).

2) 이종은, 『한국의 도교문학』(태학사, 1999).

3) 이연재, 『고려시와 신선사상의 이해』(아세아문화사, 1989).

4) 손찬식, 『조선조 도가의 시문학 연구』(국학자료원, 1995).

5) 박영호, 『허균 문학과 도교사상』(태학사, 1999).

6) 정민, 「16, 7세기 유선시의 자료개관과 출현동인」, 『韓國道敎思想의 理解』(아세아문화사, 1990).

유선사부(遊仙辭賦)로 나누고 자료 개관을 하는 한편, 유선문학의 출현 동인과 쇠퇴 이유까지 총체적으로 밝힘으로써 유선문학의 실체가 온전히 드러나게 되었다. 국문학 이외 분야에서는 정재서 교수의 연구 성과가 두드러지는데 특히 신선 설화의 기원 및 본질에서부터 역사적 변천에 이르기까지의 다양한 신선 설화의 특성을 제 망라했으며 유선시와의 관계에 대해서도 간략하게 언급한 바 있다.[7]

  유선문학 작가에 대한 개별 연구는 허난설헌(許蘭雪軒) 단 한 명의 인물에 집중되어 있는 형편이다. 난설헌의 문집은 문집 자체가 거의 선어(仙語)로 이루어져 있다고 해도 지나치지 않을 정도이다. 유선시만도 11제 99수로 유선시 작가 중 양적인 면에서 수위(首位)를 차지한다. 연구 성과 또한 상당히 축적되었다.[8] 선학의 연구에서는

  ____, 「유선문학의 서사구조와 갈등 층위」, 『韓國道敎와 道敎思想』(아세아문화사, 1991) ____, 「유선사부의 도교적 상상력」, 『韓國學論集』 26집 (한양대 한국학연구소, 1995).
  ____, 「조선 전기 유선사부 연구」, 『道敎의 韓國的 變容』(아세아문화사, 1996).
  ____, 「실락원의 비가, 유선시」, 『한시미학산책』(솔 출판사, 1996).
  이런 연구 성과를 바탕으로 최근 발행된 『초월의 상상』(휴머니스트, 2002)은 도교와 유선문학에 대한 본격적인 연구서라 할만하다.

7) 정재서, 『불사의 신화와 사상』(민음사, 1994).

8) 난설헌에 관한 연구사에 관해서는 초창기 연구에서부터 80년대 초까지의 연구사적 흐름이 허미자, 『허난설헌 연구』의 pp.134~169에 정리되어 있어 연구사적 조망에 큰 도움을 준다. 비교적 최근에 이루어진 난설헌에 관한 연구로는 다음과 같은 것들이 있다.
  정연봉, 「허난설헌 한시의 연구」(고려대학교 석사학위논문, 1979).
  장진, 「허난설헌론」(동국대학교 석사학위논문, 1979).
  문경현, 「허난설헌 연구」, 『한문학연구』(정음사, 1981).
  김석하, 「허초희의 유선사연구」, 『한문학연구』(국어국문학회, 정음문화사, 1981).

대체로 허난설헌의 「유선사(遊仙詞) 87수」에 대해 자신을 신선에 의
탁하여 지었다는 관점에서 분석하였다.

이처럼 우리나라에서는 유선문학에 대한 관심이 특정 학자에게 국
한되어 있지만 중국에서는 일찍이 유선문학에 대한 관심이 높았다.
이풍무(李豐楙)의 『오입여적강(誤入與謫降)』, 『우여유(憂與遊)—육조
수당유선시논집(六朝隋唐遊仙詩論集)』, 안진웅(顔進雄)의 『당대 유선
시 연구(唐代遊仙詩硏究)』 등의 전저(專著)를 비롯하여 오숙령(吳淑
玲)의 「당시중적선경전설연구(唐詩中的仙境傳說硏究)」나 장균리(張鈞
莉)의 「육조유선시연구(六朝遊仙詩硏究)」와 같은 학위논문과 그 외
수십 편의 논문이 제출되어 있다.[9]

<hr>

허미자, 『허난설헌 연구』(성신여대 출판부, 1984).
서재남, 「허난설헌과 그 시세계—신선사상을 중심으로」(숭전대학교 석사
논문, 1984).
이숙희, 『허난설헌의 시연구』(고려대학교 박사학위논문, 1987).
김명희, 『난설헌의 문학』(동국대학교 박사학위논문, 1987).
이숙희, 『허난설헌시론』(새문사, 1990).
김종순, 「허난설헌 문학과 생에 대한 페미니즘 연구—닫힌 사회에서의
자아를 찾아서」, 『한성어문학』 14집(한성대학교, 1995).
박현규, 「허난설헌 시작품의 표절 실체」, 『한국한시연구』 8집(한국한시
학회, 2000).
박현규, 『허난설헌의 또 하나의 중국간행본 '취사원창'』, 『한국한문학연
구』 26집(한국한문학회, 2000).
곽선희, 「허난설헌의 유선사 고구」(동국대학교 석사학위논문, 2000).
김종순, 「여류의 유선세계—난설헌과 소설헌의 유선사 비교」, 『온지논총』
7집(온지학회, 2001).
김명희, 『허부인 난설헌, 시 새로 읽기』(이회, 2002).
길진숙, 「허난설헌—페미니즘과 섹슈얼리티의 외부」(수유연구소 겨울강
좌원고, 2003).
홍인숙, 「난설헌이라는 소문에 접근하기—유선사의 정신분석학적 분석을
중심으로」, 『한국고전여성문학회 하계학술대회 발표요지』(2003).

지금까지 살핀 바와 같이 유선문학에 대한 개념과 범주화, 자료 개관의 측면은 괄목할 만한 성과가 이루어졌다. 하지만 개별 작가론으로 들어가 보면 특정인에게만 국한된 성과들이 제출되어 있는 실정이다. 유선문학의 특질이 개별 작가들에게 동일하게 적용되는 것인지, 선계의 꿈꾸기가 개별 작가들마다 어떻게 다양하게 펼쳐지는지가 논의되지 못했다. 따라서 본고에서는 기존 연구 성과를 적극적으로 수용하는 한편, 기존 연구에서 담아내지 못한 유선 작가에 대한 개별 양상을 밝히고 이를 통해 인간의 꿈꾸기, 현실 초월에 대한 갈망 양상 등을 예각화(銳角化)하여 살펴볼 것이다. 나아가 유선문학이 지닌 상상력과 환상성이라는 속성이 최근 주요 담론으로 부상한 환상성과 어떤 관련을 맺으며 어떤 가능성을 줄 수 있는가를 고찰하고자 한다.

이를 위해 Ⅱ장에서는 먼저 유선문학의 유입과 흐름에 대해 알아보기로 한다. 유선문학의 기원이 있는 중국에서 유선문학은 어떻게 시작되었고, 그것이 우리나라에 어떻게 유입되었으며 어떠한 양상으로 전개되어 나갔는지를 살펴볼 것이다. 유선문학의 발생과 유입 양상은 유선문학 창작의 심리적 기반을 따져보는 데 꼭 필요한 문제이다. 이를 통해 유선문학의 한국적 계통을 밝힐 수 있을 것이다.

나아가 유선문학이 가장 성했던 조선 중기 유선문학의 양상을 밝히고 이를 통해 본고에서 심도 있게 다룰 주요 작가를 선택할 것이다. 16~17세기는 그간 면면히 이어지던 유선문학의 창작 활동이 만개(滿

---

9) 李豐楙, 『誤入與謫降』(臺灣學生書局, 1996).
　　　　, 『憂與遊－六朝隋唐遊仙詩論集』(臺灣學生書局, 1996).
　　顔進雄, 『唐代 遊仙詩 研究』(文津出版社有限公司, 1996).
　　吳淑玲, 「唐詩中的仙境傳說研究」(東海中文所碩士論文, 1887).
　　張鈞莉, 「六朝遊仙詩研究」(臺大中文所碩士論文, 1887).

開)했던 시기이다. 이 시기 활발히 활동했던 작가들은 누구이며, 또한 어떠한 작품들이 있었는지, 어떠한 시대적 분위기 아래 유선문학이 활성화될 수 있었는지를 알아볼 것이다. 또한 찬란하게 꽃피었던 유선문학이 왜 동시대에 급격히 시들어야 했는지도 점검해 보기로 한다.

Ⅲ장에서는 개별 작가를 통해 유선문학의 형상화 양상을 밝히도록 한다. 유선문학에는 다양한 현실 초월의 모습이 나타나 있다. 당대 지식인들의 다양한 현실 초월 방식을 살펴, 중세 지식인이 겪어야 했던 현실의 갈등과 질곡(桎梏), 그 극복 양상을 밝히기로 한다. 현실 초월 양상의 심리적 면과 아울러 유선문학 자체의 미적 특질도 살핌으로써 내용과 표현이 어떻게 연관을 맺으며 어우러졌는지도 알아보기로 한다. 조선조 지식인들의 꿈을 통해 인간의 초월 의지와 환상을 그려볼 수 있을 것이다.

다음 장에서는 유선문학의 속성이 환상과 어떻게 연결되는지를 살피기로 한다. 환상에 대한 논의, 환상의 의미를 찾으려는 시도 등이 갖는 문제점을 살피고 동양의 환상에 대응하는 도교적 개념을 찾아보기로 한다. 다만 필자의 주목적은 '환상 이론' 자체에 대한 관심이 아니라 환상의 전통을 우리 고전에서도 찾자는 것이다. 따라서 일반적인 '환상문학'의 판별 기준이나 그 외연에 대해서는 구체적인 논의를 하지 않을 것이다. 환상에 대한 다양한 논의를 수렴한 후 환상의 도교적 개념을 탐색할 것이다. 유선문학이 어떠한 환상성을 드러내는지를 집중 조명하고자 한다.

조선 중기 다양한 유선문학 작가들 가운데 본고가 다루고자 하는 인물은 허난설헌(許蘭雪軒)과 이춘영(李春英), 이수광(李睟光)과 양만고(楊萬古)이다.

허난설헌은 가장 많은 편수의 유선시를 창작한 작가이다. 양적인 면뿐 아니라 조선 중기 유선문학의 선성(先聲)을 담당했다는 점을 간과하기 어렵다. 양적인 면만 보자면 장경세(張慶世)도 87수가 되는 유선시를 창작했다. 그러나 그는 난설헌의 작품에 고무되어 「유선사(遊仙詞)」 1제만을 지었고, 작품의 경향 또한 상당 부분 난설헌과 비슷한 면이 있다.

이춘영(李春英)은 모두 61수의 유선문학을 남긴 인물이다. 특히 그의 「독신선전(讀神仙傳)」 53수는 독후감 계열 유선문학의 특징을 밝히는 데 도움을 준다. 특히 이춘영은 평생 유자(儒者)를 자처했으면서도 신선전을 읽고 그에 대한 기록을 남겼다. 그럼에도 아직까지 그의 「독신선전」을 분석한 논문은 한 편도 없다. 당대 독후감 계열의 유선문학 창작 경향을 살펴보기 위한 인물로서 선정하기로 한다.

이수광(李睟光)은 모두 36수의 작품을 남겼는데, 특히 개별 작품으로는 21제나 되어 허난설헌의 11제를 압도적으로 능가한다. 특히 그의 작품에는 「기몽(記夢)」류의 작품이 많다는 특징이 있다. 꿈꾸기의 문제는 환상성과 밀접한 관련을 맺는다. 따라서 본고가 최종적 목표로 설정한 환상성의 문제를 살피기에 매우 적합한 인물이다. 꿈을 통하여 이수광이 도달하려 했던 세계는 무엇이며 어떤 환상을 꿈꾸었는가의 문제를 살필 수 있을 것이다.

양만고(楊萬古)는 16세기에서 17세기를 걸쳐 살다 간 인물이며 봉래 양사언(楊士彥)의 장남이라는 점에서 주목을 요한다. 최근 그의 문집 『감호집(鑑湖集)』이 발견되었는데 단 한 편의 연구 업적이 제출되어 있다. 『감호집』의 발견은 16세기 유선문학, 신선 설화 연구에 중요한 의미를 던져준다. 이 책에 실린 신선담은 『해동이적(海東異

蹟)』 등 다른 이인설화(異人說話)에서는 한번도 언급된 적이 없는 새로운 자료이다. 이 문집에 양만고가 소개한 신선담은 다른 경로의 문헌설화에는 나오지 않던 새로운 자료이다. 이 자료의 확인으로 16~17세기 신선 설화의 전파가 상당히 신속, 광범위하게 이루어졌음을 증명할 수 있게 되었다. 특히 명산동천(名山洞天)의 승려를 중심으로 이러한 신선 설화가 광포(廣布)되었다는 사실은 그동안 자료의 부족으로 증명되지 못했으나, 『감호집』의 발견과 연구를 통해 이를 확인하게 되었다. 그러므로 양만고의 작품이 본격적인 의미의 유선문학은 아니지만, 본고에서 다루기로 하였다. 신선 찾기라는 유토피아에 대한 갈망 의식 등을 살펴볼 수 있을 것이다.

본문에서 제외했지만 작품의 양이나 시사적 위치로 보아 주목되는 인물이 허균(許筠)이다. 그는 도합 53수의 작품을 남겼다. 이 중「열선찬(列仙贊)」 30수는 독후감의 성격이 강하여 이춘영 작품과 특징이 중복된다. 몇몇 연구자에 의해 어느 정도 실체가 벗겨지기도 했다. 따라서 본고에서는 몇몇 작품은 다른 작가들의 논의와 비교해가면서 다루었다. 그 외 여타 작가들이 있으나 작품 양으로 보아 미미한 경우가 많다. 따라서 본고가 선정한 작가를 통해 유선문학의 다양한 특질을 아우를 수 있다고 본다. 이들 작가의 개별적 분석과 이해를 통해 당시 유선문학의 여러 모식을 살피고 나아가 당대 지식인들의 현실 초월 양상의 모습을 찾게 되길 희망한다.

유선문학은 아직까지 그 중요성이 그리 인식되지 못한 감이 있다. 본 연구로 인해 유선문학에 대한 연구가 좀더 활성화되기를 기대한다. 아울러 동양의 환상성을 이해하는 데 다소나마 도움이 되기를 희망한다.

Ⅱ. 유선문학의 유입과 전개 양상

1. 유선문학의 유입과 흐름

유선문학(遊仙文學)이란 작자가 신선(神仙)이 되어 선계(仙界)를 유람(遊覽)하거나 혹은 제3자의 입장에서 신선이 선계에서 노니는 모습을 구경하며 그 정취(情趣)를 상상력으로 드러낸 문학이다. 해박한 신선 전설과 단약(丹藥)의 제조나 수련술 등 실제 신선술(神仙術)에 관한 내용이 글에 다양하게 펼쳐진다.

유선문학에는 시와 산문의 갈래가 있으나, 그 공통의 연원은 일반적으로 굴원(屈原)의 『초사(楚辭)』, 「원유(遠遊)」라는 시에서 찾는다.[10] 이에 대해서는 일찍이 황절(黃節)이 다음과 같이 언급한 바 있다.

> 왕일(王逸)은 그의 『초사장구(楚辭章句)』에서 말하기를, "굴원(屈原)은 정직한 행동을 했으나 세상에 받아들여지지 못하여 위로는 간신들에게 헐뜯기고 아래로는 속인(俗人)들에게 핍박당했는데 산과 호수를 방랑하며 호소할 곳 없어 마침내 아름다운 상상을 펼쳐 짐짓 선인(仙人)과 더불어 노닐고 온 세상을 돌아다녀 이르지 않는 곳이

---

10) 정재서, 『불사의 신화와 사상』, p.206. 『초사』는 전체적으로 遊仙의 취지가 작품 곳곳에서 드러난다. 그러나 한 편의 유선시 체재를 완벽히 갖춘 것으로는 「離騷」와 「遠遊」를 들 수 있으며, 특히 「遠遊」는 詩歌 전체가 得仙의 과정 및 결과에 대한 상세한 묘사로 이루어져 있다.

없었다."고 하였다. 이로 볼 때 유선(遊仙)의 작품은 굴원(屈原)으로 부터 시작된 것이다.[11]

굴원(屈原)은 세상에 받아들여지지 못한 자신의 마음을 상상의 공간 안에서 토로한다. 상상 안에서는 선인(仙人)과 더불어 굴원 자신도 신선(神仙)이 된다. 세상에서는 핍박당하고 조롱거리가 되지만, 상상 공간 안에서는 세상의 아름다운 곳을 모두 유람할 수 있는 자유가 있다.

굴원의 글을 통해 유선문학의 발생에는 현실에 대한 갈등, 개인의 상황에 대한 불만 등이 모티브가 됨을 발견할 수 있다. 세상에서 펼칠 수 없었던 능력과 야심을 선계 공간에서 펼치고 이를 문학으로 형상화함으로써 대리 만족을 느끼는 것이다.

유선문학, 특히 유선시는 위진(魏晉) 시기에 와서 더욱 성한다. 극도로 혼란한 전란(戰亂)과 정쟁(政爭)의 소용돌이 속에서 제 몸을 보전하기 위해 지식인들은 퇴색해버린 유가(儒家) 예교(禮敎)의 허울을 버리고 청담(淸談)을 일삼으며 은일(隱逸)의 삶을 추구했다.[12] 이후 조조(曹操), 조비(曹丕), 조식(曹植) 등 조씨 부자에 이르러 유선문학은 악부체(樂府體)의 전통에 충실하면서도, 당대(當代) 성행한 은일 사상을 결합해 현세은일적(現世隱逸的) 유선이라는 특이한 작풍(作風)을 이룬다.

곽박(郭璞)은 유선문학사에서 매우 중요한 위치를 차지한다. 곽박

---

11) 黃節, 『曹子建詩注』, 卷2, 「遊仙」: "王逸章句曰, 屈原履方直之行, 不欲於世, 上爲讒佞所讒毀, 下爲俗人所困極, 草皇山澤, 無所告訴, 遂敍妙思, 託配仙人, 與俱遊戲, 周歷天地, 無所不到, 是遊仙之作, 始自屈原".

12) 정민, 『초월의 상상』, p.123.

은 유선의 제재를 나열하거나 단순히 제시하는 데 그쳤던 이전 유선시의 체재를 답습하지 않고 자신의 생각을 기탁(寄託)하여, 위로 굴원의 『초사』의 정신을 계승하는 한편, 아래로 완적(阮籍)의 「영회시(詠懷詩)」의 작풍(作風)을 결합시켰다. 그는 유선시를 새롭게 변화시킨 공이 있다는 칭찬을 들었다.[13] 그의 「유선시」 14수 중 한 수를 들어본다.

세월의 고삐 비끌어 맬 수 있나?	六龍安可頓
그 흐름 쉬지 않고 계속되는데	運流有代謝
시절이 변하면 사람의 마음도 그에 따라	時辨感人思
어느덧 가을이면 다시 여름을 바라게 되지.	已秋夏願夏
참새가 작은 조개로, 꿩이 큰 조개로 변하기도 한다는데	淮海變微禽
나의 인생만은 바꾸어질 수 없네.	五生獨不化
비록 불사의 나라에 오르고 싶기는 하나	雖欲騰丹谿
하늘의 용, 내가 몰 바 아니로세.	雲螭非我駕
노양공과 같은 덕이 없음을 부끄러이 여기노니	愧無魯陽德
그는 떨어지는 해를 거꾸로 가게 하였다지.	廻日向三舍
냇가에 이르러 세월의 흐름을 서러워하고	臨川哀年邁
마음을 어루만지며 홀로 비탄에 잠기노라.	撫心獨悲吒

ㅡ「유선시」 14수 중 其四ㅡ

시인은 첫머리부터 세월의 흐름을 인간이 막을 수 없다는 자조 섞인 한탄을 내어 뱉는다. 또한 세월의 흐름에 따라 인간의 마음도 자

---

13) 李豐楙, 「郭璞遊仙詩變創說之提出及其意義」, 『古典文學』 6(臺灣, 學生書局, 1984). 정민, 『초월의 상상』, p.123 재인용.

연히 변하는 이치를 이야기하였다.

참새나 꿩을 조개로 변하게도 하는 세월이지만, 인간 세상에 묶인 시인의 삶은 바꾸어질 수 없다. 즉 불사의 나라에 오르고 싶으나, 도저히 신선이 될 수 없는 자신의 인생을 길게 한탄하고 있다. 결국 마지막 구에서는 세월의 흐름을 서러워하고, 홀로 비탄에 잠긴다 하여 득선(得仙)하지 못하는 서글픔을 직접적으로 고백하고 있다.

특히 '나의 인생만은 바꾸어질 수 없네.'와 '하늘의 용, 내가 몰 바 아니로세'는 득선(得仙)에 대한 절망감, 좌절의식의 솔직한 고백으로 그에게는 「원유(遠遊)」에서와 같은 지칠 줄 모르는 초극(超克)의 의지는 간 데 없고, 나약한 인간으로서의 자기 확인 끝에 가슴 아픈 비탄만이 남아 있을 뿐이다.

그의 토로(吐露)는 상당히 직설적이다. 그는 좌절에서 오는 처량한 감정을 숨김없이 드러내었고 자신의 무력함을 가식 없이 시인하였다. 위의 시에서의 절망감이 개인적 차원으로부터 유래한 것임에 비해 다음의 「기오(其五)」는 사회와의 관계로부터 오는 그것을 다분히 상징적인 수법으로 읊고 있다.14)

날개짓이 빠른 새는 하늘 높이 날 것을 생각하고	逸翮思拂霄
발을 재게 놀리는 사람은 멀리 떠나 노닐고 싶네	迅足羨遠遊
맑은 샘이라도 큰 물결이 없으면	淸源無增瀾
어찌 배를 삼킬 큰 물고기를 놀게 할 수 있을까?	安得運吞舟
보석이 비록 아름답고 좋기는 하나	珪璋雖特達
야광주를 밤중에 아무에게나 던져줄 수는 없는 일	明月難闇投

---

14) 정재서, 『불사의 신화와 사상』(민음사, 1995), p.236 참조.

구석진 곳에서 자라는 풀은 봄이 늦음을 원망하고　　　潛穎怨靑陽
언덕 위에 솟은 풀은 가을 일찍 맞게 됨을 서러워하지　陵苕哀素秋
슬퍼지매 올곧은 마음조차 아파져서　　　　　　　　　悲來惻丹心
떨어진 눈물이 갓끈을 타고 흘러내리네　　　　　　　　零淚緣纓流

　　　　　　　　　　　　　　　　　　　　　　　－「유선시」14수 중 其五－

　'원(怨)', '애(哀)', '비(悲)', '측(惻)', '루(淚)' 등의 잦은 사용이 전체 시의 정조를 비장하게 만들고 있다. 위 시의 전통적 해석을 보면 신선이 될 자격을 지닌 사람은 득선을 위해 부단히 노력하지만 속인들은 그러할 능력도 없을 뿐더러 이해할 아량도 없기 때문에 세속에 대한 실망감이 작자로 하여금 슬픔에 잠기게 하였다는 것이다. 바꾸어 표현하면 작자의 득선을 위한 노력과 세속과의 괴리로부터 오는 실의(失意)라고 요약할 수 있다. 결국 곽박은 그의 득선 수업을 못하게 하는 현실 여건에 대해 절망하고 있는 것이다.

　곽박의 「유선시」는 이른바 정체(正體) 유선시의 기본 요소라 할 현실 초월의 의지, 선계 유력(遊歷) 등의 내용이 작품 곳곳에서 표현되고는 있긴 하나, 득선에 대한 결정적인 절망감은 시 전체의 기조(基調)를 「원유(遠遊)」처럼 낙관적인 방향으로 인상 지을 수 없게 만들었다. 이러한 느낌은 후대 비평가들로 하여금 그의 「유선시」를 '신선가의 정통에서 멀리 어긋난' 변체(變體) 유선시로 규정하게 하는 원인이 되었다.[15]

　이후 당(唐)나라 시기에 이르면 웬만한 시인은 다 유선문학을 남겼을 정도로 유선문학에 대한 관심이 높아졌다. 그러나 이 시기에는

---

15) 정재서, 『불사의 신화와 사상』(민음사, 1995), pp.237~239 참조.

선계에 대한 강렬한 욕망이나 고뇌의 해방을 노래하기보다는 오히려 단약(丹藥)의 폐해(弊害)를 고발하고 유선을 부정(否定)하는 작품을 보여주었다. 유명한 작가로는 왕속(王績), 오균(吳筠), 이백(李白), 조당(曹唐) 등이 있다.

유선문학의 바탕이 되는 도가, 도교가 우리나라에 유입된 시기는 이능화의 『조선도교사(朝鮮道敎史)』에 의하면 삼국시대 이후라 한다. 『삼국사기(三國史記)』 등의 기록을 볼 때 대체로 고구려 영류왕(榮留王)과 보장왕(寶藏王) 시절 당(唐) 고조(高祖)와 태조(太祖)를 통해 유입된 것으로 보인다.[16]

우리나라에서 유선문학의 기원은 고려시대까지 거슬러 간다. 예종(睿宗)을 비롯한 곽여(郭輿), 이중약(李仲若), 이자현(李資玄) 등 고려 도교 1세대들은 세속(世俗)에 뜻 두지 않고 자연과 벗하여 은일의 삶을 누리겠다는 뜻을 약간의 시문(詩文)에 밝혀 놓고 있다.

이자현(李資玄)의 경우를 보기로 하자.

따스함 시내와 산 을러 어느덧 봄인데	暖逼溪山暗換春
갑자기 신선의 지팡이 유인(幽人)을 찾았네.	忽紆仙杖訪幽人
이제(夷齊)의 세상 피함은 성(性)을 보존함이요	夷齊遁世惟全性
직계(稷契)의 나라일 힘씀은 몸 위함 아니로다.	稷契勤邦不爲身
조서(詔書) 받은 이때에 패옥 소리 요란하나	奉詔此時鏗玉佩
벼슬 놓고 어느 때나 옷의 티끌 털려나	掛冠何日拂衣塵
언제나 이곳에 함께 깃들어 숨어	何當此地同樓隱
옛부터의 죽지 않는 정신을 기를까.	養得從來不死神[17]

---

16) 이종은, 「국문학과 도교사상」, 『한국의 도교문학』(태학사, 1999). p.570 참조.

이 시는 곽여가 관동관찰사가 되어 청평산에 은거하고 있던 이자현을 찾아가 준 시에 대해 이자현이 화답한 시이다. 곽여와 과거급제 동기생이었던 이자현이 청평산에 신선인 양 깃들어 사는 것을 보고 곽여가 그의 고고하고 오연(傲然)한 기상을 노래하자, 이자현 또한 벗인 곽여에게 같이 산수에 묻혀 살자고 권면하는 내용이다.

이 시에서 이제(夷齊)는 이자현 자신이요, 직계(稷契)는 곽여를 비유한다. 벼슬아치인 곽여에게 요란한 패옥 소리를 벗어 두고 티끌세상 먼지를 훌훌 털고, 함께 깃들어 참 진리의 요체를 얻자는 요지이다. 3·4구의 이제(夷齊)의 둔세(遁世)와 직계(稷契)의 근방(勤邦) 고사는 결국 세상을 등지고 자연에 묻히는 것이 낫다는 이야기이다. 실지로 이자현은 예종의 간곡한 부름과 가르침의 요청에 '과욕(寡慾)보다 좋은 것은 없다'는 말을 남기고 다시 산에 들어가 나오지 않았다고 한다.[18]

이처럼 고려 초기의 유선문학은 대개 승경(勝景)을 대하여 선계로 착각하거나 혹은 선계 같은 자연 속에 묻혀 살자는 내용의 선취시(仙趣詩)이다.[19] 유선시는 신선 전설을 제재로 선계의 노닒이나 연단 복약(煉丹服藥)을 통해 불로장생(不老長生)의 염원을 노래한 것이다. 또는 세속을 떠난 선계 체험을 통해 현실의 갈등과 고통을 극

---

17) 『破閑集』 卷 中.

18) 『破閑集』에서는 "尤嗜禪設, 學者至則輒與之幽室, 竟日危坐忘言. 時時學古德宗旨商論, 由是心法流布於海東. 惠照. 大鑑兩國師. 皆遊其門……上知其不可屈致, 特幸南都召見, 問以修身養性之要, 對曰古人云養性莫善於寡欲, 惟陛下留意焉."이라 하였다. 이종은, 「고려 중기의 도교」, 『한국의 도교문학』(태학사, 1999). pp.58~59 참조.

19) 유선시와 선취시의 구분에 대해서는 정민, 『초월의 상상』(휴머니스트, 2002), pp.29~48에 자세하다.

복하려 한다. 주로 황홀한 신선 세계를 묘사함으로써 강렬한 구선(求仙)의 흥취를 노래하거나 현실 삶의 굴레를 벗어나 인생의 번뇌를 털어버리는 자유와 초월을 칭송한다. 선취시는 은사(隱士)를 노래하며 은일 사상을 고취하는 시이다. 취락(醉樂)을 즐기며 산수 간을 노니는 선적(仙的) 흥취를 표방하는 내용을 주로 한다.

이후 고려 중기에 오면 죽고칠현(竹高七賢)이라는 이름 아래 오세재(吳世才), 임춘(林椿), 조통(趙通), 황보항(皇甫沆), 함순(咸淳), 이담지(李湛之) 등 일곱 명이 노장(老莊)의 사상을 표방하는 모임을 만든다. 자연히 이들의 시문(詩文) 속에는 도가적 은일과 유선을 노래한 작품이 많다.

임춘(林椿)의 「기몽(記夢)」을 본다.

내 꿈에 바람 타고 월궁(月宮)에 이르러	我夢乘風到月宮
문 밀치고 바로 항아(姮娥) 잡고 물었지.	排門直捉姮娥問
어이해 그대에게 월계(月桂) 맡게 하였더니	奈何使爾司春桂
주고 뺏는 것 공평치 않아 사람 성나게 만드는가.	與奪不公人所慍
두 번 절하고 나에게 사과하며 말하길	低頭再拜謝我言
제게는 사랑 미움 없으니 이는 모두 분수라오	妾不愛憎皆委分
자부(紫府)에 지금도 그대 이름 씌어 있으니	紫府今書君姓字
전날 서왕모 뫼시고 낭원(閬苑)에서 놀았었네.	曾陪王母遊閬苑
경솔하여 잘못된 일 많이 해	也爲輕狂多負過
상제께서 꾸짖어 곤란함을 알게 하심이라오	帝令譴謫方知因
이때부터 하늘에 문창성(文昌星) 없어졌으나	從此文星不在天
세상 사람 누가 속세에 숨은 줄 알았으리오	世人誰識塵中隱
천하에 시명(詩名) 날린 지 30년	四海詩名三十秋
선단(仙丹) 익히는 금솥은 공을 거의 이루었네	燎丹金鼎功成近

높은 가지 걸어 놓고 그대 기다릴 테니   留着高枝且待君
명년에 꺾어 가져도 아마 한(恨)은 없으리다   明年折取應無恨[20]

꿈에 월궁에 올랐다. 그래서 사람의 운수를 맡아본다는 항아(姮娥)를 잡고, 어쩌자고 자신의 운수는 이렇듯 괴로운가를 따져 물었다. 이에 항아는 그대가 예전 문창성(文昌星)으로서 서왕모(西王母)를 모시고 천상에서 노닐었으나 경솔한 잘못으로 인간 세상에 귀양을 가 괴로움을 겪게 되었노라고 대답한다. 덧붙여 이제 인간에서의 인연이 다 끝나가므로 원망을 그치라고 위로한다. 꿈속의 몽유도 몽유지만, 스스로 문장을 맡아보는 문창성을 자임하는 자부는 예사롭지 않다. 인간에 귀양 내려온 뒤 문창성이 하늘에서 없어졌다는 표현도 흥미롭다.[21] 세상에서 인정받지 못하는 억울함과 한을 선계에서의 자기 위치 확인으로 풀고 있다. 선계를 노니는 자유로움, 혹은 선계 자체의 아름다움을 노래하기보다는 대체로 자신의 억압된 심정을 분출하기 위하여 선계를 끌어들이고 있다.

고려 중기 죽고칠현(竹高七賢)들은 시문(詩文)에 앞서 처신(處身)에 있어 도가(道家)를 자임(自任)한 자들이었다. 무신난(武臣亂)의 어지러운 시대에 죽림(竹林)이라는 정치적 진공 지대에 틀어박힘으로써 명철보신(明哲保身)하려 했던 죽고칠현 개개(箇箇)의 모습을 통해서 그런 측면을 여럿 찾을 수 있다.

오세재(吳世才)는 최치원(崔致遠)이 기거하던 상서장(上書莊)에 은

---

20) 林椿, 「記夢」, 『西河集』 卷1.
21) 이종은, 「고려 중기의 도교」, 『한국의 도교문학』(태학사, 1999). pp.93∼
   94 참조.

거하며 만년(晚年)을 마쳤고, 이인로(李仁老)는 아예 속세를 등질 양으로 지리산으로 청학동을 찾아 나섰으며, 단전호흡이나 도인체조에도 높은 관심을 보였다. 임춘(林椿)은 중국 죽림칠현의 한 사람인 완적(阮籍)을 자임하면서 평생 벼슬하지 않고 곤궁 속에서 살다 가기도 했다. 이들의 행적은 모두 예종조 이후 강하게 대두된 도교적 흐름이 정치권의 잇단 견제에도 불구하고 지속적으로 영향력을 확대해 간 결과이다.22)

고려 후기에 이르면 몇몇 작가에 국한되기는 하지만 한시에서 제법 유선문학의 모습을 띤 작품이 나타난다. 명승절경(名勝絶景)에서 신선을 연상하거나 도교의 전설을 관습적으로 수용하는 것보다 훨씬 더 적극적으로 도교적 상상의 세계로 몰입한다. 선계를 꿈꾸거나 직접 신선이 되어 유선의 체험을 맛보는 경우가 그것이다.23) 잠시나마 유선의 꿈을 실현하기도 하지만, 현실과 꿈 사이에 놓여 있는 거리로 인해 결국 좌절하고 만다. 유선의 꿈을 꾸면서도 한쪽 발은 현실에서 떼지 못하는 것이 고려 말 지식인의 모습이다.

목은(牧隱) 이색(李穡)의 작품을 본다.

바다 위 삼한은 오래고	海上三韓古
강남은 만 리에 아득하다.	江南萬里遙
천궁에 이를 길은 없고	無由達天陛
수레도 오래도록 보이지 않는구나.	久不見星軺
구름 가자 파란 산 맑고	雲車靑山淨

---

22) 이종은, 「고려 중기의 도교」, 『한국의 도교문학』(태학사, 1999). pp.96~97.
23) 이종은, 「고려 후기 한시의 도교적 양상」, 『한국의 도교문학』(태학사, 1999). p.195.

바람 불자 푸른 나무는 흔들,	風來綠樹搖
난 어느 날이나 갈까	吾行何日是
사공은 아프도록 손 흔드는데,	舟子苦招招
바다 위 봉래산은 가까운데	海上蓬萊近
언제나 학 타고 노닐까.	何時駕鶴游
흰 구름은 곳따라 일어나고	白雲隨處起
짙푸른 물결은 하늘에 닿을 듯,	碧浪際天浮
깜빡이는 주궁의 새벽	明滅珠宮曉
서늘한 패궐의 가을	淒凉貝厥秋
예로부터 찾지 못했으니	古來尋不見
지금 나도 머리만 긁적일 뿐	今我又搔頭
바다 위에서 외만 한 대추알을	海上如瓜棗
안기생이 저 멀리서 주려는데,	安期將遠貽
손 내밀면 닿을 듯도 하지만	依俙若相接
슬프게도 따르지를 못하는구나.	惆愴莫能隨
내 병을 치료할 뿐 아니라	不獨療吾病
쇠약해짐도 잡아주었으면 하지만,	庶幾扶我衰
어찌 도골 아님을 아는데도	那知非道骨
또 다시 올 때를 기다리랴!	且復待來時[24]

 늙고 병든 시인이 신선의 세계를 꿈꾸며 지은 작품이다. 그러나 하늘의 세계에 오를 수 있는 방법이 없다. 길도 없고 타고 갈 수레도 없다. 그저 올려다보면 구름 지나가자 파란 산이 더욱 맑아 보이고 바람 불면 나무가 흔들거릴 뿐이다. 사공은 손이 아프도록 오라고 손짓하는 것 같고 봉래산도 가까이 있는 듯하지만 학 타고 노닐 날은

---

24) 李穡, 「海上」, 『牧隱集』 卷23.

아득하기만 하다. 예부터 신선 세계의 주궁과 패궐 찾지 못했으니 그
저 머리만 긁적일 뿐 가고 싶어도 갈 수 있는 공간이 아니다.

계속 시인이 보는 것은 환상일 뿐이다. 바다 위에서 안기생(安期
生)이 장생불사(長生不死)의 음식인 대추를 주려고 한다. 그것만 받
으면 선계에서 장생불사할 수 있다. 그러나 손 내밀어 이를 받으려고
해도 닿을 듯 말 듯 받을 수가 없다. 결국 시인은 포기한다. 그리고
체념한다. 자기는 도골(道骨)이 아님을 깨달았기 때문이다.[25] 이렇듯
시인은 선계의 공간에 닿지를 못하고 그저 동경의 상황 속에서 그치
고 만다. 환상을 꿈꾸지만 멀리 뻗지 못하고 다시 제자리로 돌아오고
마는 것이다. 유자의 신분에 대한 자기 확인과 초월적 세계로의 꿈꾸
기 사이에서 어정쩡하게 방황하는 모습이다.

그럼에도 그들은 도교적 상상의 세계를 꿈꾸었다. 약을 달아놓고
살며 신선이 되는 방법을 배우고 싶어 했고,[26] 때로는 구름 갠 맑은
하늘을 보며 한자 한자『참동계(參同契)』에 침잠하기도 했으며,[27] 병
든 몸을 고칠 길 없어 위백양(魏伯陽)을 붙들고 참동계의 묘를 묻고
싶기도 했다.[28] 그런가 하면 한 몸도 천 년 앞에 불안하니 단구의
약을 구하러 신선을 찾을까 생각하기도 했다.[29] 이런 과정에서 이들
은 유선을 체험했던 것이다.[30]

---

25) 이종은,「고려 후기 한시의 도교적 양상」,『한국의 도교문학』(태학사, 1999).
　　 pp.198~199 참조.
26) 李穡,『牧隱集』권6,「幽居」: "爾來親藥物, 漸欲學仙方".
27) 李穡,『牧隱集』권16,「早興」: "時見晴雲天際去, 低頭細細讀參同".
28) 李穡,『牧隱集』권11,「又賦」: "自知無計補衰腸, 欲把參同問佰陽".
29) 李崇仁,『陶隱集』권1,「六月十七日夜坐次可遠韻」: "擾擾一身後, 紛紛千
　　 載前, 丹丘有大藥, 欲往問群仙".

내우외환(內憂外患)이 거듭되던 혼란의 시기였던 고려 말, 당시의 지식인들은 성리학을 깊이 공부한 신진 학자들로, 현실을 개혁하려는 강한 의지를 지닌 인물들이었다. 비록 성리학을 기반으로 한 세계 인식을 바탕으로 하고는 있지만, 이들은 이미 사회·문화적으로 도교적인 사유방식에 깊이 젖어 있어 도교에 대하여 별다른 거부감을 갖지 않았던 것으로 보인다. 그리하여 이들은 때때로 물아(物我)의 객관적인 거리를 두고 세계를 보는 유가적인 인식 태도를 포기하고, 물아일체(物我一體)하여 현실을 잊고 은일하는 삶을 꿈꾸기도 하였다.

본격적인 의미의 유선문학은 대체로 김시습(金時習)의 「능허사(凌虛詞)」 5수를 연원으로 한다. 김시습은 선가사상(仙家思想)에 심취하여 율곡 또한 그를 "不失儒家宗旨, 至如禪道二家, 亦見大意.31)"라 평하였다. 또 갖가지 선술(仙術)을 행했다는 기록이 『어우야담(於于野談)』에 전한다.32)

---

30) 이종은, 「고려 후기 한시의 도교적 양상」, 『한국의 도교문학』(태학사, 1999), pp.199.

31) 栗谷이 奉敎撰述한 「金時習本傳」에 전한다. 이종은, 「한국 한시와 신선사상」, 『한국의 도교문학』(태학사, 1999). pp.382 재인용.

32) 유몽인, 『於于野談』: "최연(崔演)이란 강릉 사람이 있었다. 김시습이 운악산에 은거하고 있다는 말을 듣고 동지 소년 5, 6명과 함께 배움을 청하였다. 시습은 모두 사절하고 다만 최인만을 데리고 가르친 지 반년이 되었다. 사제의 도를 다하여 자나 깨나 곁을 떠나지 않더니, 매양 달이 밝고 밤이 깊어서 잠을 깨어 보면 시습은 간 곳이 없고 잠자리는 비어 있었다. 인이 심중 의혹이 들지만 감히 쫓아가 찾아보지는 않았다. 이 같은 일이 여러 번 있었는데 하루는 밤중에 달이 또한 밝으니 시습은 의건을 차리고 가만히 나가버렸다. 연은 가만히 그 뒤를 밟아 보았다. 한 구렁을 지나고 한 고개를 넘어 수풀 속에 몰래 숨어 내다보니 고개 밑에 큰 반석이 널찍하여 앉을 만한 곳이 있었다. 두 사람이 어디서 왔는지 모르나 서로 읍하고 바위 위에 마주 앉아서 이야기를 하는데 거리가 멀어서 잘 들리지는

벽공(碧空)에 구름 없어 하늘은 맑은데	碧落無雲天氣淸
하늘 나는 그 소리 가볍게 들려온다.	蹁躚時聽步虛聲
십이루(十二樓) 위에서 장적(長笛) 소리 들리니	十二樓上吹長笛
이곳이 신선 사는 백옥경일세.	便是神仙白玉京(1수)

맑은 새벽 학 타고 상청(上淸)에 오르니	淸晨騎鶴上淸虛
서운(瑞雲) 어린 동천(洞天)은 옥황 계신 곳.	洞闢紅雲玉帝居
상제의 명을 받아 조서(詔書) 쓰라면	特令弄臣宣紫紹
하늘글로 시 한 수 높이 읊으리	朗吟天篆一行書(3수)

어디나 인간계는 풍파(風波)뿐이니	人間無地不風波
팔익(八翼)으로 바람 타고 큰 집에 산다.	八翼凌風是大家
하계는 하루살이 좁은 집인데	下界浮游寰宇窄
티끌은 만장이라, 어찌 볼 건가.	塵埃萬丈賺君何(5수)33)

천상선계(天上仙界)를 동경하던 매월당(梅月堂)이 마침내 하늘에 올라 지은 것이 바로 이 시이다. 전체 5수 중 1, 3, 5수만 인용하였다. 하늘의 선계를 상상하면서 지은 것이 아니라 시인이 직접 하늘에 올랐고, 신선이 되었으며, 인간 세상을 내려다보며 감상을 적은 것이다. 백옥경은 구름 한 점 없이 맑은 하늘에서 피리 소리 맑게 들리는

않으나 한참 동안 이야기하다가 헤어졌다. 연이 먼저 돌아와 자리에 누워 자는 체하고 있었다. 다음날 시습은 연을 불러 말하길 '처음에는 가르칠 만하다고 생각되어 가르쳐 보려 하였더니, 이제 번조(煩燥)함을 이제 깨달았으니 더는 가르칠 수 없다' 하고 사절해 버렸는데 밤에 반석 위에서 만난 이는 사람인지 선인인지 끝내 알 수 없었다."
이종은, 「한국 한시와 신선사상」, 『한국의 도교문학』(태학사, 1999). pp.383 재인용.

33) 金時習, 『梅月堂集』, 「凌虛詞」 5首.

곳이다. 그곳에서 시인은 아침엔 이슬을, 저녁엔 유하(流霞)를 마신다. 항해(沆瀣)나 유하(流霞)는 모두 신선이 먹는 것들이다. 시인은 이미 신선이 되어 신선과 같은 생활을 하고 있다. 그렇기에 하늘에서 세상을 굽어볼 수 있는 것이며, 그 거리는 아득하게 느껴진다.

신선으로서 시인의 삶은 그 아래 구절에서도 계속된다. 학을 타고 상청에 올라 옥황상제의 명을 받아 조서를 쓰기도 하고 광한궁 선녀들의 춤을 감상하기도 한다. 은하수에 배를 띄워 노닐기도 한다.

김시습에 이르러서는 시인 자신이 신선이 되었고, 스스로 선계에 올랐다. 그곳에서 아무 거리낌 없이 노닐 수 있다. 굽어보니 인간 세상에는 하루에 구만 리나 난다는 대붕은 없고 오직 하루살이뿐이다. 인간 세계를 보잘것없는 하루살이들이 득실거리는 곳으로 묘사했다. 마지막 구에서 보듯 인간계는 힘들고 거친 풍파가 넘실대고, 하루살이 사는 좁은 집일 뿐이다. 아무 짝에도 쓸모없는 티끌이 만 길이나 펼쳐진 곳이니 부러워할 것도 미련 둘 것도 없다.

바로 이 점이 고려시대에 간헐적으로 지어졌던 유선문학과 명백히 다른 점이다. 이전 지식인들은 선계에 가고 싶지만, 현실이라는 공간에서 한쪽 발을 떼지 못하였다. 그러나 김시습에 이르니 현실은 부질없는 공간일 뿐, 팔익(八翼)으로 바람 타고 다니며 큰 집 있는 선계가 마냥 그리운 동경의 대상이 된다.

이외에도 『매월당시집(梅月堂詩集)』, 「선도조(仙道條)」에 실린 김시습의 시34)는 자신이 승천(昇天)하여 선계를 소요한다는 상상 아래 쓴 것이 많다. 조선 중기 유선문학의 창작이 활발했던 시기에 비하여

---

34) 「訪友於三淸宮適醮立冬」, 「登三淸宮」, 「遊仙宮贈柳別提」 등이 여기에 속한다.

김시습의 작품은 조선 초기에 지어졌음에도 불구하고 그 흥취(興趣)나 정서(情緒) 면에서 전혀 뒤지지 않는다. 또한 여러 편에 드러난 천상선계의 모습을 통해 김시습의 해박한 도교 지식을 엿볼 수 있다.

뒤를 이어 조선 초기에는 성현(成俔), 심의(沈義) 등의 작가에 의해 유선문학이 드문드문 창작된다. 성현의 작품은 모두 『허백당풍아록(虛白堂風雅錄)』에 수록되어 있으며, 한위(漢魏) 악부시(樂府詩)의 의작(擬作)으로써 지어진 것들이다. 성현의 「보허사(步虛詞)」 3수는 다른 이들의 「보허사」가 모두 7언 절구인 데 비해, 5언 고시로 되어 있다는 특이함이 있다.

심의(沈義)는 주로 유선사부(遊仙辭賦)를 지었다. 그의 「반도부(蟠桃賦)」는 생사(生死)의 부질없음에 상심한 시인이 티끌세상을 떠나 상계(上界)의 선부(仙府)에 올라가 온갖 아름다운 정경을 역람(歷覽)하는 모습을 자못 황홀한 필치로 묘사하여 장생불사하고픈 소망을 담고 있다. 「광한전부(廣寒殿賦)」에서는 무료하던 중 꿈에 선도(仙都)에 다다라 능허환골(凌虛換骨)해 진세(塵世)의 누추를 벗고, 신선 잔치에 참례하여 즐기는 기쁨을 서술했다. 「속하경조유선시(續何敬祖遊仙詩)」에서는 옛 신선 마사황(馬師皇)이 그랬던 것처럼, 세상을 향한 뜻을 버리고, 이인(異人)의 인도에 따라 비결을 전수받고, 옥예(玉蘂)를 씹어 정신을 맑게 한 뒤, 선도로 날아올라 왕모(王母)를 만나보고, 인간 세상의 하루살이 같은 무리들을 비웃는 마음을 노래했다.

2. 조선 중기 유선문학의 전개 양상

우리나라의 유선문학은 16~17세기에 오면 화려하게 꽃핀다. 유선문학을 남긴 작가 가운데 몇몇을 제외하면 대부분 선조·광해 연간에 활동했던 시인들이다. 전체 작품의 90%에 해당하는 유선문학이 이 시기에 집중적으로 창작된다. 이처럼 이 시기에 유선문학이 활발하게 창작되는 이유를 정민 교수는 문예사조의 측면, 사상사의 측면, 작가 의식의 측면으로 구분하여 자세히 살폈다.[35]

문예사조의 측면에서는 조선 전기의 사실적인 송시풍(宋詩風)이 조선 중기에 이르러서는 낭만적인 당시풍(唐詩風)으로 바뀌었다는 점을 들었다. 사상사의 측면에서는 도교 사상, 특히 신선사상에 대한 관심이 증폭되었던 것을 확인하였다. 유학의 위세가 엄존하던 조선시대에 허황한 신선사상은 드러내놓고 따를 바가 못 되었으나, 연산·중종 시기 이래 거듭된 사화(史禍)와 정쟁(政爭)으로 인한 정치의 암흑, 사회의 혼란은 뜻있는 선비들에게 현세(現世)의 혐오를 불러 피세(避世)의 경향을 띠게 했다. 이들은 종횡으로 얽혀 있었는데, 주로 단학파의 주요 인물들과 매우 밀접한 정신적 교감을 맺고 있었던 터라, 이들의 관심은 자연히 은일적(隱逸的), 현세초탈적(現世超脫的) 성향이 강한 도교, 신선사상으로 집중되었던 것이다.

가장 중요한 것은 작가 의식이다. 16~17세기 유선문학의 작가들이 대부분 서인에 속해 있으며 창작 또한 거의 인조반정 전으로 국한된다는 사실은 음미해 봄직하다. 세자 책봉 문제로 이산해·김공량의

---

35) 정민, 『초월의 상상』(휴머니스트, 2002), pp.147~168.

책략에 휘말려 정철이 유배되면서 서인 정권은 몰락했다. 두 해 뒤에
는 임진왜란이 일어나 여섯 해 동안이나 전쟁의 소용돌이가 그치지
않았다.

이들은 대부분 정철과 성혼, 이이에게 학맥을 대고 있다. 정철과
함께 왕세자 책봉 문제로 파직되어 귀양 갔던 이춘영은 성혼(成渾)의
문인이고, 임전(任錪)과 조찬한(趙纘韓)도 성혼의 문인이었다. 권필
(權韠)은 강계로 귀양 가는 정철을 벗 이안눌(李安訥)과 함께 찾아가
문인의 예를 갖추었고, 이후 그의 불행을 아프게 여겨 평생 과거에도
응시하지 않았다. 권필은 박순과 성혼에 대해 깊은 존경의 염을 표했
고, 그 문하인 김덕령, 조헌 등의 시세불우(時世不遇)를 안타까워하기
도 했다. 나머지 문인들도 모두 같은 문인이거나 벗의 관계였으며,
혹은 친인척이기도 했다.36)

이들은 모두 정철의 귀양 이후 시작된 서인의 몰락으로 당대에 포
용되지 못하고, 암담한 시절을 보내야 했던 사람들이다. 자신들의 재
능과 포부를 펼치지 못하고 칩거하거나 혹은 유배되는 아픔을 맛봐
야 했던 이들이다. 뿐만 아니라 임진란 이후 인간의 실존마저 위협받
는 상황과 마주하여 그들의 심리적 압박감은 당연히 현실을 초월하
려는 의지를 나타냈을 것이다. 결국 한시적(限時的)인 시간과 억압의
공간을 초월하려는 그들의 의지는 선계를 향한 유선(遊仙)의 모식으
로 표현되었다. 이들은 중세적 현실의 좌절과 갈등에서 빠져 나오려
는 통로를 유선의 방식을 통해 발견하려 했던 것이다. 이러한 현실
초월에의 욕구는 결국 중국에서 유선시가 발생했던 원인과 상통한다.

그러나 17세기 후반 이후 18세기로 접어들면서 유선문학은 쇠퇴하

---

36) 정민, 『초월의 상상』(휴머니스트, 2002), pp.162~163에 자세하다.

게 된다. 음악성과 의흥(意興)에 치중한 당시풍(唐詩風)은 몰개성화의 폐단을 낳고 말았다. 추상적 신선 설화의 가탁에서 벗어나 더욱 생생하고 살아 움직이는 신선들에 대한 설화적 관심이 커져간 것도 유선문학 쇠퇴의 한 원인이 되었다. 이 시기 집권층에서는 도학(道學)의 권위를 한층 강화하는 방향으로 사상계의 분위기를 굳혀 갔고, 후기 조선 사회가 안고 있던 문제들을 이단을 척결하고 명분론적 사회를 튼튼하게 세움으로써 해결하려는 수구적 움직임이 시대정신으로 나타난다. 유선문학 창작의 주요 주체들이 체제 안으로 수렴되면서, 유선문학 창작의 이유가 되었던 그들의 불만이 건전한 비판이나 적극적 참여로 바뀌게 된 것도 유선문학 쇠퇴의 한 원인이 되었다.

지금까지 조선 중기 유선문학의 출발은 허난설헌(許蘭雪軒, 1563~1589)으로 알려져 왔다. 허균(許筠)의 글에서도 이를 확인할 수 있다.

「유선사(遊仙詞)」 백 편은 모두 곽박(郭璞)의 남은 뜻을 이었으니, 조당(曹唐)의 무리가 미치지 못한다. 둘째 형님 허봉(許篈)과 이달(李達)도 모두 본떠 지었지만, 대개 그 울타리를 벗어나지 못했다. 누이는 천선(天仙)의 재주라 할만하다.[37]

글에 따르면 허난설헌의 작품을 보고 허봉과 이달도 유선시를 본떠 지었으나, 허난설헌에 미치지 못한다 하였다. 유선문학은 신선에 대한 해박한 지식이 있어야 하고, 많은 책들을 읽어야 했기에 당시 여류 작가들에게는 좀처럼 이에 대한 접근이 쉽지 않을 터인데도, 난

---

37) 許筠, 『鶴山樵談』; "姉氏步虛詞曰……效劉夢得, 而淸絶過之. 遊仙詞百篇, 皆郭景純遺意, 而曹堯賓輩莫及焉. 仲氏及李益之, 皆擬作, 而率不出其藩籬, 姉氏可謂天仙之才".

설헌의 시집을 보면 도교에의 깊은 경도를 확인할 수 있다.

그런데 최근 이 시기 작가로서 허난설헌보다 훨씬 앞선 유선문학 창작자가 소개되었다.[38] 바로 『기봉집(岐峯集)』의 저자 백광홍(白光弘, 1522~1556)이다. 그의 문집에는 「봉래산사(蓬萊山辭)」라는 제목의 부(賦)를 포함하여 「자옥도증김정숙(紫玉桃贈金正叔)」, 「봉송석천안절관동(奉送石川按節關東)」, 「해신도(海蜃圖)」 등의 칠언고시가 실려 있다. 특히 「봉래산사(蓬萊山辭)」는 탈자(脫字)가 많아 그 내용을 자세히 알기는 어렵지만, 작가 자신이 신선이 되어 봉래산에서 노니는 즐거움을 노래한 유선사부이다. 후대의 여러 유선문학 작가들이 그의 작품에서 일정한 영향을 받은 듯 보인다.

허난설헌 이후 유선문학은 매우 활발히 창작된다. 악부시 작가라면 대부분 유선시 한두 수 정도는 창작할 정도였다. 이 시기 편찬된 많은 악부시집 중에 유선시가 다수 포함되어 있는 것이 그 증거이다. 김종직(金宗直)의 『동도악부(東都樂府)』, 성현(成俔)의 『풍소궤범(風騷軌範)』, 『허백당풍아록(虛白堂風雅錄)』, 유희령(柳希齡)의 『대동시림(大東詩林)』, 『시림악부(詩林樂府)』, 차천로(車天輅)의 『악부신성(樂府新聲)』, 허균(許筠)의 『속몽시(續夢詩)』, 신흠(申欽)의 『악부체(樂府體) 49수』, 『악부체(樂府體) 149수』 중 유선문학이 많은 비중을 차지한다. 특히 『악부신성』에 와서는 유선시의 비중이 앞 시기에 비해 뚜렷이 늘고 있어 주목할 만하다.

또 이 시기에는 유선시 연작 경향이 엿보인다. 난설헌의 「유선사」 87수 외에도 장경세(張經世)의 「유선사」 87수, 이달(李達)의 「보허사(步虛詞)」 8수, 이춘영(李春英)의 「독신선전(讀神仙傳)」 53수, 「화표

---

38) 白光弘 著, 鄭珉 譯, 『岐峯集』(亦樂, 2004).

주차송강운(華表柱次松江韻)」 5수, 이수광(李睟光)의 「유선사」 10수, 신흠(申欽)의 「독산해경(讀山海經)」 13수, 허균(許筠)의 「상청사(上淸辭)」 18수, 「열선찬(列仙贊)」 30편, 김상헌(金尙憲)의 「차유선사운(次遊仙詞韻)」 10수, 정두경(鄭斗卿)의 「유선사」 11수, 김정희(金正喜)의 「소유선사(小遊仙詞)」 13수, 정성경(鄭星卿)의 「보허사(步虛詞)」 5수 등이 있다.

수많은 신선 전설을 짧은 한 편의 시에 담을 수 없기도 하거니와 각기 다른 신선과 선계의 모습을 같은 시 안에 묶을 수 없어 연작시를 지은 것으로 생각된다. 거꾸로 생각하면 한 편의 시 안에 다 담아낼 수 없을 정도로 많은 신선 설화와 선계의 유형을 작가들이 알고 있었다는 뜻이다. 이처럼 많은 작가들이 다수의 유선시 연작을 창작했다는 것은 유선시 창작이 어느 특정 개인의 한때 호기(好奇) 취미가 아님을 보여준다.

특히 허균의 「상청사」 18수는 허균이 꿈에 명나라의 하경명(何景明), 서정경(徐禎卿), 왕세정(王世貞)과 만나 지은 것으로 선계와 신선들의 모습이 다양하게 형상화되고 있다.

한편 유선시 중에서는 독후감적인 성격을 띤 작품들이 꽤 있다. 제목에서부터 독후감의 성격을 밝힌 이춘영(李春英)의 「독신선전(讀神仙傳)」 53수, 임전(任錪)의 「독한무제고사(讀漢武帝故事)」 4수, 신흠(申欽)의 「독산해경(讀山海經)」 13수 등을 비롯하여, 제목에서는 잘 드러나지 않지만 내용을 통해 볼 때 독후감의 성격을 띤 허균의 「열선찬(列仙贊)」 30수 등이 이에 속한다. 이들 시를 통해 당대 신선전이 얼마나 폭넓게 읽혔는지, 얼마나 유행하였는지를 짐작할 수 있다. 이들 시를 통해 유선시의 창작이 단순한 상상에 의한 것이 아니라

도교 경전과 신선 전설에 대한 해박한 지식과 폭넓은 독서에 의한 것임을 알게 해준다.

한편으로 주목해야 할 것이 유선사부(遊仙辭賦)이다. 유선문학을 대별하여 운문과 산문으로 나눈다면 유선시는 운문이고 유선사부는 산문이다. 유선사부는 편수는 그리 많지 않지만, 유선시와는 또 다른 매력을 지니며 작가군 또한 유선시와 구분된다. 현재 전해지는 유선사부로는 유호인(俞好仁)의 「몽유청학동사(夢遊靑鶴洞辭)」, 남효온(南孝溫)의 「대춘부(大椿賦)」와 「약호부(藥壺賦)」, 「득지락부(得至樂賦)」, 박상(朴祥)의 「몽유(夢遊)」, 심의(沈義)의 「광한전부(廣寒殿賦)」와 「산목자구부(山木自寇賦)」, 「반도부(蟠桃賦)」, 「대관부(大觀賦)」, 이행(李荇)의 「등영주(登瀛洲)」, 이이(李珥)의 「공중누각부(空中樓閣賦)」, 「유가야산부(遊伽倻山賦)」, 허균(許筠)의 「몽유연광정부(夢遊練光亭賦)」, 「훼벽사(毀璧辭)」, 조희일의 「요지연부(瑤池宴賦)」 등이 있다. 이들 중 심의와 허균을 제외하면 유선시 작가와 겹치지 않는다.

선계에 대한 동경과 신선에 대한 열망은 내단(內丹)과 외단(外丹)을 통하여 실제로 자신을 선화(仙化)[39]하려는 시도로까지 나타난다. 가장 선두적인 역할을 한 이가 권극중(權克中)이다. 권극중은 해동 단학의 집대성이라 할 『참동계주해(參同契註解)』를 저술한 내단가이다. 그의 『청하집(靑霞集)』에는 유선시인 「무제(無題)」 2수와 「삼신산가(三神山歌)」·「두류산가(頭流山歌)」 같은 선취시, 그 밖에 네 가지 약초의 효험을 노래한 「사성초음(四聖草吟)」 4수 등 도교적 체취

---

39) 선화(仙化)라는 말은 도교적 용어로 죽음을 뜻한다. 즉 죽어서 신선이 된다는 것이다. 그러나 여기서는 시적 의미망을 적용하여, 내적 측면에서 신선이 된다는 것으로 한정짓기로 한다.

가 짙은 작품이 여러 편 실려 있다.

또한 내단 수련의 과정을 노래한 연작시 「금단음(金丹吟)」 20수와 정기(鼎器)·약물(藥物)·화후(火候)에 관해 『참동계』의 노화(爐火) 개념을 곁들여 설명한 「금단의 세 요소(金丹三事)」 3수, 내단의 세 단계를 설명한 「단법삼관(丹法三關)」 3수를 남겨, 연단시에서 단연 독보적 위치를 차지한다. 「금단음」에는 『도덕경(道德經)』·『현원결(玄遠訣)』·『참동계』 등의 도서를 내단학의 관점에서 이해하여 설명했을 뿐 아니라 내단 수련의 과정과 단계를 친절한 비유로 풀이하였다.[40] 내단학에 관해 깊이 있는 연구를 하고, 이를 직접 실천하여 스스로를 내단가(內丹家)라고 언급하였으며, 그에 관한 시를 여러 편 남긴 권극중을 통해 당시 신선이 되고자 했던 열망이 얼마나 간절하였던가를 엿볼 수 있다.

---

40) 문학사적인 측면에서는 윤미길의 『權克中 연구』(고려대학교 박사학위논문, 1989), 사상사적인 측면에서는 김낙필의 『권극중의 내단사상』(서울대학교 박사학위논문, 1990)을 비롯하여, 근래 들어 권극중을 바라보는 시각이 조금씩 넓어지고 있다. 권극중에 대한 논문은 다음과 같다. 최삼룡, 「古阜道人 권극중의 면모에 대한 고찰」, 『比斯伐』(전북대, 1984). 최일범, 「청하자 권극중의 성리학에 관한 소고」, 『동양철학연구』 7집(1986). 최일범, 「권극중 禪丹互修에 관한 연구」, 『동양철학연구』 9집(1988). 손찬식, 「청하 권극중의 金丹詩의 이해」, 『온지논총』 3집(1997).

III. 조선중기 유선문학의 세계

1. 허난설헌: 현실의 굴레와 초월의 갈망

1) 허난설헌과 「유선사」 87수

허난설헌(許蘭雪軒, 1563~1589)은 자신의 선계 오유(遨遊)를 노래
한 시를 다작(多作)한 유선문학의 대표적 작가이다. 그녀의 문집을
보면 거의 선어(仙語)로 가득하다. 유선문학 작가 중 작품의 분량도
가장 많아 모두 11제 99수에 달하는 작품을 남겼다. 그런 까닭에 허
난설헌의 유선문학은 유선문학 작가 중 그나마 개별적 연구가 많이
이루어진 편이다.[41]

이러한 배경에는 난설헌이란 인물이 재능 면에서도 워낙 뛰어난 시
인이라는 점도 작용했겠지만 유선문학 작가 중 그녀가 유일한 여성이
라는 점도 빼놓을 수 없다. 도교에서는 오히려 유교적 가치관에 비해
여성의 위치가 상당히 비중 있게 다루어지기에 여성 창작자들이 접근
하기 용이할 수도 있다. 그러나 당시의 억압과 제한적 풍토 속에서는
유선문학작품을 쓰기 위한 그 해박한 지식의 양을 여성들이 감당하기
엔 꽤 역부족이었던 듯싶다. 허난설헌을 제외한 대부분의 여류시인들

---

41) 허난설헌에 대한 선대의 연구는 앞의 연구사 검토에서 다루었다.

이 악부시(樂府詩) 창작에는 심혈을 기울였으나 유선시는 단 한 편도 다루고 있지 않은 점을 보면 이를 짐작할 수 있다. 이런 상황에서 난설헌의 「유선사」 87수는 참으로 보배로운 발견이 아닐 수 없다. 양적으로도 다작인데다 그 질적 수준 또한 음미할 만하기 때문이다.

> 주인은 이름이 신선의 적에 올랐고 벼슬은 신선의 반열에 실려 있어서 태청궁에서 용을 타고 아침에 봉래산을 떠나 방장산에 묵으며 학을 타고 삼신산을 향할 적에 왼편에는 신선 부구(浮丘)를 붙잡고 오른편에는 신선 홍애(洪崖)를 거느렸다. 천 년 동안 현포에서 살다가 한 번 꿈에 인간의 티끌세상에 내려와 『황정경(黃庭經)』을 잘못 읽어 무앙궁에 귀양을 내려와서 적승 노파가 인연을 맺어 주어 다함이 있는 집에 들어온 것을 뉘우치었다.42)

위 글은 천상 백옥루의 대들보를 올릴 때를 가정하고 쓴 상량문이다. 이 글에서 보듯 난설헌은 등선(登仙)하여 선계(仙界)에서 살 집을 진작부터 지어 놓았다. 그녀는 신선의 적에 올랐으며 선계에서 벼슬도 얻었다고 생각한다. 그녀는 자신이 좌우로 부구(浮丘)와 홍애(洪崖)의 신선을 거느리며 천수를 누리다가 잠깐 실수로 『황정경(黃庭經)』을 잘못 읽어 귀양 온 것이라고 인식하고 있다.

그녀의 시는 허균에 의해 1598년 오명제(吳明齊)에게 전해졌고, 다

---

42) 許楚姬, 「廣寒殿白玉樓上樑文」, 『蘭雪軒詩集』: "主人名編瑤籍, 職綴瓊班, 乘龍太淸, 朝發蓬萊, 暮宿方丈, 駕鶴三島, 左揖浮丘, 右拍洪崖. 千年玄圃之棲, 遲一夢人間之塵土, 黃庭誤讀, 謫下無央之宮, 赤繩結緣, 悔入有窮之室." 또한 본고의 시 인용은 韓國文集叢刊本 『蘭雪軒詩集』을 따르며, 번역은 吳海仁의 『蘭雪軒詩集』(海仁文化舍, 1980)과 김명희의 『허부인 난설헌, 시 새로 읽기』(이회, 2002)를 바탕으로 하였다.

시 1606년 명나라 정사(正史)의 자격으로 온 주지번(朱之蕃)에게 보였으며, 1609년 유용(劉用)의 손에도 들어갔다.[43] 난설헌의 시는 이후 중국에서 더 유명해져 『명시종(明詩綜)』과 『열조시집(列朝詩集)』에 수록되어 이름을 날렸고 낙양의 종이 값을 오르게 하였다고 한다. 또 조선에서 간행된 『난설헌집』은 임진란 당시 일본으로 넘어가 1711년에 문태옥차랑위(文台屋次郎衛)에 의해 간행되기까지 하였다. 이런 저런 사실로 보아 그녀가 조선시대 최고의 자리에 위치한 시인임은 분명한 듯하다.[44]

그러나 그녀의 시들은 예전부터 표절의 시비가 적지 않았다. 원래 난설헌의 시는 그녀의 생존시에 묶였던 것도 아니요, 그녀가 죽은 후 허균의 기억에 의존하여 등기(謄記)된 것이므로 그런 의혹은 더욱 클 수밖에 없었다. 이수광(李睟光)은 「유선시」 87수 중 2편은 조당(曹唐)의 시이며, 여타 작품 또한 고시에서 표절해 온 것이 많다고 지적하였고,[45] 신흠(申欽) 또한 비슷한 요지의 말을 남기면서 이를 모두 허균(許筠)의 양명(揚名) 욕구에서 비롯된 것임을 힐난한 바 있다.[46]

---

43) 이들 세 사람에게 전해진 것은 각각 필사본이었고 또 그 수록 내용이 같지 않다고 밝혀졌다. 허균의 기억으로 재구성한 것인데다 그가 필사한 것이라 뒷날 전해진 것일수록 수록 작품 수가 많다.

44) 이종은 교수는 허난설헌의 「유선사」 87수와 곽박의 「유선시」 14수를 비교하며 허난설헌의 작품이 그 양에 있어서나 질에 있어서 해동시사(海東詩史)뿐 아니라 한토(漢土)의 문학에서도 우뚝하다고 평하였다. 이종은, 「한국 한시와 신선사상」, 『한국의 도교문학』(태학사, 1999), 참조.

45) 李睟光, 『芝峰類說』: "遊船仙詞中二篇, 即曹唐詩, 送宮人入道一律, 即乃明人唐震詩也. 其他樂府宮詞等作, 多竊取古詩".

46) 申欽, 『晴窓軟談』, 『詩話叢林』(亞細亞文化社 영인본, p.226): "但集中所載, 如游仙詩, 太半古人全篇……或言其男弟筠, 剽竊世間未見詩篇, 竄入以揚其名云, 近之矣".

그러나 허균은 다음과 같은 말로써 이들의 비판을 일축하였다.

　　"「유선사」 백 편은 모두 곽경순의 남은 뜻을 이었으니, 종빈의 무
　　리가 미치지 못한다. 둘째 형님 허봉과 이달도 모두 본떠 지었지만
　　대개 그 울타리를 벗어나지 못하였다. 누이는 천선(天仙)의 재주라
　　할만하다."47)

　그러나 이렇듯 허균이 누이의 작품을 두둔하고 나섰음에도 불구하
고 그녀의 작품은 이미 상당 부분 표절된 것임이 확인되었다.48) 허
균의 장난과 이런저런 표절 시비가 난설헌 작품의 흠결을 내어 놓은
것은 사실이나 그렇다고 난설헌 작품의 가치를 전면 부정할 수는 없
을 것이다. 어쨌거나 그녀의 시는 국내외에서 여류 최고라는 찬사를
받았고, 한시와 유선시의 발원지인 중국에서조차 여러 문집에 실려
전해지고 있다. 이러한 사실은 그녀의 시가 범상한 수준은 훨씬 뛰어
넘는다는 증거이다.

　필자가 관심을 갖는 것은 도대체 그녀는 유선문학을 통해 무엇을
꿈꾸고, 무엇을 노래하고 싶어 했는가 하는 점이다. 진술했듯 그녀는
유선시를 창작한 유일한 여성이다. 더구나 남성과 비교하더라도 가장

---

47)　許筠, 『鶴山樵談』: "遊仙詞百篇, 皆郭景純遺意, 而曹堯賓輩莫及焉. 仲氏
　　及李益之, 皆擬作, 而率不出其藩籬. 姊氏可謂天仙之才".

48)　정민은 '허균은 누이의 작품이 曹唐 輩의 수준을 뛰어넘어 郭璞의 遺音
　　이 있다 하였으나 실제로는 조당의 영향이 두드러지게 나타난다. 실제
　　난설헌의 「유선사」 87수를 조당의 「소유선사」 98수와 대교해 본 결과
　　아홉 수가 조당의 시에서 전취 혹은 반취해오고 그 밖에 한 구절만을
　　따온 것도 일곱 수나 됨을 확인할 수 있었다.'라 하여 구체적인 작품의
　　대교(對較)를 하였다.

많은 양의 유선시를 남기고 있다. 난설헌은 유선시 창작을 통해 단순히 자신의 지식과 능력을 뽐내고 싶어 했던 것일까. 유선시 속에는 그녀의 삶과 꿈꾸기에 관련된 무언가가 녹아 있으리라 짐작해 보게 되는 것이다.

2) 현실의 부정과 현실 바깥으로의 초월

① 여성으로서의 한(恨)과 현실 초월의식

의식이 없는 다른 존재와 달리 원초적 욕망의 힘을 내면적으로 의식하는 인간의 삶은 고통의 연속이다. 인간은 생래적으로 무언가를 결여한 존재이며, 끊임없이 욕망하는 존재이다. 그러나 인간의 욕망은 영원히 충족될 수 없으며, 간혹 어떤 한 욕망이 충족되었다 해도 또 다른 욕망이 줄기차게 고개를 든다. 이러한 욕망은 인간 정신을 부식시켜 지칠 대로 지치게 한다. 그렇기에 현실에서의 삶에서 인간은 쉽게 만족을 얻을 수가 없으며, 그렇기에 늘 고뇌에 시달린다.

허난설헌 또한 이러한 고뇌에 시달렸다. 남녀의 신분 차이가 제도화되어 있던 조선시대에 여성으로 태어나 자신의 재주를 마음껏 펼쳐보지 못했던 난설헌이다. 결혼 생활도 원만하지 못했고, 아이도 둘이나 잃어 결국 자식 없이 세상을 하직했다. 난설헌은 삼한(三恨)이라 하여 조선에 태어난 한, 여성으로 태어난 한, 금슬(琴瑟)이 좋지 못한 한을 평생 탓하였다.

이러한 그녀의 삶과 환경은 유선시 창작과 어떤 관계가 있는 것일까.

구슬꽃 산들바람 하늘하늘 나는 청조   瓊花風軟飛青鳥

서왕모 기린 수레 봉래로 향하네	王母麟車向蓬島
난초 깃발과 배자에다 하얀 봉황을 타고	蘭旌蘂帔白鳳駕
웃으면서 붉은 난간에 기대어 요초를 뜯네	笑倚紅蘭拾瑤草
하늘 바람 불어 푸른 치마 걷어올리니	天風吹擘翠霓裳
옥환과 옥패 소리 댕그랑댕그랑	玉環瓊佩聲丁當
쌍쌍의 월궁 선녀 거문고 타고	素娥兩兩鼓瑤瑟
삼화주수 봄구름 향기롭구나	三花珠樹春雲香
동이 트자 부용각에서 잔치 마치고	平明宴罷芙蓉閣
푸른 바다에서 동자는 백학을 타네	碧海靑童乘白鶴
붉은 퉁소 소리에 오색 노을 걷혀지니	紫簫吹徹彩霞飛
이슬 젖은 은하수에 새벽별 떨어지네	露濕銀河曉星落

「망선요(望仙謠)」이다. 제목에서 드러나듯 말 그대로 선계를 바라
보며 부르는 노래이다. 부드러운 바람이 불어오는데 경화(瓊花)가 피
고 청조(靑鳥)가 이리저리 난다. 경화는 선궁에만 핀다고 알려진 꽃
이며, 청조는 서왕모(西王母)의 시자(侍子)이다. 1행에서 선계임을 금
방 알 수 있다. 시를 읽어 내려갈수록 화려한 선계의 묘사는 한층 더
한다. 서왕모는 기린 수레를 타고 봉래로 향하고, 요초를 뜯는다. 옥
환과 옥패 소리는 댕그랑거리고, 소아(素娥) 선녀의 거문고 소리도 울
려 퍼진다. 밤새도록 흥을 돋웠던 부용각에서의 잔치가 새벽이 되어
끝나자, 동자는 백학을 타고 가고 퉁소 소리에 노을이 걷힌다. 시어
(詩語)마다 화려한 선계의 묘사로 가득하다.

특히 이 시에서의 주된 인물은 서왕모(西王母)이다. 다른 작가들의
여타 작품에서는 대체로 안기생(安期生)이나 옥황상제 등 남성이 주
된 인물로 등장한다. 하지만 유독 허난설헌의 작품에서는 여성 신선,

즉 선녀가 많이 등장한다. 서왕모, 옥진군, 항아, 직녀, 상원, 옥녀 등 수많은 여선(女仙)들이 등장하여 여성의 총명함과 재능, 세심한 정감과 따뜻한 마음을 보여주고 있다. 특히 가장 많이 등장하는 여신이 서왕모이다. 서왕모는 중국 고대 도교와 민간 신앙 중에서 가장 높은 지위를 가지고 있는 여신이다.

왜 난설헌은 서왕모를 자주 등장시켰을까. 남들보다 훨씬 뛰어난 재주와 총명함을 지녔던 난설헌은 오직 여자라는 이유만으로 고통의 인생을 살았던 인물이다. 가장 높은 지위를 갖고 있던 서왕모는 뛰어난 재주와 총기를 지니고 있었던 난설헌 자신의 투영물이라 보아도 무방할 것이다. 난설헌은 현실에서 극복될 수 없었던 좌절감을 신선 세계 속에서나마 대리 만족을 얻고자 했다고 보인다. 자신을 서왕모로 대치시키며 서왕모의 모습 속에서 자유를 발견하고, 대리 만족을 느끼었던 것이다.

동궁의 선녀들 조회 마치고 나와	東宮女伴罷朝回
꽃 아래서 만나 골짝으로 돌아왔네	花下相邀入洞來
한가히 옥봉(玉峯) 의지해 피리 부는데	閑倚玉峯吹鐵笛
푸른 구름 뭉게뭉게 망천대 둘렀네	碧雲飛遶望天臺(39수)

「유선사」 87수 중 제39수이다. 동궁(東宮)의 선녀들이 조회를 마치고 나오는 광경이다. 아리따운 선녀들의 호화로운 행렬과 꽃들을 대비시킴으로써 더욱 눈부신 광경을 만들어 놓았다. 그중 한 선녀가 한가히 옥봉(玉峯)에 의지하여 피리를 불고 있다. 그에 화답하기라도 하듯 푸른 구름이 어디선가 날아와 망천대를 두르고 있는 모습이다.

많은 작가들의 경우, 조회를 하는 주체는 남자 신선들인 경우가 많다. 선계에는 남녀의 차별이 없지만, 여타 작가의 작품에서는 남자 신선들이 등장하고, 선계의 주도적 인물 또한 남자 신선들이다. 그런데 이 시에서도 역시 남자 신선보다는 여선(女仙)이 더 많이 등장하고, 선계의 주도적 인물 또한 대부분 여선들이다. 굳이 여선이라고 밝히지 않은 작품도 분위기를 읽어보면 여선을 다룬 내용이 많다.

화관에 꽃술 배자 구하 치마 받쳐 입고	花冠藥帔九霞裙
한 가락 피리 소리 푸른 구름 울리네	一曲笙歌響碧雲
용 그림자 말 울음소리 창해의 밝은 달	龍影馬嘶滄海月
십주(十洲)로 한가히 상양군 찾아가네	十洲閑訪上陽君(22수)

아름다운 화관을 쓰고 꽃술이 달린 배자에 아홉 폭 치마를 받쳐 입었으니 화자는 여성임을 알겠다. 이 여선이 유유히 피리를 불며 말과 용을 거느리고 달 밝은 밤에 십주로 상양군(上陽君)을 찾아가고 있다.

이 시의 분위기는 매우 한가롭고 유유자적하다. 푸른 바다 위 밝은 달 휘영청 떠 있고 한 자락의 피리 소리는 푸른 구름 속에 가득하다. 그 위로 한가로이 상양군을 방문하고 있는 상황이다. 그야말로 현실의 온갖 고뇌, 시름이라고는 끼어들 틈이 없다. 더구나 화자는 누군가를 기다리는 상황이 아니라 말과 용을 거느리고 찾아 나설 수 있는 주체로 나타난다.

현실에서 난설헌은 집에 앉아 바람난 남편을 기다려야만 하는 운명이었다. 불화한 가정, 똑똑한 여성으로의 죄를 뒤집어 쓴 채 슬피 울어야 하는 시련의 삶이었다. 그러나 현실을 넘어선 공간에서는 그렇지 않았다. 한가로이 지음(知音)을 찾아 몸소 방문할 수 있는 곳, 그곳이 바로 선계였다.

조선시대에는 "여자의 재주 없음이 오히려 덕이다[女子無才便是德]"라는 논리가 사회를 지배했다. 다소곳하게 순종하며, 가사를 돕다가 부모님이 정해주는 배필에게 시집가서 남편과 시부모 공양에 삶을 바치는 것만이 아름다운 여성이었다. 이런 시대에 여성이 봉건제도의 속박 아래에서 자아실현의 인생 가치를 추구한다는 것은 불가능한 일이었다. 그 당시 자아의식에 눈떠 자아실현을 추구한다는 일은 필연적으로 억압과 좌절에 부딪칠 수밖에 없었다. 평범하지 않은 재주를 가진 여성들로서는 이런 억압과 고통, 그리고 자신들의 반항 심리를 의탁할 대상이 무엇보다 필요했을 것이다.

허난설헌은 이러한 탈출구로 선계를 택하였다. 닫힌 현실에 절망하며 자신의 바람과 한을 가지고 현실 세계를 초월하여 선계로 날아간 것이다. 특히 난설헌의 유선문학에는 여선(女仙)들이 주로 등장한다. 이 여선들에게 억압이 주는 고통이란 없다. 스스로 남자를 선택하고, 대담하게 애정을 추구한다. 도교 고사에서 인물들을 빌려와 난설헌 자신의 마음을 대신 이입한 것으로 보이는 것이다.

난설헌이 몸담고 있는 현실에서 여인이 먼저 애정을 드러내는 일은 상상조차 할 수 없는 일이다. 난설헌은 작품 속에서나마 여성의 애정을 적극적으로 나타냄으로써 봉건 윤리의 속박을 거부하는 심리를 표출하고 있다. 남자보다 똑똑했지만 그 사실이 오히려 현실의 걸림돌이 되고 좌절이 되었던 난설헌. 그런 난설헌은 현실의 절망감을 작품 속에서나마 탈출하고자 선계의 공간을 적극적으로 끌어들였다고 본다.

곧 현실에서의 불우(不遇)로 탓에 채워지지 않는 욕망을 난설헌은 유선으로 극복하고자 하였다. 조선이라는 시간과 공간, 여성으로서의 제약에서 해방된 자아상을 그는 선계에서 찾으려 하였다. 특히 현실에서 갖는 여성으로서의 한계를 그녀는 선계에서 극복하고 초월하였다.

② 선화(仙化)를 통한 욕망 의지

많은 유선 작가의 경우 완전한 선화(仙化)가 이루어지지 않는다. 선계에 갔다가 오는 경우가 있고, 혹은 꿈에서 적선(謫仙)임을 확인하는 정도가 대부분이다.

만리라 푸른 바다 깊기도 한데	滄海深萬里
바람 파도 흰 물결 가이 없구나	風濤雪浪無涯涘
적성은 겹겹으로 둘러싸 있고	赤城繞幾重
노을빛 안개 그림자 허공에 가물대네	霞光霧影空瞳矓
……	……
신선과 나 사이엔 내남이 없거니	仙乎我乎無賓主
신선술을 배워서 신선의 벗이 되리	學仙之術爲仙朋
신선들과 무리지어 나란히 날아오르면	與仙作隊同飛昇
신선의 즐거움을 가눌 길이 있으랴	爲仙之樂不可勝49)

조위한(趙緯韓)의 작품이다. 전 49구의 장편이지만 전후 각각 4구씩만을 인용하였다. 푸른 바다 아득한 저편 거센 파도 출렁이는 그 끝에 적성(赤城)이 솟아 있고 불그레한 노을빛과 여릿한 안개가 허공에 어른거린다. 이후에도 시는 선계의 찬연한 모습을 『사기(史記)』

---

49) 趙緯韓,「夢仙謠」,『玄洲集』권2, 장31a.

에서 적고 있는 삼신산(三神山)의 형상에 바탕을 두어 휘황하게 묘사하는 것으로 이어진다. 그리곤 선연(仙緣)을 확인한 후 꿈에서 깨는 유선시의 기본 구도를 충실히 지키고 있다. 위에 인용한 부분은 각몽 후의 혼잣말로 자신과 신선의 동일성을 강조하며 앞으로도 신선술에 정진할 것을 다짐하는 내용이다.

일정 부분 정도 차이는 있겠으나 대부분의 유선시들은 이런 도식화된 서두와 결말을 갖고 있다. 아직은 신선이 아니지만 열심히 신선술에 정진하여 신선이 되겠다고 다짐하며, 그럴 때의 기쁨이 얼마나 크겠냐며 스스로를 위로한다.

그러나 난설헌의 경우에는 다르다. 난설헌은 적선이 아니라 현실속에서도 신선임을 확신하였으며, 선계에 자신이 살 집을 미리 지어놓고 상량문까지 올렸다.

> 을유년 봄 내 부모상을 당해 외가에 기거할 무렵, 하룻밤 꿈에 바다 가운데 있는 산에 오르니, 산이 온통 구슬과 옥이었다. 여러 봉우리가 모두 포개졌는데, 흰 구슬과 푸른 구슬이 반짝반짝 눈이 부셔 똑바로 바라볼 수가 없었다. 무지개 같은 구름이 그 위에 서려 오색이 선연하고 고왔다. 구슬 같은 맑은 물이 흐르는 샘 몇 가닥이 벼랑과 바위 사이로 쏟아져 내려 구슬이 부딪치는 소리가 났었다. 두 여인이 있는데 이십 세가량의 절대 가인이었다. 하나는 붉은 노을 옷을 입었고, 하나는 푸른 무지개 옷을 입고 손에는 금빛 호로 술병을 들고 사뿐사뿐 걸어와서 나에게 머리를 조아려 읍했다.
>
> 졸졸 흐르는 물굽이를 따라 올라가니 기이한 풀과 이상한 꽃들이 벌여 있어 이름 할 수가 없었다. 난새와 학과 비취색 공작이 좌우에서 훨훨 날면서 춤을 추니, 온갖 향기가 숲 끝에서 풍겨나 향기로웠다.
>
> 드디어 정상에 오르니 동남쪽 큰 바다가 하늘에 맞닿아서 온통 푸

르고, 붉은 해가 처음 돋아 오르니 파도에 해가 목욕을 하는 듯 했었다. 봉우리 위에는 커다란 못이 맑고 깊어 연꽃의 색이 푸르고, 잎은 큰데 서리를 맞아 절반은 시들어졌다.

두 여인이 말하길, "이곳은 광상산이며 신선들이 사는 십주 가운데서 가장 아름다운 곳입니다. 당신께서 신선의 인연이 있기 때문에 감히 이런 경지에 이르렀으니, 어찌 시를 지어 기록하지 않겠습니까?" 하니, 내가 사양하다가 할 수 없이 곧 절구 한 수를 읊었다. 두 여인이 손뼉을 치며 헌걸스럽게 말하길, "점점이 모두 신선의 말씀이다."라 하였다. 갑자기 하늘에서부터 한 떨기 붉은 구름이 내리 무너져 봉우리 위에 덮이더니 우레 같은 북소리가 한 번 울리기에 꿈을 번쩍 깨고 보니, 선연하게 베개에는 아직도 연기와 노을이 자욱하였다. 이백(李白)이 꿈에 천모산(天姥山)을 구경했다는데 그것이 여기에 미칠 수 있는지는 알 수 없다. 다만 이를 기록하노라.50)

시의 서문이긴 하지만, 유선사부(遊仙辭賦)의 전형적인 구조를 띠고 있다. 입몽 과정을 거쳐 난설헌은 선계에 들어간다. 선계는 구슬과 옥이 반짝거려 눈이 부실 지경이고 구름은 알록달록 오색 무지개와 같은 빛이다. 샘물은 지극히 맑고, 쏟아져 내리는 소리도 구슬 부

---

50) 「夢遊廣桑山詩序」: "乙酉春, 余丁憂, 寓居于外舅家. 夜夢登海上山, 山皆瑤琳珉玉. 衆峯俱疊, 白璧靑熒, 明滅眩不可視示. 霱雲籠其上, 五彩姸鮮, 瓊泉數派, 瀉於崖石間, 激激作環珙聲. 有二女, 年俱可以十許, 顔皆絶代, 一披紫霞襦, 一服翠霓衣, 手俱持金色葫蘆, 步屣輕躡揖余. 從澗曲而上, 奇草異花, 羅生不可名, 鸞鶴孔翠, 翶舞左右, 衆香馥馥於林端. 遂躋絶頂, 東南大海, 接天一碧, 紅日初昇, 波濤浴暈, 峰頭有大池湛泓, 蓮花色碧葉大, 被霜半褪. 二女曰, '此廣桑山也. 在十洲中第一. 君有仙緣, 故敢致此境. 盍爲詩紀之' 余辭不獲已, 卽吟一絶, 二女拍掌軒渠曰, '星星仙語也.' 俄有一朶紅雲從天中下墮罩於峰頂攢頭, 一響醒然而悟, 枕席猶有烟霞氣, 未知太白天姥之遊, 能逮此否. 聊記之云".

딪치는 소리와 같다. 온갖 아름다운 풀, 꽃들이 향기롭게 피어 있고, 새들은 춤을 추면서 날아다닌다. 난설헌은 이곳에서 두 여인의 마중을 받는다. 그들은 난설헌에게 신선의 인연이 있어 이곳에 왔으니 시를 지으라고 권한다. 시를 지으니 선녀들은 좋아하며 손뼉을 친다. 갑자기 붉은 구름이 무너지고 우레 같은 북소리가 울려 꿈을 깨니 베개에는 정말 연기와 노을이 자욱하다는 것이다.

이 꿈을 통해 난설헌은 스스로가 신선이라는 확신을 갖게 된다. 즉 인간의 몸에서 신선의 몸으로 선화(仙化)된 것이다. 이는 결국 욕망의 불충족으로 인한 삶의 고뇌를 극복하기 위한 방법으로, 욕망을 원천적으로 부정하는 신선이 되기를 택한 난설헌의 현실 초월 방법이다. 현실을 초월하여 욕망을 극복하는 방법으로는 현실에서 채우지 못한 불만을 상상 속에서 채우는 경우가 있고, 욕망을 부정하여 근원적 욕망을 아예 무시하는 경우가 있다. 전자일 경우, 현실에서 하지 못한 벼슬살이나 입신양명(立身揚名)의 욕구를 상상 속에서 이루어 나간다. 후자의 경우에는 욕망이라는 것이 필요 없는 공간에서 욕망이나 욕구 자체가 없는 인물로 자신을 상정하여 짐짓 욕망 자체를 외면한다. 난설헌의 경우는 후자를 택하였다.

신선은 모든 욕망을 초탈한 존재이다. 정신적 혹은 육체적으로 모든 것을 가진 존재이기에 욕망도 없으며, 그로 인한 삶의 갈등이나 고뇌도 없다. 신선은 생로병사(生老病死)에 대한 염려나 입신양명(立身揚名)의 욕구도 없다. 이미 무한한 생명을 보장받은 존재이며, 현실에서의 입신양명에 연연하지 않을 정도의 즐거움이 선계에 가득하기 때문이다.

난설헌은 현실에서 충족될 수 없는 욕망을 현실 바깥, 즉 선계에서 실현하고자 하였다. 난설헌이 바라보고 꿈꾸었던 선계는 어떤 곳인가? 선계는 욕망도 없는 곳이요, 따라서 갈등도 고뇌도 없는 곳이다. 그곳은 기쁨과 즐거움만이 있으며, 인간의 생래적인 욕망마저도 충족될 수 있는 공간이다. 난설헌은 그곳에서 직접 자신이 선화(仙化)되는 체험을 한다.

난새를 타고 밤중에 봉래도에 내려와	乘鸞夜下蓬萊島
한가로이 기린 수레를 타고 요초를 밟네	閒輾麟車踏瑤草
바닷바람 벽도화를 불어 꺾는데	海風吹折碧桃花
옥쟁반에 안기생 대추를 가득 담았네	玉盤滿摘安期棗
아홉 폭 치마 육수 저고리	九霞裙幅六銖衣
학 등에 시원한 바람내며 하늘로 돌아가네	鶴背冷風紫府歸
요지에 달은 밝고 별과 은하수 떨어지니	瑤海月明星漢落
옥통소 부는 소리에 상서로운 구름 난다	玉簫聲裏霱雲飛

「보허사(步虛詞)」

「망선요(望仙謠)」가 선계의 모습을 바라보는 시라면 「보허사(步虛詞)」는 하늘을 밟으면서 부르는 노래, 즉 선계를 거닐면서 부르는 노래이다. 현실에서 눈을 돌려 선계를 바라보던 난설헌은 이제 직접 그 자신이 신선이 되어 선계로 들어가 거닐게 된다.

「보허사」는 다른 신선의 선계 오유를 노래하는 것이 아니라 난설헌 자신의 유선 행위를 직접 읊는 것이다. 1수에서는 난설헌이 하늘에서 봉래도로 내려왔다. 난새를 타고 봉래도에 내려와 기린 수레를 타는가 하면 하나만 먹으면 3천 년을 산다는 안기생의 대추를 옥쟁반에 가득 담았다. 2수는 난설헌이 봉래도에서 다시 하늘로 돌아가며 읊은 시이다. 아홉 폭 치마와 가벼운 저고리를 입고 학을 타고 하늘로 돌아간다. 요지에 달은 휘영청 밝아 있고, 은하수는 우수수 떨어진다. 옥퉁소 부는 소리 청아하게 들리는 가운데, 퉁소 소리를 듣고서인가 상서로운 구름이 일어난다.

난설헌은 신선이 되어 선계를 마음대로 드나듦으로써 자유롭게 변화하는 인격체며 구속 없이 넘나드는 초월적 존재가 되고자 한다. 난설헌은 현실의 욕망, 현실에서 채우지 못하며 또 만족시킬 수도 없는 욕망을 현실 바깥의 선계에서 실현하고자 하였다. 현실 바깥의 세계, 곧 선계로 진입하기 위하여 난설헌은 신선이 되어야 했다.

삶의 최고 경지는 삶 자체를 부정하는 것이 아니라 욕망을 거부하는 것이며, 욕망으로부터 완전히 해방되어 자신을 선화하여 신선의 경지에 이르는 것이다. 이곳에서는 지칠 줄 모르는 욕망도 사라져 완전한 평화와 정신적 평정을 되찾는다.

현실의 굴레를 떨치고자 하는 난설헌의 유선 행위는 계속된다. 선화된 자아, 즉 자신의 신선 신분을 계속 확인하고, 현실에서의 유선 창작을 그치지 않는다. 「유선사」 87수는 그런 맥락에서 지어진 시라고 볼 수 있다.

3) 고독한 선계와 애상의 정서

① 선계의 애상적 분위기

허난설헌의 선계를 찬찬히 살펴보면 화려하고 설레는 공간으로 묘사되는 한편으로 뭔가 서글프고 슬픈 느낌이 배어난다. 읽는 이로 하여금 짙은 애상감을 자아내도록 한다.

거울 속 외로운 난새 상원 부인 원망하고	粧鏡孤鸞怨上元
구름 수레 봄이 늦었는데 천문을 하직하네	雲車春暮下天門
봉랑은 너무나 무정한 사람이라	封郞大是無情者
푸른 소매에 눈물 자국 흥건히 돌아왔네	翠袖歸來積淚痕(36수)

　이 시는 『태평광기』 68권에 실린 봉척(封陟)의 고사를 노래한 것이다. 내용은 다음과 같다. 소실산(少室山)에서 경전 연구에만 힘을 쏟던 봉척에게 치병거(輜軿車)를 탄 선녀가 찾아와 봉척을 시중들기 원한다. 그러나 봉척은 신선의 강림에 황송해하며 거절한다. 7일 후 선녀가 다시 찾아오지만 여전히 봉척은 사양하고 세 번째 왔을 때는 노기를 띠며 선녀를 꾸짖는다. 선녀는 눈물을 뿌리며 치병거를 타고 집을 나갔는데, 퉁소와 생황 소리가 아득한 구름 속에서 차갑게 들려왔다. 후에 봉척이 죽어 하늘에 올라가 보니, 그 선녀는 다름 아닌 상원 부인이었다는 것이다.

　그런데 흥미롭게도 「독신선전」을 지은 이춘영도 53수 중 51수에서 이 고사를 다루고 있다.

구름길 퉁소 불며 아득히 돌아가니	雲路簫笙杳杳歸
밤 깊은 봉도 달빛만 휘영청	夜深蓬島月光輝
봉랑은 스스로 풍정이 박하다 하며	封郞自是風情薄
그릇되이 선녀 눈물 흘리게 하네	枉使仙姝淚濕衣

－이춘영의 「독신선전」 53수 중 51수－

같은 고사를 시화(詩化)했으나 화자가 사뭇 다르다. 허난설헌의 시에서는 여선, 즉 상원 부인의 입장에서 고사를 시화했고, 이춘영은 봉척의 입장에서 고사를 시화하였다. 이춘영의 경우 '그릇되이[枉]'라는 글자를 쓰긴 하였지만, 선녀의 마음을 대변하기보다는 왠지 스스로 풍정이 박하다 하여 선녀까지 내친 봉척의 마음을 말해주는 듯하다.

난설헌의 시는 가해자가 아닌 피해자, 곧 상원 부인의 입장에서 시를 읊고 있다. 당연히 시의 분위기는 애처롭고 서글프다. 외로운 난새가 상원 부인을 원망하고, 선녀는 푸른 소매에 눈물 자욱 흥건해지도록 울면서 돌아갔다. 봉척의 입장보다는 무정한 봉척에게 내침을 당한 선녀의 마음에 중점을 두고 시를 썼다.

이 고사는 후에 많은 희곡의 소재로 사용되었는데, 그 가운데 원나라 잡극 중에 「봉척선생매상원(封陟先生罵上元)」이라는 희곡이 있다. 제목에서 알 수 있듯이 상원 부인이 성인군자인 봉척을 유혹하는 음탕한 여인으로 묘사되며, 상원 부인이 봉척의 꾸지람과 비난을 듣는다는 것이 주된 줄거리이다. 대부분 이 고사는 봉척을 도덕군자로 세우고, 이에 반해 상원 부인을 방탕한 여인으로 비평하는 내용으로 해석하는 것이 일반적이었다.

그러나 허난설헌은 여성의 입장에서 이 상원 부인에게 뜨거운 연민의 정을 보내고 있다. 너무도 무정한 봉척은 결국 무정한 난설헌의 남편 김성립, 혹은 남성에 대한 실망의 언사였다.

현실에서 허난설헌은 자신을 상원 부인으로 여겼으리라. 자신의 사랑을 받아주지 않는 남편 김성립은 봉척처럼 생각되었을 것이다. 자신의 사랑을 받아주었더라면 남편도 신선이 될 수 있었을 텐데, 자신을 멀리한 남편과 남편에게 버림받은 한이 떠올라 그녀의 시는 이처럼 애상적이 되었다. 이런 애상감은 그녀의 「유선사」에 전반적으로 나타난다.

향불 피워 고요한 밤 천단에 예 올릴제	焚香遙夜禮天壇
긴 수레 바람에 번득이고 학창의 싸늘하다	羽駕飜風鶴氅寒
풍경소리 은은하고 달도 별도 차가운데	淸磬響沈星月冷
계수나무 꽃이슬에 난새깃을 적시었네	桂花煙露濕紅鸞(5수)

28자 속에 물, 차가움에 관련된 이미지가 네 글자나 들어있다. '싸늘하고[冷]', '차가우며[寒]', '이슬[露]'이 '적신다[濕]'. 차갑고 싸늘하다는 촉각적 심상은 정적이고 가라앉은 분위기로 시상을 이끌어주며 곧 화자의 차가운 마음을 연상시킨다. 물에 관련된 단어들은 눈물을 연상시킨다. 이러한 이미지로 인해 난설헌의 시는 비록 선계를 노닌 즐거움을 노래했어도 애상적으로 읽히는 것이다. 위에 언급한 시뿐만이 아니라 난설헌의 「유선사」는 '차갑다'라는 뜻을 가진 글자가 유독 많이 쓰였고, 물 관련 이미지가 자주 사용되었다.

누대엔 붉은 노을 잠기고 땅에는 먼지 없는데	樓鎖彤霞地絶塵
옥비의 봄 눈물 비단 수건 적시네	玉妃春樓濕羅巾
하늘의 달 은하수 그림자에 잠기면	瑤空月浸星河影
앵무새 추위에 놀라 밤에 사람 부르네	鸚鵡驚寒夜喚人(23수)

누대에는 붉은 노을이 끼었다. 땅에는 티끌만 한 먼지도 없다. 그렇게 아름답고 깨끗한 세계에서 옥비가 눈물을 흘리며 비단 수건을 적시고 있다. 신선 세계에도 눈물이 있는 것이다. 다른 작가들이 그

린 선계에는 대부분 즐거움과 고즈넉함이 주를 이루는 데 비해, 난설헌의 선계에는 눈물이 자주 등장한다.

그렇다고 난설헌의 선계가 화려하지 않은 것은 아니다. 붉은 노을 잠긴 누대, 먼지 한 점 없는 땅은 분명 이 세상과 다른 곳임을 암시한다. 옥비가 눈물을 흘리지만 비단 수건을 적시며 단순한 하늘이 아닌 아름다운 하늘[瑤空]이다.

그러나 화려한 공간 묘사에도 불구하고 난설헌의 선계는 슬프고 애상적인 분위기이다. 3구의 '浸'은 하늘의 달이 은하수 그림자에 젖을 뿐만 아니라 옥비의 눈물에 선계가 다 젖어드는 듯한 느낌이 들게 한다. 난설헌 「유선사」에는 '浸'이 특히 많이 등장하여 선계가 전체적으로 물의 이미지로 그려진다.

난설헌은 길지 않은 평생을 눈물로 보낸 여인이다. 그녀의 눈물은 주로 현실의 불우와 마음의 번뇌에서 비롯된 것이다. 돌아오지 않는 남편, 자신의 포부를 마음껏 펼칠 수 없는 여성이라는 성의 한계, 좁은 조선에 태어난 한을 평생 짊어져야 했던 이가 난설헌이다. 난설헌은 그런 자신의 한계를 초월하려 선계를 꿈꾸었지만, 난설헌의 선계는 그녀의 애상적 눈물을 한껏 머금은 곳이 되었다. 현실에서 흘린 눈물이 선계에서도 무의식 속에 펼쳐지고 있는 것이다. 비록 선계에 올라 신선의 신분으로 노닐고 있지만, 그녀의 마음은 인간의 상처를 완전히 벗어나지 못하고 있다. 여전히 버림받을까 두려워하고 있다. 그녀의 눈물은 외로움으로 귀결된다.

② 고독한 선계(仙界), 외로운 자아(自我)

난설헌의 선계 공간이 애상적으로 그려지는 것은 난설헌의 외로운 심리가 무의식적으로 드러난다는 것을 말해 준다. 친정 식구의 몰락, 남편의 가출, 자식의 죽음, 고부간의 갈등으로 그녀는 사고무친(四顧無親)의 외로움을 겪는다. 마음을 토로할 수 있는 상대, 정(情)을 붙일 상대가 없다는 사실은 선계에서도 그녀를 외롭게 하였다.

봄내 한가로이 옥진 더불어 노는데	一春閑伴玉眞遊
어느덧 서릿발로 하마 가을 알리네	倐忽星霜已報秋
무제는 오질 않고 꽃잎은 다 지는데	武帝不來花落盡
하늘 가득 안개 이슬 달은 누각 마주했네	滿天煙露月當樓(76수)

봄내 한가로이 옥진(玉眞)과 더불어 노닐다 보니 여름마저 어느덧 훌쩍 지나가고 어느덧 서리가 가을을 알린다. 그러나 그토록 기다리는 무제는 올 생각도 않고 꽃은 훌쩍 다 져 버렸다. 하늘엔 안개와 이슬이 가득하고 휘영청 밝은 달빛만 누각을 채우고 있다.

아무리 선계라지만 흐르는 시간이나 지는 꽃을 막을 수는 없다. 영원한 현재 속에서도 선계의 시간은 쉼 없이 흘러간다. 본래 선계의 시간은 인간계에서의 시간이 가진 본질과는 다른 속성을 가지고 있다. 선계의 시간은 변화와 성장의 시간이라기보다는 '지속'으로서 표상(表象)된다. 그러나 난설헌 유선문학에서의 시간은 이와 다르다. 인간계와 마찬가지로 가을이 오고 꽃이 떨어진다. 시간은 무심히 흘러가고 기다림의 상황만 변함없이 지속될 뿐이다. 시간은 변화되건만 임이 오지 않는 상황의 지속은 필연적으로 고독한 선계 이미지를 불러온다. 선계에서마저 난설헌은 끝없는 기다림의 지속을 맞이하는 것이다.

난설헌은 남편인 김성립과 금슬이 좋지 못한 것을 삼한(三恨) 중의 하나로 여길 정도로 현실 속의 부부 관계를 탓하였다. 위 시에서도 그러한 난설헌의 마음이 그대로 드러나 있다. 기다려도 오지 않는 무제와 봄, 여름도 가버려 잎 다 떨어진 꽃은 난설헌 자신을 치환하고 있다. 위 시는 아래 인용 시와 그 분위기가 상당히 비슷하다.

제비는 처마 밑을 칠 듯이 쌍쌍이 날고	燕掠斜簷兩兩飛
떨어진 꽃잎은 어지러이 비단옷을 치네요.	落花撩亂撲羅衣
규방에서 보이는 것마다 봄 경치가 슬퍼라	洞房極目傷春意
푸른 강 남쪽에서 님은 오시지 않으시구려	草綠江南人未歸51)

허난설헌의 남편 김성립은 독서하러 집을 떠나 강가에 집을 짓고는, 문을 닫아 건 채 수양을 했다고 기록되어 있다. 위 시는 그런 남편에게 허난설헌이 보낸 시이다. 제비마저도 쌍쌍이 나는데, 난설헌은 홀로 규방을 지키고 있다. 이미 봄이 가는지라 꽃잎마저 분분히 떨어져 옷깃을 친다. 떨어지는 꽃은 난설헌 자신의 모습이기도 하다. 예쁘게 단장하여 눈에 들고 싶었으나, 활짝 피기도 전에 떨어지고 마는 꽃잎이 바로 난설헌이다. 아무리 기다려도 임은 오시지 않으니 그 한과 원망의 깊이가 새삼 느껴진다.

이런 작자의 마음은 선계에서도 그대로 드러난다. 그녀가 묘사한 선계, 그녀가 노닐던 선계는 더할 수 없이 화려하고 아름다운 곳이지만 반면 짙은 애상감이 깔려 있다. 그 이유를 우리는 이러한 난설헌의 현실 인식에서 찾게 된다. 결국 난설헌은 선계에서조차 현실의 외

---

51) 허난설헌, 「寄夫江舍讀書」. 이 자료는 유탕하다 하여 문집에는 수록되지 않고 『海東詩話』에 수록된 것이다. 이종묵, 『한국 한시의 전통과 문예미』(태학사, 2002), p.64 재인용.

로움을 완전히 벗지 못하고 있다.

부백이 한가로이 흰 사슴을 타고 노닐다가	鳧伯閒乘白鹿遊
꽃을 꺾어 가지고 오운루에 올라오네	折花來上五雲樓
경전이 책상에 가득하고 약도 솥에 쌓였는데	丹經滿案藥堆鼎
어찌하여 옥랑은 머리가 하얗게 세었나	何事玉郞霜滿頭(53수)

부백이 한가롭게 백록을 타고 노닐다가, 꽃을 꺾어 오색구름이 노니는 오운루(五雲樓)에 올랐다. 신선이 될 수 있는 제약법이 담긴 외단서(外丹書)가 책상에 꽉 차 있고, 이에 따라 만든 약도 솥에 그득하다. 그런데도 신기한 일이다. 선계에 사는 옥랑의 머리는 이미 하얗게 세었다. 머리가 셌다는 것은 늙었다는 것 혹은 정신적인 억압을 받았다는 의미이다.

신선이 되었다면 생로병사(生老病死)의 고통도 없을 것이요, 어떠한 정신적 억압에서도 자유로워야 한다. 그렇다면 왜 옥랑의 머리는 하얗게 센 것일까? 난설헌 스스로도 '어찌하여[何事]'라 하며 그 이유를 묻고 있다. 이 시에서 나타나는 선계의 시간 역시 앞선 시와 마찬가지로 흘러가고 변화하는 양상이 나타난다.

이러한 양상들은 난설헌이 겪은 현실에서의 외로운 심리가 선계에서도 투영된 것이다. 난설헌 유선시에서 유독 '한가로이[閒]'와 '외로운[獨]'이라는 어휘가 많이 나오는 것은 이러한 난설헌의 심리를 증명해 준다. 집을 나가 돌아오지 않는 남편, 너무나 멀기만 한 친정, 게다가 아이까지 잃어 그녀의 마음은 정 붙일 곳이 없었다. 벼슬살이를 하여 이름을 드날릴 수 있었던 것도 아니요, 남자들처럼 마음을 터놓을 친구가 있었던 것도 아니다. 그녀는 결혼 이후 외딴 섬과 같았을 것이고, 27세의 꽃다운 나이에 죽을 때까지 긴긴 외로움을 견디며 살아야 했을 것이다.

승로반 꽃물에 三星 잠기고
빗긴 은하수 백옥 병풍에 나직이 가네
외로운 학 못 돌아와 사람도 잠 못 들고
한 가닥 은 물방울 뜰에 지누나

露盤花水浸三星
斜漢初低白玉屛
孤鶴未廻人不寢
一條銀浪落珠庭(62수)

노반(露盤)은 한무제가 선약을 만들 때 필요한 이슬을 받기 위한 큰 쟁반을 말한다. 한무제는 이 승로반을 만들어 그 이슬을 마시고 신선이 되었다는 고사가 있다. 그 승로반의 물에 별들도 잠길 정도로 밤이 깊었다. 은하수는 백옥 병풍에 나직이 깃들어 있다. 그렇게 밤이 깊었는데, 외로운 학이 돌아오지 않아 사람도 잠자리에 들지 못하고 있다.

난설헌의 시에는 '외롭다'라는 뜻의 글자가 유독 많이 나온다. '孤', '獨' 등의 글자가 빈번하게 쓰여 그녀의 마음이 꽤 직접적으로 드러나 있다. 여기서 외로운 학이란 무엇일까? 신선 세계의 학은 외롭지 않다. 그러나 난설헌의 학은 외롭다. 사람을 잠 못 들게 하는 외로운 학은 남편일까 아니면 그녀 자신의 투영물일까. 어느 경우이든 간에 외롭기는 마찬가지이다. 뜰에 떨어지는 것은 잠 못 드는 사람의 눈물이며, 난설헌 자신의 눈물이기도 하다. 시 전체에 고독한 정서가 흠씬 깔려 있다.

결국 난설헌의 유선문학은 현실 인식에 따른 한(恨)과 그 한을 벗어나려는 심리의 투영물이다. 난설헌이 현실에서 자신의 재능을 인정받고 남편과 행복한 생활을 꾸렸다면 그녀가 그린 선계는 어떠했을까. 아마도 남녀가 화합한 사랑을 노래했으리라고 쉽게 유추해 볼 수 있다. 다른 일반 남자 작가들과 마찬가지로 외로움이 거세된 황홀한 곳으로서의 선계만이 부각되었을 것이다.

그러나 그녀는 현실에서 삼한(三恨)을 겪어야 했다. 여자로서의 한은 큰 재능과 능력을 세상에 떨치기는커녕 오히려 짐이 되고 억압이 되는 차별의 세계이다. 필부(匹婦)로서의 한은 무자(無子)의 고통과 남편과의 불화(不和)이다. 난설헌은 이 갇힌 세계, 억압의 공간에서 탈출하고 싶었다. 그리하여 유선문학을 통해 선계를 설정하고 스스로 신선이 되었다.

선계는 남녀 차별을 비롯한 인간의 모든 굴레와 압박이 거세된 곳이다. 그러나 화려한 선계에서 노닐면서도 난설헌은 여전히 혼자였다. 아름다운 선계 속에서도 그녀는 여전히 인간 세상에서와 마찬가지로 고독했고 외로웠다. 선인(仙人)들이 누리는 불로장생(不老長生)이 그녀의 꿈은 아니었다. 그녀가 선계에서 얻고 싶었던 것은 삼한(三恨)의 현실을 벗어나 외로움을 극복하는 것이었다. 그러나 무의식 속에서 그녀는 여전히 외로움을 떨치지 못하고 있었다. 어릴 적부터 선계에 집을 지어 놓고 자신을 신선이라 여기며 스스로 선화(仙化)한 난설헌은 선계에서도 내면에 가득한 외로움을 씻지 못하고 슬픔과 애상에 젖은 시를 쏟아 내었던 것이다.

2. 이춘영: 신선전 독서 체험과 시화

1) 이춘영과 「독신선전」 53수

성리학적(性理學的) 이념이 공고했던 조선시대에 도교나 불교 등에 관련된 서적은 유자(儒者)들에게는 이단서에 불과했다. 글을 읽을 줄 아는 선비들은 모두 노장서(老莊書)를 읽긴 하였으나, 현실 중심의 사유를 지향했던 당시 지식인들에게 도교나 불교는 공허하고 비현실적이며 허황되어 보였다.[52]

그럼에도 불구하고 일부 지식인들에게 유선문학 창작 경향은 쉽게 눈에 띈다. 이수광(李晬光, 1563~1628)은 「유선사(遊仙詞) 10수」와 「유선사(遊仙詞) 3수」를 남겼으며 신흠(申欽, 1566~1628)은 「지봉집악부신성 기중유궁사새하곡유선시등체 여희효지(芝峯輯樂府新聲 其中有宮詞塞下曲遊仙詩等體 余戲效之)」와 「유선(遊仙)」을 그의 문집에 실었다. 김상헌(金尙憲, 1570~1652)은 「차유선사운십수(次遊仙詞韻十首)」를, 조찬한(趙纘韓, 1572~1631)은 「유선사(遊仙詞)」를 지었다. 악부시인 정두경(1597~1673)도 「유선사」 11수를 남겼다. 이들은 유선시 창작을 통해 마음껏 신선의 세계에 노닐었으며 자유로운 비상을 꿈꾸기도 했다.

---

52) 조선시대의 文士들은 문학 수업을 위해서는 老莊書를 멀리할 수 없었다. 저간의 사정을 『月沙集』에서 확인할 수 있다. 『月沙集』 卷七: "業文章者 喜讀老莊諸書. 其氣質過高者 又多傳而求道於釋氏之門, 唐宋諸賢是也…… 其次爲鰲城月沙二公, 雖習文章讀老莊書, 而不受其毒也." 이종은, 「詩歌上의 老莊思想」, 『한국 시가와 도가사상』(보성문화사, 1982). p.67 참조.

그 가운데서도 필자가 이춘영(李春英, 1563~1606)이란 인물에 주목하는 이유는 그가 남긴 「독신선전(讀神仙傳)」 53수 때문이다. 이는 지금까지 유선시를 창작한 인물 가운데 허난설헌과 장경세(張經世, 1547~1615) 다음으로 많은 양에 해당한다. 그는 선조(宣祖) 연간의 인물이다. 도학을 한 기록도 없으며 도교의 수행을 실천한 인물도 아니다. 조정이 부르면 곧바로 달려간 유자(儒者)였다. 유자의 신분이요, 도교에 깊이 침잠했던 것도 아닌 그가 여러 편의 유선시를 남긴 이유는 무엇일까? 본고는 이러한 호기심 아래 그의 생애와 「독신선전」 53수를 살펴볼 것이다. 이를 통해 이 시기 지식인층의 신선에 대한 정보 찾기의 한 경로를 밝힐 수 있기를 희망한다.

이춘영이란 인물에 대해 알려진 바는 거의 없다. 몇몇 시화(詩話)에 단편적으로 소개된 것과 다른 사람의 문집에 언급된 몇 자취가 있을 뿐이다. 문집으로는 『체소집(體素集)』을 남겼는바 이 문헌에 의존하여 먼저 그의 발자취를 더듬어 보겠다.

2) 독서를 통한 현실의 일탈

① 현실에서의 방황과 도교적 교유

이춘영에 대한 행장이나 묘지명 등은 전하지 않는다. 다만 그의 시집과 막역지우(莫逆之友) 사이에 남긴 몇몇 짤막한 기록을 통해서 그의 발자취를 더듬어 보기로 한다.

1563년 태어난 이춘영은 우계(牛溪) 성혼(成渾)의 문하에서 수업했으며 정철(鄭澈)을 스승으로 모셨다. 때문에 그의 시집(詩集)에는 스

승 정철과 관련한 시가 많다.[53] 그의 벼슬살이는 참으로 다사다난하
다. 몇 달 사이에 승진과 실의(失意)를 반복할 정도로 정치적 부침
(浮沈)이 심하였다.[54] 신흠이 써준 서문을 보면 이춘영은 '한 시대가
중히 여기는 인물'이었음에도 정치적 부침을 반복하다 불혹(不惑)을
넘자마자 죽고 말았다고 한다.[55]

그의 생에 여러 차례의 파직과 유배는 선조 24년(1591)에 벌어졌
던 신묘당사에 기인한다.[56] 그 후 그의 나이 30세에 임진왜란이 발
발하자 유배 중이었던 정철과 함께 해배(解配)되어 다시 벼슬에 복
직한다. 이춘영은 여러 차례의 파직과 복직을 되풀이하는 가운데서도
관직을 포기하지 않는 태도를 취한다. 그는 조정에서 부름이 있으면
늘 관모(冠帽)를 기꺼이 쓰는 모습을 보였다.

그가 교유한 인물로는 정철과 권필(權韠), 허균(許筠), 신흠, 권도

---

53) 정철과 관련된 시로 「次松江韻」, 「上松江」, 「松江席上呼韻」, 「次松江相公
韻因贈別」 등이 있다.

54) 선조 24년(1591) 1월에 검열로 등극하였다가 두 달 만인 3월에 파직되
고 6월에는 붕당을 만들어 정사를 濁亂시킨 혐의로 유배되었으며 선조
25년(1592) 8월 다시 예문관 검열이 되었고 9월 승정원 주서로 승진하
여 3일 뒤엔 다시 예문관 대교로 올라 11월엔 호조 좌랑이라는 벼슬까
지 오르는가 싶더니 선조 26년(1593) 2월에 파직되고 하옥되었다가 그
해 11월 제술문관으로 다시 조정에 나왔다. 그러나 두 해 뒤인 선조 28
년(1595) 5월에 拿問되었다.

55) 申欽, 「體素集序」, 『體素集』: "未數年 已掉鞅薦紳先生間 爲一世重 又數
年而 釋褐登廷 爲翰林 俄鍛副試牟愁矣 又一年而敍 徘徊郎署 旋復打文罔
再遷于裔 又數年而敍 纔躋四品卒矣 其才若是乎高 而其溝若是乎奇 何哉".

56) 신묘당사는 선조 22년(1589)에 정여립의 모반사건으로 야기된 기축옥
사 때 정철이 옥사를 엄하게 다스려 자신들을 심하게 박해한 데 원한
을 품었던 東人이 西人에 대해 보복과 반격을 가한 사건이다. 이때 스
승이자 아버지의 위치였던 정철이 유배되고 이춘영 또한 연루되어 두
달 만에 관직을 삭탈당하고 유배를 가게 된다.

(權韜) 등이 있다. 스승 권필과의 사귐은 각별하여 권필이 교유를 끊었을 때 동악(東岳) 이안눌(李安訥)과 현곡(玄谷) 조위한(趙緯韓), 그리고 체소 이춘영만의 왕래를 허락하였다는 기록이 있고,57) 이춘영 또한 권필과 이안눌, 허균만 교유를 허락했다고 한다.58) "실지(實之) 이춘영은 평생 뻣뻣하여 남을 허가함이 적었는데 여장(汝章) 권필에 이르러서는 추대하여 미칠 수가 없다고 여겼다."59)라는 기록도 전한다. 또한 그는 석주의 동생 권도(權韜)와도 절친했으며, 신흠과도 교유가 남달랐다.

이춘영의 생애를 살펴보면 도교와 관련한 행적을 발견할 수 없다. 그가 남긴 유선시를 통해 그가 꾸준히 도교에 관심을 보인 인물임을 확인할 수 있을 뿐이다. 그렇다면 유자(儒者)로서 일생을 보낸 이춘영이 많은 유선시를 창작할 수 있었던 개인적 배경이 궁금해진다. 이는 두 가지 면에서 생각해 볼 수 있다.

첫째는 그가 사귄 인물들의 영향 관계에서 찾아볼 수 있다. 이춘영이 사귀었던 인물들은 하나같이 도교에 관심을 갖고 있었다는 공통점이 있다. 정철은 그의 가사 작품들을 통해 자신이 진세(塵世)에 귀양 온 신선이라는 뜻을 남겼으며, 신흠은 6제 18수, 권필은 2제 2수, 허균은 7제 53수의 유선시를 문집에 남겼다.

이춘영이 지은 「화표주차송강운오수(華表柱次松江韻五首)」에는 정철을 추모하는 가운데 도교와 관련한 언술을 표명하고 있다. 송강을

---

57) 尹拯, 「童蒙敎官 贈司憲府持平石洲權公行狀」, 정민, 『목릉문단과 석주 권필』(태학사, 1999), p.631 재인용.

58) 許筠, 『惺叟詩話』: "實之眼高, 不許一世人, 獨稱余及汝章, 子敏爲可".

59) 許筠, 「石洲小稿序」, 『惺所覆瓿藁』: "李實之平生, 伉倨少許可, 至於汝章, 則推以爲不可及".

귀양 온 신선이라 추모하며 어지러운 인간 세상에 다시는 오지 말라고 당부하는가 하면 "(송강) 거사는 본래 적선인이라 진토에서의 한 꿈 삼생(三生)이 지나갔네 居士本是謫仙人 一夢塵土經三生(4수)"라고 노래하기도 하였다. 한편으로 신흠에게 부친 「기신경숙(寄申敬叔)」이라는 시에서는 함께 신선의 비결을 배워 천 년토록 연마하자고 하였고, 「신경숙작리성사영개위해야해산야송림야류제야차운(申敬叔作利成四詠盖謂海也海山也松林也柳堤也次韻)」이라는 긴 제목의 네 수 연작시에서는 신흠과 서로 차운하며 선계를 묘사하고 있기도 하다. 권필에게 주는 「증권여장(贈權汝章)」이라는 시에서도 권필과 함께 젊었을 적부터 함께 했던 공부와 교유를 추억하며 이제 늙어버렸지만 함께 비선술(飛仙術)을 배워 웃으며 불사(不死)의 고을 봉래산으로 돌아가자고 얘기하고 있기도 하다.

두 번째 이유로 이춘영이 솔직한 성격을 지녔으며 예법 따위에 구애받지 않고 자유분방하였다는 기록을 들 수 있다. 잘못한 사람이 있으면 그 사람을 앞에다 두고 거침없이 꾸짖어 그 사람의 얼굴이 벌개지도록 할 정도로 아무 거리낌이 없었다는 것이다. 또한 젊은 시절부터 『좌전(左傳)』, 『사기(史記)』, 『장자(莊子)』, 『열자(列子)』 등을 탐독했고 한퇴지(韓退之), 소동파(蘇東坡)에 이르기까지 수천 년의 간격을 두루 섭렵했다고 한다.

이러한 기록들은 규범과 질서를 중시하는 유자로서의 모습과 어울리지 않는다. 허균은 이런 그를 두고 "실지(實之) 이춘영은 눈이 높아 당세(當世)의 사람을 허락하지 않았다"[60]고 기록하고 있다. 세상 사람들이 그를 꺼려 모함하거나 여러 차례 유배를 당하도록 만들었

---

60) 許筠, 『성수시화』: "實之眼高, 不許一世人".

다는 사실이 오히려 이상하게 들리지 않는다. 자유분방하고 거침없는 성격, 장자(莊子)에까지 이르는 박학의 태도는 도교에 친근하게 접근할 수 있는 한 동인이 되었을 것이다.

이상은 이춘영이 많은 유선시를 창작할 수 있었던 배경에 대해 그의 개인적 환경을 고려해 추적해 보았다. 그렇지만 이제 「독신선전」 53수를 통해서 우리는 한 인간이 그의 삶과 상반되는 분야에 대해 관심을 갖게 되는 데에는 개인적 처지뿐만 아니라 시대 분위기라는 문제가 고려된다는 사실을 알게 된다. 특히 이 작품을 통해 당대 신선전이 얼마나 광범위하게 퍼져 있었던가, 그리고 이를 어떤 방법으로 시화(詩化)했으며, 이를 통해 현실에서의 방황을 어떤 방법으로 이미지화시켰던가를 발견하게 될 것이다.

② 현실로부터의 일탈과 도교적 꿈꾸기

필자는 이춘영의 「독신선전」 53수를 검토하는 과정에서 흥미롭게도 그 내용이 전부 『태평광기(太平廣記)』에 실려 있다는 것을 발견하게 되었다. 아래 자료는 「독신선전」 53수의 고사 내용과 원출전(原出典)을 밝혀 놓은 것이다.

	故事	太平廣記 登載順序	原出典
1	漢武帝	3·1(0010)	漢武內傳
2	〃	〃	〃
3	徐福	4·6(0016)	廣異記
4	月支使者	4·8(0018)	仙傳拾遺
5	墨子	5·2(0023)	神仙傳

	故事	太平廣記 登載順序	原出典
6	劉安	8·1(0043)	〃
7	河上公	10·1(0053)	〃
8	欒巴	11·4(0063)	〃
9	左慈	11·5(0064)	〃
10	壺公	12·1(0066)	〃
11	郭文	14·2(0079)	神仙拾遺
12	杜子春	16·1(0090)	續玄怪錄
13	張老	16·2(0091)	〃
14	〃	〃	〃
15	裵諶	17·1(0092)	〃
16	〃	〃	〃
17	馬周	19·1(0100)	神仙拾遺
18	李林甫	19·2(0101)	逸史
19	文廣通	18·3(0097)	神仙感遇傳
20	楊通幽	20·4(0107)	仙傳拾遺
21	羅公遠	22·1(0111)	神仙感遇傳, 仙傳拾遺, 逸史
22	藍采和	22·3(0113)	續神仙傳
23	採藥民	25·1(0125)	原化記
24	元柳二公	25·2(0126)	續仙傳
25	十仙子	29·2(0137)	宣室志
26	姚泓	29·4(0139)	逸史
27	張果	30·1(0141)	續神仙傳
28	李遐周	31·1(0144)	明皇雜錄
29	韋弇	33·1(0150)	神仙感遇傳
30	崔煒	34·2(0155)	傳奇
31	拓跋大郎	36·2(0163)	原化記
32	李淸	36·4(0165)	集異記
33	韋仙翁	37·1(0166)	異聞集
	賣藥翁	37·4(0169)	續仙傳
34	白幽求	46·1(0213)	博異志
35	陶尹二君	40·5(0181)	傳奇
36	丁約	45·2(0208)	廣異記

	故事	太平廣記 登載順序	原出典
37	唐憲宗皇帝	47・1(0217)	
38	嵩岳嫁女	50・1(0234)	纂異記
39	〃	〃	〃
40	裵航	50・2(0235)	傳奇
41	張卓	52・4(0243)	會昌解頤錄
42	楊眞伯	53・5(0248)	博異志
43	白水素女	62・5(0302)	搜神記
44	玉女	63・1(0308)	集異記
45	崔書生	63・3(0310)	玄怪錄
46	楊正見	64・1(0313)	集仙錄
47	太陰夫人	64・5(0317)	逸史
48	姚氏三子	65・1(0318)	神仙感遇傳
49	趙旭	65・2(0319)	通幽記
50	郭翰	68・1(0327)	靈怪集
51	封陟	68・3(0329)	傳奇
52	玉藥院女仙	69・1(0330)	劇談錄
53	張雲容	69・3(0332)	傳奇

　표를 통해 보듯 「독신선전」 53수는 모두 『태평광기』의 고사를 시화(詩化)한 것이다. 한두 수를 제외하곤 그 순서조차 다르지 않다. 그러므로 이춘영이 읽은 '신선전'이란 『태평광기』를 말하는 것이며, 그 가운데서도 55권으로 된 '신선(神仙)'류, 15권으로 된 '여선(女仙)'류임을 알 수 있다.61)

---

61) 이춘영의 「독신선전」 53수 가운데 42수까지는 신선류에 속한 것이고 43수부터 53수까지는 여선류에 해당한다. 한 고사로 두 수의 연작시를 만든 것은 한무제의 1・2수, 장로의 13・14수, 배심의 15・16수, 숭악가녀의 38・39수이다. 33수는 한 수에 위선옹과 매약옹의 두 고사를 실었으며, 이를 제외하고는 전부 한 수에 하나의 고사를 담았다.

『태평광기』는 이방(李昉) 등이 편찬한 책이다. 신선의 고사와 선계의 화려한 묘사 등이 방대하게 담겨져 있다. 중국 태종의 명을 받은 이방이 대표가 되어 동학(同學) 서현(徐鉉), 동순(董淳), 오숙(吳淑), 여문중(呂文仲), 진악(陳鄂), 조린기(趙隣幾), 왕극정(王克貞), 장계(張泊), 송백(宋白), 탕열(湯悅), 이목(李穆), 호몽(扈蒙) 등 12인과 함께 한대(漢代)에서부터 송 초(宋初)까지의 경사자집(經史子集)에서부터 제자백가, 패사, 전기, 소설 등에서 고전 설화 및 소설을 집록하여 전 500권, 목록 10권, 7000여 편의 설화를 475종의 고서에서 골라내어 종류에 따라 92류로 나누고 다시 150소류로 세분하였다.

우리나라에는 언제 들어왔는지는 확실치 않으나, 「한림별곡(翰林別曲)」에 "태평광기(太平廣記) 사백여권(四百餘卷) 태평광기(太平廣記) 사백여권(四百餘卷) 위 역람(歷覽)ㅅ 경(景)긔엇더ᄒ니잇고"라고 씌어 있는 것을 보면 고려 이전에 이미 수입되었음은 확실하다. 특히 조선시대에 들어오면 『태평광기』는 매우 유행하게 되어 일반인들도 읽을 정도로 확산되었다. 그러나 그 방대한 양 때문에 개인의 소장으로는 어려움이 따랐다. 그리하여 세조 8년인 1462년에는 성임(成任)에 의하여 그 중요한 부분만을 축약하여 만든 『태평광기상절(太平廣記詳節)』이 새로이 간행되었다. 『태평광기상절(太平廣記詳節)』은 50권을 상하로 나누어 143항목에 걸쳐 843편을 수록하였다. 또한 이후에는 『태평광기언해(太平廣記諺解)』도 간행되는데, 아직 정확한 간행년도는 밝혀지지 않았다.62) 『태평광기상절(太平廣記詳節)』이나 『태평광기언해(太平廣記諺解)』의 간행은 조선시대에 그만큼 『태평광기』가

---

62) 다만 이들 언해본의 저본이 명판본이므로, 언해본의 형성은 대략 명종 21년(1566년) 이후 선조 연간쯤으로 보고 있다.

유행했음을 보여주는 증거라 하겠다.

　복잡한 정치 현실과 불우한 지식인의 처지를 생각했을 때, 이춘영을 비롯한 작가들은 신선전을 읽고 그 속에 나오는 화려한 선경으로 현실을 위로받았을 것이다. 조선 중기의 지식인들은 선경(仙境)에 대한 환상을 통하여 암울한 현실을 극복하였다. 허균 또한 「열선찬(列仙贊)」을 지으면서 그 서문(序文)에 "때때로 이를 보면서 신선을 그리는 마음을 달랜다(時觀之以釋懷仙之念云)"라고 말한 바 있다. 신선전을 읽고 이에 대한 요약과 감상을 적어 놓고는 때때로 읽고 신선을 그려봄으로써 고단한 현실을 잊어 본다는 것이다.

　신선전 독서는 작자의 현실을 억압하고 있는 유교적 정치의 허구와 한계를 질문하고 그 규범에서 일탈하고자 하는 욕망을 간접적으로 드러낸다. 등고(滕固)는 유선문학의 특색을 '신선 전설과 고대의 전적 가운데 기이하고 방탄하며 신비한 전설에서 취재하여 아득하고 아름다운 세계를 그려내어, 그 속에 담긴 상징적 암시성을 통해 독자를 환상적이고 허무한 경계로 끌어들여 예술상의 정화 작용을 완성하는 것'이라고 지적한 바 있다.63) 유선문학의 특질 중 하나가 비현실적이고 기이한 이야기를 통해 독자들로 하여금 환상을 맛보게 하고 삶을 정화시켜 주는 것임을 말해 준다.

　선계의 모습과 신선 고사의 나열은 낯선 세계의 특징을 보여주지만, 그렇다고 작자나 독자들은 선계에 대해 낯설다거나 두렵다는 느낌을 갖지 않는다. 괴이하다고 여기거나 허황되다고 여기지도 않는다. 그곳을 동경(憧憬)하고 꿈꿀 뿐이다. 그곳에는 현실에서 느낄 수

---

63)　滕固, 「中世人的苦悶與遊仙的文學」, 『中國文學硏究』(臺北, 國泰文化事業
　　有限公司, 1970), p.262.

없는 완전한 평화와 한가로움이 있기 때문이다.

3) 「독신선전」 53수의 시화 메커니즘

대부분의 유선문학은 작품 안에 작가의 관념이 투영되어 있다. 신선을 동경하여 자신이 직접 선화(仙化)되어 선계를 노닐고, 혹은 신선들에 대한 부러움을 직접적으로 표출한다. 허난설헌은 자신이 직접 신선이 되어 선계를 노니는 시를 읊었고, 이수광은 반복적 꿈꾸기 작용을 통해 자신을 적선(謫仙)으로 생각했다.

그러나 이춘영의 「독신선전」 53수는 단순히 신선전의 내용을 압축해 놓고 있다. 제목에서 이미 말해주듯 '신선전을 읽고' 난 후의 독후감이다. 시인의 감정 이입은 최대한 억제한 채 장면 위주로 시화하였다. 그렇다면 『태평광기』에 실린 수많은 신선 고사들 가운데 이춘영은 무엇을 선택했으며, 긴 산문을 어떤 방식으로 시화(詩化)했을까. 이를 통해 이춘영이 『태평광기』를 시로 옮김으로써 얻은 시적 창조는 무엇이며 또 이춘영이 꿈꾼 환상은 무엇이었는지를 자연스레 밝혀보도록 하겠다.

① 선계의 경이로움 포착

먼저 한 편의 시를 임의로 골라 장편의 고사를 짧은 시로 옮긴 과정을 살펴보기로 하겠다.

비단 옷 뿔부채 두 갈래 쪽진 머리　　　　羅衫角扇兩鬟鴉
내려와 당창관 안 꽃 감상하네　　　　　　來賞唐昌觀裏花

몇 가지 꺾어들고 한참을 서 있는데 　　折得數枝良久立
가벼운 바람 불어 구름으로 올리누나 　　輕風吹送上烟霞(52수)

위 시는 『태평광기』 69권에 실린 옥예원여선(玉蘂院女仙)의 다음 고사를 시화한 것이다.

　　장안 안업의 당창관에 오래전부터 옥예화가 자라고 있었는데, 옥예화가 필 때면 경림요수(瓊林瑤水) 같았다. 당나라 원화연간 봄이 되어 만물이 한창일 때 놀이를 찾아오는 수레의 행렬이 줄지었다. 어느 날 갑자기 열일곱 여덟쯤 되어 보이는 여자가 녹색의 수놓은 옷에 머리를 두 갈래로 틀어 올리고 비녀와 귀걸이도 하지 않은 채 당창관에 왔는데, 그 순한 용모와 안색이 다른 사람들보다 훨씬 뛰어났다. 또한 여도사 두 명과 동복 세 명이 따라왔는데, 모두 총각머리에 누런 적삼을 입고 있었으며 비할 데 없이 용모가 화려하고 언행이 단정했다. 잠시 후에 말에서 내려와 백각선으로 얼굴을 가리고 곧장 옥예화가 피어 있는 곳까지 걸어가면서 기이한 향내를 풍겼는데, 몇십 걸음 밖에서도 맡을 수 있을 정도였다. 이들을 구경하던 사람들은 궁궐에서 나온 사람이라 생각하고 감히 다가가 볼 수 없었다. 그 여자는 한참 동안 우두커니 서 있다가 계집종에게 꽃가지 몇 개를 가져오게 하더니 떠나려 했다. 또 말을 타면서 누런 적삼 입은 사람을 돌아보며 말했다. "지난날 옥봉에서의 약속 때문에 여기서 가야 할 것 같다." 당시 구경꾼들이 담을 두른 듯 에워싸고 있었는데, 안개가 피어오르고 학 울음소리가 들리며 주위 경치가 빛나는 것을 모든 사람들이 느꼈다. 말을 타고 백여 걸음 갔을 때 가벼운 바람이 먼지를 일으키더니 이를 따라 사라졌다. 잠시 후 먼지가 걷힌 뒤 바라보았더니 그들은 이미 공중에 떠 있었다. 구경꾼들은 그제야 신선의 나들이임을 알게 되었고, 그들이 남긴 향기는 한 달이

지나도록 흩어지지 않았다. 당시의 엄휴복, 원진, 유우석, 백거이는
모두 「옥예원진인강시」를 지었는데, 다음과 같다. (시는 생략) (長安
安業唐昌觀, 舊有玉蕊花. 其花每發, 若瓊林瑤樹. 唐元和中, 春物方盛,
車馬尋玩者相繼. 忽一日, 有女子年可十七八, 衣綠繡衣, 垂雙鬟, 無簪
珥之飾, 容色婉娩, 迥出于衆. 從以二女冠, 三小仆, 皆丱髻黃衫, 端麗無
比. 旣而下馬, 以白角扇障面, 直造花所, 異香芬馥, 聞于數十步外. 觀者
疑出自宮掖, 莫敢逼而視之. 佇立良久, 令女仆取花數枝而出. 將乘馬,
顧謂黃衫者曰: "曩有玉峰之期, 自此行矣." 時觀者如堵, 咸覺煙飛鶴唳,
景物輝煥. 擧轡百余步, 有輕風擁塵, 隨之而去. 須臾塵滅, 望之已在半
空, 方悟神仙之游. 余香不散者經月余. 時嚴休復, 元稹, 劉禹錫, 白居易
俱作玉蕊院眞人降詩. 嚴休復詩曰: "終日齋心禱玉宸, 魂銷眼冷未逢眞.
不如一樹瓊瑤蕊, 笑對藏花洞里人." 又曰: "香車潛下玉龜山, 塵世何由
睹蕣顔. 惟有無情枝上雪, 好風吹綴綠玉鬟." 元稹詩云: "弄玉潛過玉樹
時, 不敎青鳥出花枝. 的應未有諸人覺, 只是嚴郎自得知." 劉禹錫詩云:
"玉女來看玉樹花, 異香先引七香車. 攀枝弄雪時回首, 驚怪人間日易斜."
又曰: "雪蕊瓊葩滿院春, 羽林輕步不生塵. 君王帘下徒相問, 長伴吹簫
別有人." 白居易詩云: "瀛女偸乘鳳下時, 洞中暫歇弄瓊枝. 不緣啼鳥春
饒舌, 靑瑣仙郎可得知.")64)

시로 묘사된 부분은 진한 밑줄로 표시했다. 간간이 바뀐 글자가 보
이긴 하지만, 대체로 원문을 충실하게 압축했다. 녹수의(綠繡衣)는
간단히 나삼(羅衫)으로, 백각선(白角扇)은 각선(角扇)으로 줄였다.
당창관의 옥예화를 '당창관 안의 꽃[唐昌觀裏花]'이라고 했으며, '저
립양구(佇立良久)'를 '립양구(立良久)'로 축약했다. 꾸밈어를 줄임으

---

64) 이후 고사의 해석은 연세대학교 김장환 교수가 번역하고 학고방에서 출
   판된 『태평광기』를 참고하였다.

로써 시어를 절약하고 핵심 어휘만을 끌어들임으로써 한편의 긴 고
사가 스물여덟 글자의 간단한 시로 요약될 수 있었다.

간략히 말하면 당창관에 여인이 하나 왔는데, 용모가 화려하고 기
이한 향내가 났다. 사람들이 바라보는 가운데 시녀에게 옥예화 몇 가
지를 꺾어 가져오게 하더니 공중으로 떠올라 사라졌다는 요지이다. 긴
고사를 한 수의 짧은 시에 충실하게 담아놓고 있다. 작가의 감정을
이입할 수 있겠건만 이춘영의 「독신선전」은 대체로 이처럼 감정을 최
대한 배제한 채 줄거리를 요약하고 있다.

원래 고사를 보면 선녀의 모습이라든가 주위 배경이 매우 신비롭
고 차분한 분위기이다. 그 가운데 작가는 선녀의 모습과 행위에 초점
을 맞추어 시화(詩化)하였다. 시의 장면을 머릿속으로 떠올려 보면
선녀의 아리따운 자태, 고즈넉한 행위, 차분한 분위기로 인해 그야말
로 속세의 시름을 다 잊게 해 주는 듯하다. 이 대목만 놓고 보면 이
춘영은 평화롭고 황홀한 선계 분위기를 선호하는 듯 보인다. 몇 편
더 살피기로 하자.

<table>
<tr><td>만 리 찬 빛 하늘에 젖어들고</td><td>萬里寒光浸碧空</td></tr>
<tr><td>은빛 다리 아득히 긴 무지개 밟네</td><td>銀橋杳杳踏長虹</td></tr>
<tr><td>돌아와 예상우의곡 연주하니</td><td>歸來却奏霓裳曲</td></tr>
<tr><td>마치 선녀가 월궁서 춤추는 듯</td><td>猶似仙娥舞月宮(21수)</td></tr>
</table>

이 시는 『태평광기』 22권에 실린 나공원(羅公遠)의 고사이다. 다음
은 나공원의 고사 중 이 시에 해당하는 부분만을 발췌한 것이다.

나공원이 아뢰었다. "폐하께서는 달에 가보고 싶지 않으십니까?" 그러고는 지팡이를 짚어 허공에 던지니 큰 다리로 변했는데, 그 빛깔은 은빛이었으며 현종에게 함께 오를 것을 청했다. 수십 리를 갈 때까지 광채 때문에 눈이 부시고, 한기가 몸을 파고들었지만, 결국엔 큰 성궐에 도착했다. 나공원이 말했다. "여기가 월궁입니다." 선녀들 수백 명이 있는데, 그들 모두 흰색 비단으로 된 소매 넓은 옷을 입고는 넓은 뜰에서 춤을 추고 있었다. 현종이 물었다. "이는 무슨 곡인가?" 나공원이 대답했다. "예상우의곡입니다." 현종은 남몰래 그 곡조를 기억해 두었다. 돌아오면서 그 다리를 돌아보니 걸음걸음을 따라 사라지는 것이었다. 돌아온 뒤 악관들을 불러다 그 곡조에 근거해 「예상우의곡」을 짓게 했다.(公遠奏曰: "陛下莫要至月中看否." 乃取拄杖, 向空擲之, 化爲大橋, 其色如銀, 請玄宗同登. 約行數十里, 精光奪目, 寒色侵人, 遂至大城闕. 公遠曰: "此月宮也." 見仙女數百, 皆素練寬衣, 舞于廣庭. 玄宗問曰: "此何曲也?" 曰: "霓裳羽衣也." 玄宗密記其聲調, 遂回, 卻顧其橋, 隨步而滅. 且召伶官, 依其聲調作霓裳羽衣曲.)

나공원이 현종을 월궁(月宮)에 데리고 가서 「예상우의곡」을 들려주니, 현종이 그 곡조를 기억해 두었다가 현실로 돌아와 악관들을 불러 「예상우의곡」을 짓게 했다는 내용이다.

1, 2행에서는 현종이 나공원의 도움으로 월궁으로 올라가는 장면을 간단히 표현하였다. 월궁은 달에 있는 궁전이다. 고사에서도 월궁을 은빛에 찬 기운이 있다고 표현하였고, 시에서도 '寒', '銀'의 글자를 그대로 차용했다. 달을 표현하는 동시에 선계의 이미지가 되었다. 선계는 주로 '차갑다', '시원하다', '서늘하다'는 등의 감각적 표현이 쓰이며 화려함을 강조하는 옥빛이나 은빛, 금빛의 색채어가 쓰이는데

이 시 역시 이를 수용하고 있다.

3행에서는 청각적 이미지까지 가세한다. 차가움이라는 감각적 이미지에, 은빛과 무지갯빛의 시각적 이미지, 「예상우의곡」의 청각적 이미지까지 합쳐져 선계가 훨씬 구체적으로 묘사되었다. 시가 선계 묘사에 치중하고 있어 보인다.

둘을 비교하면 알 수 있듯 대부분의 시어를 고사에서 따왔다. 하지만 시에서는 원문과 달리 신선의 이름이나 지명 등이 나타나지 않는다. 차분하고 고요한 분위기만이 부각되어 있을 뿐이다. 나공원이라든가, 현종의 인명은 거론하지 않고 화려한 선계의 묘사에만 집중하였다. 나공원 고사를 알지 못하다면 단순히 선계의 한 배경을 묘사한 시로 읽힌다.

앞선 시에서도 드러나지만 이춘영은 신선전의 서사 구조를 옮기는 일에는 관심이 없어 보인다. 이는 독자들에게 고사의 줄거리를 전달하는 데는 관심이 없다는 의미이다. 그가 관심을 가진 것은 화려한 선계, 아름다운 선계 이미지이다. 이러한 양상을 확인하기 위해 한 편 더 보기로 한다.

화등과 비단 방석 금당을 밝히고	華燈綺席煥金堂
벽옥쟁 조율하는 한밤	碧玉爭調夜未央
선계꿈인가 돌아보니 붉은 오얏 있건만	仙境夢回朱李在
하늘에 보이느니 푸르디푸른 달뿐이라	九天唯見月蒼蒼(16수)

배심(裴諶)의 고사로 만든 두 수 가운데 두 번째 시이다. 왕경백이 선인인 배심과 선계에서 하루를 노닐었는데, 그곳에서 속세의 부인

조 씨를 만나 붉은 오얏을 던졌었다. 후에 다시 그곳을 찾으려 하나 찾을 길이 없었는데, 선계에서 왕경백이 조 씨에게 던진 붉은 오얏은 진세에서도 오히려 남아 있었다는 이야기이다.

이 시 또한 시각적 이미지와 청각적 이미지가 1, 2행에서 조화를 이루었다. 화(華)와 기(綺), 금(金), 벽옥(碧玉)과 같은 글자들이 화려한 선계를 표현한다. 특히 금(金)과 옥(玉)은 이전 시에 언급했던 은(銀)과 마찬가지로 시각적 이미지에 차가운 금속성을 더한다. '야미앙(夜未央)'이라 하였으니 한밤의 고즈넉함과 쟁의 청아한 소리가 어우러져 신비한 느낌이 든다.

3, 4구에서는 선계와 현실의 접점이 엿보인다. 현실로 돌아온 왕경백이 모든 것을 꿈으로 여기려 하는데, 선계에서 부인에게 던져 주었던 붉은 오얏이 있는 것을 보고 그것이 꿈이 아니라 '또 다른 세계'이었음을 깨닫는 것이다. 붉은 오얏은 결국 현실과 선계를 이어주는 매개체가 된다. 오얏으로 인해 눈앞 현실이 세계의 전부가 아니라, 눈에 보이지 않지만 현실과는 다른 공간이 분명히 존재한다는 믿음을 심어준다.

이 시 또한 언뜻 읽으면 그저 화려한 선계의 모습과 그 속에서 벽옥쟁을 타는 신선의 모습을 묘사한 듯 보인다. 고사를 알지 못하는 독자라면 단순히 선계의 배경을 묘사한 시로 읽힌다.

천주산 가운데 대벽암	天柱山中大壁巖
진인의 유순한 호랑이 암자에 있도다	眞人馴虎有茅庵
선인의 자취는 한번 가곤 소식 없으니	仙蹤一去無消息
부들잎에 남긴 글 고감에서 시드누나	蒻葉遺書委古龕(11수)

「독신선전」 11수의 곽문(郭文) 고사이다. 고사의 내용은 다음과 같다.

곽문은 자가 문거이고 낙양 사람이며 『진서』에 그의 전이 있다. 여항의 천주산에 은거하면서 혹은 대벽암에 거하기도 했다. 태화진인이 일찍이 석실에 내려와 성정을 맑게 하고 마음을 비우는 방법을 준수해 주었다. 이때부터 곽문은 종적을 감추고 몸을 숨겼기 때문에 세상 사람들은 그가 간 곳을 알지 못했다. 호랑이 한 마리가 석실 앞에 와서 입을 벌리고 있는 것이 마치 무엇인가를 고하려는 것 같았다. 곽문은 손으로 호랑이의 목구멍을 더듬다가 목에 걸린 뼈를 발견하고 꺼내 주었다. 다음날, 호랑이는 죽은 사슴 한 마리를 입에 물고 석실 밖에 왔다. 이때부터 호랑이는 항상 곽문의 주위에서 유순하게 지냈고, 곽문 역시 호랑이를 어루만지면서 끌고 다녔다. 곽문이 산을 내려올 때면 호랑이도 반드시 그를 따라 내려왔고, 시장의 사람들 틈에서도 호랑이는 머리를 숙이고 따라다녔는데 개나 양처럼 온순했으며, 난폭하게 굴지 않았다. 또한 서책을 등에 올려두어도 호랑이는 조용히 짊어지고 다닐 뿐이었다. 곽문이 일찍이 나무 열매와 대나무 잎을 따서 소금과 쌀로 바꾸려고 대 광주리 안에 넣어 두었는데 호랑이가 그것을 등에 지고 따라나섰다. 진나라 황제가 그 소문을 듣고 곽문을 궐 안으로 불러들여 물어 보았다. "선생은 호랑이를 길들이는 무슨 비법이라도 가지고 있소?" 곽문이 대답했다. "자연스럽게 그리 되었습니다. 사람은 짐승을 해칠 마음이 없고, 짐승 역시 사람을 다치게 할 뜻이 없으니, 무엇 때문에 비법이 필요하겠습니까? 자기를 아껴 주고 어루만져 주면 바로 임금으로 모시는데, 이 경우 호랑이도 백성처럼 유순해집니다. 그러나 자기를 학대하면 바로 원수로 여기는데, 이 경우 백성들도 호랑이처럼 사나워집니다. 백성을 다스리고 호랑이를 길들이는 것에 있어 무슨 다름이 있겠습니까?" 황제는 곽문의 말을 높이 사서 관직을 내렸으나 나아가지 않고 오정산으로 돌아가 숨어 살면서 득도하여 떠

나갔다. 후에 사람들이 그가 누웠던 침상 아래서 부들잎을 주웠는데
그 위에 당시의 일을 예언한 「금웅시」, 「금자기」가 씌어 있었다. 또한
그 허물은 마치 뱀과 같았다.(郭文, 字文擧, 洛陽人也,『晉書』有傳. 隱
余杭天柱山, 或居大璧岩. 太和眞人曾降其室, 授以沖眞之道. 晦跡潛形,
世所不知. 有虎張口至石室前, 若有所告. 文擧以手探虎喉中得骨, 去之
明日, 虎銜一死鹿致石室之外, 自此虎常馴擾于左右, 亦可撫而牽之文擧
出山, 虎必隨焉, 雖在城市衆人之中, 虎俯首隨行, 不敢肆暴, 如犬羊耳,
或以書策致其背上, 亦負而行. 文嘗采木實竹葉, 以貨鹽米, 置于筐中, 虎
負而隨之. 晉帝聞之, 征詣闕下, 問曰: "先生馴虎有朮邪?" 對曰: "自然
耳. 人無害獸之心, 獸無傷人之意, 何必朮爲? 撫我則后, 虎猶民也. 虐我
則讐仇, 民猶虎也. 理民與馴虎, 亦何異哉?" 帝高其言, 拜官不就, 歸隱鰲
亭山, 得道而去. 后人于其臥床席下, 得蘺葉, 書金雄詩金雌記, 其言皆當
時讖詞. 其蛻如蛇也.)

　　이 시는 글자의 출입이 비교적 자유롭다. 고사에서의 진인(眞人)은
태화진인(太和眞人)을 말하지만, 시에서는 곽문을 가리킨다. 또 고사
에서는 석실(石室)이라고 하였으나, 시에서는 띠풀 암자[모암(茅庵)]
라 하였다. 시의 3구는 고사 끝부분의 '득도이거(得道而去)'를 오히려
늘였다. 고사에서는 곽문이 누웠던 침상 아래에서 부들잎에 써서 남
긴 예언서를 사람들이 주웠다고 되어 있는데 시에서는 고감(古龕)에
서 시들고 있는 것으로 묘사하였다. 이처럼 시어를 자유롭게 배치하
고 종종 없는 글자를 집어넣기도 하는데 『태평광기』 원문과 비교해
보면 시인이 무엇을 선택하고자 했는지가 분명하게 드러난다.

　　곽문의 고사를 읽어 보면, 곽문과 진나라 황제가 만나는 장면이 나
온다. 진나라 황제는 곽문에게 어떻게 호랑이를 길들일 수 있었냐고
물으며, 곽문은 백성이든 호랑이든 아껴주고 사랑하면 유순해진다고

역설한다. 이 부분이 바로 곽문과 호랑이의 경이로운 인연을 가능하게 한 핵심이며 인위적인 구속보다는 자연성을 그대로 인정하는 도교 사상을 함축하고 있다. 분명 이춘영도 『태평광기』의 이 부분을 보았을 텐데, 이에 대한 요약을 전혀 넣지 않은 것은 무슨 이유일까? 아마도 이 역시 그의 관심이 다른 곳에 가 있기 때문이었으리라. 즉 그는 신선 설화를 읽으면서 그 설화 속에 담겨진 도교 정신의 핵심보다는 신선 세계의 경이로움, 아름다움, 화려함에 더 흥미를 느낀 것으로 보인다.

이춘영이 남긴 대목은 곽문이 신선이 되어 떠나가 소식 없다는 부분이며, 부들잎에 남긴 글이 시든다는 부분이다. 이 고사에서 이춘영은 임금께 백성을 다스리는 도를 얘기하는 곽문보다 관직도 버리고 떠나간 곽문에게서 매력을 느끼고 있다.

그렇다면 정말로 시인은 고사의 줄거리, 도교의 정신에는 관심이 없이 아름다운 선계, 선인들의 행위에만 관심을 가진 것일까. 이러한 맥락과 관련해서 주목되는 한 가지 점은 이춘영의 「독신선전」 53수 가운데 제1수는 한무제 설화를 다루고 있다는 점이다. 『태평광기』 제1편에는 노자(老子), 광성자(廣成子) 등이 나오는데, 이춘영은 이를 선택하지 않았다. 대신 경이롭고 화려한 수천 무리의 신선들 회합이 표현되고 있는 한무제 고사를 작품의 첫 제재로 삼았다. 다른 시와는 달리 하나의 이야기가 두 편의 시로 구성된 한무제, 장로, 배심, 숭악가녀의 고사들도 모두 화려한 신선 세계를 엿보게 한다. 앞서 인용한 제52수 옥예원여선(玉蘂院女仙)는 아름답고 향기를 풍기던 선녀의 모습에 대한 묘사와 찬미가 그 내용의 전부이다.

시인이나 작가는 수많은 제재 가운데 의미가 있는 특정한 소재를 선택하기 마련이다. 이춘영은 특별히 비현실적이고 기이한 이야기를 모은 『태평광기』를 선택했고, 고사 가운데도 경이로운 선계, 고즈넉한 분위기를 시화(詩化)하였다. 시 속에서 그려진 아름다운 선계에 대한 동경은 역설적으로 그가 발 딛고 있는 공간이 아름답지 못하다는 것을 말해 준다. 시인이 시 속에서 고향을 아름답고 평화롭게 그린다면 이는 현재 시인이 고향 상실감을 겪고 있기 때문이다. 철저한 유자로서 어쩌면 이춘영은 인간의 도를 말하고 삶의 교훈이 되는 이야기를 담아냈어야 했을지도 모른다. 그러나 오히려 그는 도가적 신선의 세계를 끌어들였고 조금은 애상적이지만 고즈넉한 선계 분위기를 그려내었다. 왜 그는 아름다운 도가적 선계 공간을 동경했을까.

이춘영이 살다 간 시대는 전쟁을 두 번이나 겪어야 했던 시기이다. 양란으로 피폐해진 현실의 공간에 몸담으면서 평화로운 세계를 꿈꾸는 것은 당연한 인간의 마음이리라. 전쟁도 없고, 미움과 다툼이 없는 공간을 꿈꾸었을 것이다. 그러한 공간은 현실적 유가의 세계에는 없었다. 그렇기에 그는 신선 고사 중에서도 특히 선계의 화려한 공간을 동경했고 그러한 장면만을 시화한 것이라 볼 수 있다.

② 하늘로의 비상(飛上) 욕망 시화(詩化)

현실에 구속된 인간은 자유롭고 싶어 한다. 그러나 두 발을 땅에 붙이고 사는 한 인간은 절대 자유를 누릴 수는 없다. 두 발을 땅 위에서 벗어나게 될 때 비로소 인간은 절대 자유를 얻을 수 있으리라. 태양을 향해 날고자 했던 이카루스는 무한한 자유를 갈망하는 인간의 속성을 잘 보여준다.

조선 중기, 지식인들은 어떻게 현실의 갈등과 굴레에서 벗어나 자유를 얻을 수 있었을까.

형악에 푸른 머리 기다란 노인	衡岳鬖鬖綠髮翁
몇 번의 난리에 진 나라 생각하네	幾回離亂憶秦中
한가히 와 한 번 고승과 얘기 나누고	閑來一就高僧話
홀로 스스로 피리 불며 하늘로 향하노라	獨自吹簫向碧空(26수)

위 시는 요홍(姚泓)의 고사를 축약한 것이다. 고사가 좀 긴 듯하지만, 시와 비교하기 위해 번역문의 전문을 다 옮기기로 한다.

당나라 태종 때 도술에 정통한 한 선사가 남악에 살고 있었다. 어느 날 갑자기 사람처럼 생긴 물체가 곧장 자기 앞으로 걸어왔는데, 전신이 녹색 털로 뒤덮여 있었다. 선사는 두려움에 떨면서 올빼미 따위가 아닐까 생각했으나 자세히 그 얼굴과 눈을 살펴보았더니 사람과 같았다. 이에 스님이 물었다.

"단월께서는 산신이십니까? 아니면 들짐승이십니까? 무슨 일이 있어 특별히 이곳까지 오셨습니까? 빈도가 이곳에서 도를 닦으며 살아 있는 영령들을 괴롭히지 않았다는 것은 신께서도 알고 있는 사실이니, 저를 괴롭히지 마십시오."

한참 있다가 그 물체가 합장하면서 말했다.

"지금이 어느 세상입니까?"

"당나라입니다."

"스님께서는 진(晉)과 송(宋)을 아십니까? 그때로부터 지금까지 얼마나 됩니까?"

"진대에서 오늘날까지 약 104년 되었습니다."

"화상께서는 고금의 일을 잘 알고 계시니 어찌 요홍을 모를 리 있겠습니까?"

"물론 압니다."

"내가 바로 요홍이오."

그러자 스님이 말했다.

"제가 진나라의 역사를 살펴보건대 요홍은 유유(劉裕)에게 사로잡혀 건강의 저자에서 참수되었고, 그 가족들은 강남으로 옮겨갔다고 합니다. 그 기록된 바에 따르면 요홍은 죽었는데, 어찌 지금에 와서 그대가 다시 요홍이라 하시오!"

요홍이 말했다.

"그때 내 나라 진은 유유에게 망했고, 나는 건강의 저자로 보내져 천하의 사람들 앞에서 참수되기로 되어 있었으나, 어떻게 해서 사형되기 전에 몸을 빼내어 달아나 숨었소. 유유는 나를 찾다가 찾지 못하자 나와 모습이 비슷한 사람을 참수해서 자신의 위엄과 명성을 세워 후대에 보이고자 했소. 확실히 나는 요홍 본인이오."

그러자 스님은 요홍을 잡아 자리에 앉히고 말했다.

"사서에 적힌 말들이 설마 허언(虛言)이란 말입니까?"

요홍이 웃으면서 말했다.

"화상은 설마 한(漢)나라의 회남왕 유안(劉安)에 대해 들어보지 못했소? 유안은 사실 신선이 되어 하늘로 올라갔는데, 사마천과 반고는 그가 모반을 꾸미다가 살해되었다고 적고 있소. 한나라의 사서의 거짓됨이 어찌 후대의 사서보다 더 심하지 않소? 이것이 바로 사가들이 거짓말하고 있다는 증거요. 나는 산과 들로 달아나 숨은 이래로 마음대로 유람하면서 신선이 사는 곳까지 찾아다니지 않은 곳이 없고, 화식(火食)을 끊은 후 멀리 이 봉우리에 올라와 기꺼이 도를 닦고 소요하면서 소나무와 잣나무의 잎사귀만 먹었소. 세월이 오래되자 전신에 이처럼 녹색 털이 자라났고, 이미 장생불사의 도를 터득했소."

스님이 또 말했다.

"소나무와 잣나무의 잎을 먹는다고 해서 어떻게 이같이 털이 자랄 수 있단 말이오?”

요홍이 말했다.

“옛날 진나라의 궁녀가 전란을 만나자 세상을 피해 태화봉으로 들어가 그곳의 소나무와 잣나무를 먹었는데, 세월이 점점 오래되자 몸에서 푸른 털이 1척 정도 자랐다고 하오. 어쩌다가 세상 사람들을 만나면 사람들은 경이롭다고 생각했고, 그래서 지금까지도 그 봉우리를 모녀봉이라고 칭하고 있소. 또한 상인(上人)은 자못 고인들은 믿으면서 어찌하여 모두 믿지 않으시오?”

스님은 요홍에게 모름지기 먹고 싶은 것이 있냐고 물었다. 요홍이 말했다.

“나는 인간 세상의 음식을 먹지 않은 지 오래되었소. 그저 차 한 사발이면 되오.”

요홍은 계속해서 스님을 위해 진, 송의 일을 말해 주었는데, 마치 손바닥을 가리키듯 정확히 알고 있었다. 더욱이 사가가 빠뜨리고 기록하지 않은 내용까지도 요홍은 모두 갖추어 말해 주었다. 잠시 뒤에 요홍은 스님에게 작별을 고하고 떠나갔는데, 결국 다시는 그를 볼 수 없었다.65)

---

65) “唐太宗年, 有禪師行道精高, 居于南岳. 忽一日. 見一物人行而來, 直至僧前, 綠毛覆體. 禪師懼, 謂爲梟之屬也; 細視面目, 卽如人也. 僧乃問曰: “檀越爲山神耶? 野獸耶? 復乃何事而特至此? 貧道禪居此地, 不擾生靈, 神有知, 無相惱也.” 良久, 其物合掌而言曰: “今是何代?” 僧曰: “大唐也?” 又曰: “和尙知晉宋乎? 自不知有姚泓乎?” 僧曰: “知之” 物曰: “我卽泓也.” 僧曰: “吾覽晉史, 言姚泓爲劉裕所執, 遷姚宗于江南, 而斬泓于建康市. 據其所記, 泓則死矣, 何至今日子復稱爲姚泓耶!” 泓曰: “當爾之時, 我國實爲裕所滅, 送我于建康市, 以徇天下; 奈何未及肆刑, 我乃脫身逃匿. 裕旣求我不得, 遂仮一人貌類我者斬之, 以立威聲, 示其后耳. 我則實泓之本身也.” 僧因留坐, 語之曰: “史之說豈虛言哉?” 泓笑曰: “和尙豈不聞漢有淮南王劉安乎, 其實升仙, 而遷, 固狀以叛逆伏誅. 漢史之妄, 豈復逾于后史耶? 斯則史氏妄言之證也. 我自逃竄山野, 肆意游行, 福地靜廬, 無不探討. 旣絶火食, 遠陟此峰, 樂道逍遙, 唯餐松柏之葉. 年深代久, 遍身生此綠毛, 已得長生不死

진나라의 난리를 겪은 요흥이 형악에서 푸른 털이 잔뜩 난 스님과 만나 이야기를 나누다가 홀로 떠나갔다는 내용만을 시로 남겼다. 고사의 맨 앞머리와 맨 나중 부분만을 시화(詩化)하고는 나머지 부분은 모두 솎아내었다. 시화되지 않은 부분의 내용을 간추리자면 100여 년 전에 이미 죽은 줄 알았던 요흥이 살아와 스님에게 진나라와 송나라의 역사를 이야기하고 자신이 신선이 된 방법을 말하지만, 스님은 계속 믿지 못한다. 이에 요흥은 자신의 말을 믿지 못하는 스님을 탓하고는 떠나갔다는 내용이다.

요흥이 신선이 되었음은 '삼삼녹발옹(毵毵綠髮翁)'과 '취소향벽공(吹簫向碧空)'으로 나타내었다. 푸른 털은 인간의 선화를 표현할 때 자주 등장하는 소재이다. 소나무와 잣나무의 잎만 먹고 화식(火食)을 끊으면 푸른 털이 길게 자라며 이로써 신선이 되어 장생불사(長生不死)의 길로 들어선다. 고사에 언급된 진나라 궁녀도 이런 과정을 거쳐 여선이 되었으며 모녀(毛女)란 이름도 그러한 이유로 붙여진 것이다.

특히 4행은 고사에서는 단순히 '떠났다[去]'는 단 한 글자로 표현된 부분을 오히려 다섯 글자로 확대하였다. 요흥은 피리를 불면서 하늘로 떠나갔다고 한 것이다. 하늘로 떠나갔음을 강조한 이유는 무엇일까?

인간은 신선이 되는 순간 본질적 변화를 겪게 된다. '화식(火食)'을 먹지 않으며, 인간이 상상하는 이상으로 오래 살 수 있다. 인간의 생래적 고통에서 벗어날 수 있으며, 번뇌에서 자유롭게 된다. 그렇기에

之道矣." 僧又曰: "食松柏之葉, 何至生毛若是乎?" 泓曰: "昔秦宮人遭亂避世, 入太華之峰, 餌其松柏, 歲祀浸久, 體生碧毛尺余. 或逢世人, 人自驚異, 至今謂之毛女峰. 且上人頗信古, 豈不詳信之乎?" 僧因問請須所食. 泓言: "吾不食世間之味久矣, 唯飲茶一甌." 仍爲僧陳晉宋曆代之事, 如指諸掌. 更有史氏闕而不書者, 泓悉備言之. 旣而辭僧告去, 竟不復見耳".

인간은 인간적이기를 바라면서도 '지금 이 순간의 인간과 다를 수 있는 존재를 추구하며 상상한다. 동양에서는 이러한 바람이 신선이라는 존재로 나타나고 학을 타고 오르거나 구름을 타고 가는 것으로 형상화하였다.

이 시에서도 요홍은 푸른 하늘을 향하여 갔다고 표현하였다. 곧 현실을 굴레를 벗고 자유를 얻은 것이다. 이는 현실을 벗어나 완전한 자유를 갈망하는 시인의 심리가 투영된 것에 다름 아니다. 이춘영의 시에서는 하늘로 오르는 상승 이미지와 연관된 것이 많은데 이는 현실의 무게를 벗어버리고 가볍게 날아오르고픈 시인의 자의식이 투영된 결과물로 보인다.

날아오른다는 것은 바슐라르의 4원소론을 통해 볼 때 공기와 상통하며, 공기는 움직임과 초월을 표상하고 있다.[66] 공기와 연관을 맺는 작가들은 대부분 비상(飛翔), 몽상(夢想)에 대하여 노래하고 있다. 바슐라르에 의하면 공기는 우리들의 자유의 실체 자체이며, 초인적 환희의 실체이다. 공기는 일종의 극복된 물질이라는 것이다. 즉 하늘을 향하는 것은 현실의 극복을 의미하며, 자유를 향한 환희를 대변한다.

이춘영에게 있어 완전한 자유란 신선이 되는 것이며 그리하여 하늘로 오르는 것이다. 이 세상에 남아 있다는 것은 신선이 못된 것이며 자유를 얻지 못한 것이다. 허균의 「열선찬」과 비교해 보면 그 점은 더욱 확연하다.[67]

이춘영 시에서는 이처럼 상승의 이미지가 중요한 기능을 한다. 다

---

66) 김현, <행복의 상상력>, 『상상력과 인간/시인을 찾아서』(문학과 지성사, 1993) 참조.

67) 두 작가의 비교는 다음 허균 장으로 미룬다.

음 시에서도 그런 점이 잘 드러난다.

남교를 돌아가다 선연을 만났거니	藍橋歸去遇嬋姸
한 번 경장 마시고는 얼근히 취기 돈다	一飮瓊漿感曩烟
영약을 찧어서는 선과 가득 채우고	靈藥搗成仙課滿
곧바로 쌍학 타고 청천에 오른다	直騎雙鶴上靑天(제40수)

배항(裴航)의 고사를 시화한 작품이다. 배항이 신선을 만나 신선술을 배우고 자신 또한 신선이 되어 떠나갔다는 내용을 가진 장편의 이야기이다. 그러나 이춘영이 시로 작품화한 것은 신선을 만난 부분과 그로부터 신선의 경장과 영약을 찧은 이야기, 또 배항이 하늘로 올랐다는 내용이다. 특히 마지막 부분에서는 고사에서 단순히 '떠나갔다'로 표현된 것을 시에서는 쌍학을 타고 푸른 하늘로 올랐다고 하여 구체적으로 묘사하고 있다. 역시 하늘로 오르는 부분을 확대하고 있다.

시에서 생략된 부분을 살펴보면 배항이 운영을 보고 한눈에 반해 아내로 얻기 위해 노파에게 사정하자, 노파가 옥공이와 절구를 구해 100일간 영약을 찧으면 손녀를 주겠다고 한다. 이에 배항은 굳은 의지와 끈기로 이를 구하고 영약을 찧어 결국 신선이 된다. 이를 안 벗 노호(盧顥)가 그 비법을 구하지만, 배항은 다른 날을 기약한다는 내용이다.

특히 배항이 노호에게 한 이야기는 이 고사의 핵심이자, 도교의 본질이라 할 수 있다.

> "마음에 망령된 생각이 많으면 배에서 정기가 빠져나가는 법이니,
> 그 허실은 가히 알 만한 것이네. 무릇 사람에게 본래 불사(不死)의

술법과 환단(環丹)의 약방이 있기 마련이지만 그대에겐 아직 가르쳐
주기가 용이하지 않네. 다른 날 말해주지."68)

　마음에 망령된 생각을 많이 하면 정기가 빠져나가니, 마음을 비우
는 지혜가 바로 신선이 되는 첫 번째 비법이라는 것이다. 그러나 이
러한 핵심 사상은 시에 들어가지 않았다. 다만 배항이 신선이 된 과
정과 신선이 된 그가 청천(靑天)으로 날아갔다는 내용이 강조되었다.
신선이 되는 과정이나 수련 방법보다는 쌍학을 타고 하늘로 날아간
배항의 자유를 표현하고 싶었던 것이다.

　배항은 어떤 인물인가? '과거에서 낙제했기에' 악저(鄂渚)를 노닐
다가 우연히 선연을 만나게 된 인물이다. 곧 배항은 입신양명(立身揚
名)하여 현실적으로 출세한 인물이 아니라 과거에 낙방하여 하릴없
이 배회하는 인물이다. 그런 그가 선연(仙緣)을 만나 결국 신선의 경
지에까지 이르게 된다. 과거에 낙제하거나 뜻을 얻지 못한 자더라도
신선으로 변화하여 부질없는 이 세상을 뜨는 순간은 오히려 가장 완
전한 자유를 가진 자가 될 수 있다.

　시 속에는 선화(仙化)의 과정이나 구체적 방법 등이 나타나 있지
않다. 탈인간화, 즉 선화에 관심을 갖고 있으면서도 구체적 방법이
나와 있지 않은 것은 어떤 이유인가? 이춘영은 신선이 되는 방법 자
체에 관심을 가진 것이 아니라 현실을 떠나 자유롭게 비상하는 자아
를 꿈꾸었던 것이다. 현실에서 뜻을 얻지 못해 방화하는 배항은 당쟁
의 소용돌이 속에서 유배와 파직을 반복하는 이춘영 자신의 모습일

---

68) "心多妄想, 腹漏精溢, 卽虛實可知矣. 凡人自有不死之術, 還丹之方, 但子未
　　便可敎. 異日言之".

수도 있겠다.

인간은 현실에서의 실의(失意)와 모순을 깊이 경험할 때 현실과 반대되는 삶을 꿈꾸기 시작한다. 현실의 압박에서 벗어나 자유를 갈망한다. 설령 그 꿈이 이루어지지 못할지라도 '이상적(理想的) 삶'에 대한 꿈꾸기는 끊임없이 계속된다. 이춘영은 선계를 통해 그 꿈꾸기를 시도하였다. 「독신선전」은 단순히 신선전의 줄거리를 시화한 듯 보이나 그 속에는 끊임없이 현실 밖으로 뛰쳐나가고픈 시인의 갈망이 담겨 있다. 황홀한 선계의 모습을 표현함으로써 현실의 고단함을 잊었을 테고, 하늘로 비상하는 이미지를 그려냄으로써 꿈속에서나마 완벽한 자유를 구가했을 것이다. 이는 비단 이춘영 개인만이 아닌, 당시 신선전을 즐겨 읽었던 중세기 지식인들의 공통적 모습이었을 것이다.

4) 「독신선전」 53수의 도교문화적 의미

우리는 이춘영의 「독신선전」 53수를 통해 당대 유선시를 읽은 작가들이 이를 시화하는 메커니즘을 짐작할 수 있다. 유선시를 창작하는 초기 과정은 이처럼 고사의 내용을 최대한 압축하여 시화했을 것으로 짐작된다. 작가의 주관적 정서를 마음껏 드러내지 못한 것은 당대 사회가 성리학적 세계관이 매우 공고했던 시기였기에 도교에 대한 작가의 개인적 견해를 마음껏 펼치기 어려웠던 환경과도 무관치 않을 것이다. 도교에 대한 개인적 관심과 이를 맘껏 드러낼 수 없는 시대 환경은 고사의 특정 부분을 시화(詩化)하는 타협점을 만들었다고 본다. 그러나 시 속에는 현실을 일탈하고픈 인간의 바람, 끊임없이 자유를 향해 비상하고픈 중세기 지식인들의 열망이 담겨 있다는 사실도 확인할 수 있었다.

덧붙여 필자는 「독신선전」을 통해 두 가지 점을 생각할 수 있었다. 하나는 당대 유선시 전파에는 『태평광기』가 매우 중요한 역할을 하였으리라는 점, 다른 하나는 이 시기에 이르면 시로 읽는 신선전을 만들 정도로 지식인의 도교에 대한 독서취향이 광범위했을 것이라는 점이다.

조선시대 도교는 이단의 대상이었다. 성리학의 발흥과 더불어 도불(道佛)은 광탄하고 허망한 사상에 불과했다. 그러나 조선 중기에 이르러서는 아예 유자의 삶을 포기하고 도교사상에 탐닉하여 내단학을 추구하는 인물들이 많아진다. 또 내단 수련법을 설명한 각종 비결과 수련서, 단학 전수과정을 자세하게 제시하고 있는 도교사서(道敎史書)들이 이 시기를 전후로 세간에 널리 유포된다.[69] 신선의 고사를 소재로 한 신선전 및 신선도가 널리 보급되었고, 일부 지식인들은 이들 신선전을 읽고 연작시를 지었다. 장경세(張經世)의 「유선사」 87수와 임전(任錪, 1560~1611)의 「독한무제고사(讀漢武帝故事)」 4수, 허난설헌의 「유선사」 87수, 이춘영의 「독신선전(讀神仙傳)」 53수, 신흠의 「독산해경(讀山海經)」 13수, 허균의 「열선찬(列仙贊)」 30편 등이 모두 이 시기에 지어졌다.

그런데 이런 유선문학 확산에 『태평광기』가 한가운데 자리하고 있음을 「독신선전」 53수를 통해 확인하는 것이다. 『태평광기』는 「한림별곡(翰林別曲)」에도 등장하듯 이미 고려 중기 이래 유행했다. 조선조에 이르면 유몽인(柳夢寅)이 "우리나라 문인들은 모두 『태평광기』

---

69) 『海東傳道錄』, 『海東異蹟』, 『靑鶴集』, 『梧溪集』, 『參同契註解』, 『直指鏡』 등이 이 시기에 널리 유포된 책들이다.

를 읽었다"[70]고 할 정도로 식자층에게까지 광범위하게 읽혔다. 급기야 한문에 대한 소양이 없는 서민이나 여성 독자들을 위해 국문 번역본인 언해본이 나오기까지 하였다.[71]

『태평광기』의 영향은 이춘영을 둘러싼 인물들에게도 보인다. 이미 확인한 바 있는 난설헌도 『태평광기』를 즐겨 읽었으며 이춘영의 벗 허균도 중국 사신으로부터 『태평광기』를 선물 받았다는 기록이 있다.[72] 또 다른 벗인 권필이 지은 「주생전」도 『태평광기』의 「곽소옥」과 「앵앵전」의 영향이라는 주장도 있다.[73]

어떻게 이런 현상이 가능했을까. 이승소(李承召)의 언급이 이를 대신해 준다. 그는 말하기를 경전 이외의 여러 학술 유파가 성인의 경전과 합치되지는 않으나 볼 만한 것이 있고 오히려 견문을 넓히는 데 이바지된다고 하면서 이는 유학자로서 없어서는 안 될 것이며 이것이 『태평광기』가 만들어진 이유라고 주장하여 『태평광기』를 읽는 것에 대한 정당성을 설파하였다.[74] 이 언급은 이 시기 도교에 탐닉

---

70) 柳夢寅, 『於于野談』 卷3, 「文藝條」: "我國文筆之士 皆功太平廣記".

71) 세조 8년 成任이 『태평광기』 500권을 요약하여 50권의 『태평광기상절』을 간행했으며, 다른 여러 서적에서 모은 30권을 합쳐 『태평통재』 80권을 간행했다. 『태평통재』는 성종 23년(1492)에 李克墩에 의해 重刊되었다. 명종 21년(1566) 이후 선조연간쯤엔 『태평광기언해』가 간행되었다.

72) 許筠, 『惺所覆瓿藁』 卷18, 「文部」 15, 「紀行」 上: "初五日 少留回瀾石上 中火于金郊 入松京 石書本國人詩 自孤雲以下 百二十四人詩八百三十篇 爲四卷 粗廣作兩件呈于兩使 上使給綠花段一疋 息香千枝 副使給藍花紗一端 太平廣記一部".

73) 안병국, 「태평광기의 이입과 영향」, 『온지논총』 6(온지학회, 2000).

74) 李承召, 「略太平廣記序」, 『續東門文選』 卷15: "儒者所以明性理之源 通古今之變 修之身而措諸天下國家者 經與史而已 外此而他求 則吾道之棄而異端之歸爾 然天下之理無窮 而事物之變 亦與之無窮 故經史之外 又有百家重技之流 各隨所見 立言著書 雖未能盡合於聖人之經 未必無一曲之可觀 猶

했던 지식인들의 생각을 대변한다고 본다.

 『태평광기』는 우리나라 소설의 생성과 발달에 가장 큰 영향을 미친 것으로 알려져 있다. 이춘영의 「독신선전」 53수를 통해 『태평광기』가 유선시 창작에도 결정적 영향을 미쳤다는 사실을 알 수 있었다. 또한 이 시기 신선전을 시화(詩化)할 정도로 도교에 대한 관심이 매우 폭발적이었음도 확인하였다. 『태평광기』는 도교를 더욱 빠르고 깊숙이 확산시키는 첨병 역할을 하였다.

 「독신선전」 외에도 신흠(申欽)의 「독산해경(讀山海經)」, 임전(任錪)의 「독한무제고사(讀漢武帝故事)」 같은 작품이 쓰인 것을 보면 이 시기에는 도가서(道家書)를 읽고 이를 독후감으로 시화하려는 욕구가 강했던 것으로 보인다. 어쩌면 초기의 유선문학은 이처럼 도가의 내용을 단순히 시화하는 것에서 출발하여 점차 주관적 자아가 깊숙이 침투되는 경향으로 나아가지 않았나 추론해 본다.

 결론적으로 이 시기 유행했던 신선전 독서 행위와 그에 대한 시화(詩化)에는 도교적 꿈꾸기를 통해 충족되지 못한 욕망을 해소하고 평안을 얻기 위한 심리가 내포되어 있었다. 너머 세계를 끊임없이 꿈꾸는 행위 속에는 현실에 대한 불만과 현실로부터의 도피 욕구가 반영되어 있다. 유선문학은 현실에서 이루지 못한 욕망을 충족시켜 주고 현실로부터 도피할 수 있도록 해주는 양식이었던 것이다.

　　足以資聞見之博 而益知道之至大 無處而不在焉 是固儒者之所不廢也 此太平廣記之所以作也".

3. 이수광: 꿈을 통해 현실 초월하기

1) 이수광과 「기몽」

꿈이란 무엇인가? 인간은 왜 끊임없이 꿈을 꾸며 그 꿈꾸기를 통해 또 무엇을 얻고자 하는가? 인간의 꿈꾸기는 '지금 여기'에 없는 것을 상상하며 염원한다는 점에서 환상성과 연결된다. 그리고 그 환상성은 현실 너머의 다른 공간과 시대를 노래하기에 인간의 무의식적 소망과 의지를 담는다. 이처럼 현실을 넘어 '무공간(無空間)의 공간(空間)'을 부유(浮遊)하는 문학이 요즘 사이버문학 혹은 환상문학이라는 이름 아래 학계의 주목을 끌고 있다.

하지만 이러한 환상성은 이미 고대에서부터 그 맹아(萌芽)를 보여 왔다. 특히 유선시 문학 연구의 일환 작업으로 본고에서 논의 대상으로 삼은 이수광(李晬光, 1563~1628)의 경우 「기몽(記夢)」의 형식을 빌려 시차(時差)를 두고 지속적으로 유선시를 창작하는 양상을 보여 주는데, 이는 허난설헌의 「유선사」 87수, 허균의 「열선찬」 30편, 이춘영의 「독신선전」 53수와 같은 전작 창작과는 사뭇 다른 양상이다. 허난설헌 등이 하나의 제목 아래 연작을 기술한 반면, 이수광은 끊임없이 유선에 대한 꿈을 실제로 꾸고 이를 기록하였다. 더욱이 동일 표제 아래 묶은 연작들을 제외한다면 이수광의 유선시 25제(題) 41수(首)와 문(文) 1제(題) 1수(首)는 16, 17세기 유선시 창작자 가운데 양적인 면에서도 수위를 차지하는 분량이다.

이런 점에 주목, 본고에서는 조선조 유자의 현실 탈출 욕구와 중세

적 자아의 꿈꾸기와 관련하여 이수광의 유선시를 검토하고 그 안에
내재된 심리기제를 살펴보려 한다. 이제 유선문학은 단순히 도교와의
연관성을 따지는 차원에서 더 나아가 근래 관심을 끌고 있는 환상성
의 문제와 관련하여 새로운 측면에서 논의될 필요가 있는 것이다.

2) 꿈을 통한 현실의 일탈

① 「기몽(記夢)」에 드러나는 심리적 기제(機制)

중세에 「기몽(記夢)」이라는 형식으로 꿈을 빌어 유선을 노래한 작가
는 많다. 그러나 기몽시 위에 서(序)를 얹는 특이한 형식을 시도한 작
가는 이수광 외에 별로 찾아볼 수 없다. 이수광은 서(序)를 통해 꿈을
꾸게 된 동기나 저간의 경위를 기술하고 있다. 이수광 유선시의 서에
나타난 공통된 구조를 일별해 봄으로써 그 의미를 짚어 보기로 한다.
우선 이수광의 「기몽」시 서(序)는 입몽(入夢)과 각몽(覺夢)의 액
자를 삽입함으로써 유선사부(遊仙辭賦)의 서사 구조와 매우 비슷한
형식을 취한다. 그러나 유선사부에서는 입몽이나 각몽 과정을 상징적
으로 제시하거나 혹 결미에서 각몽만을 드러내어 꿈과 현실의 관계
를 모호하게 처리하는 반면, 이수광의 기몽시 서에서는 입몽과 각몽
을 분명히 밝혀 준다.

계축년 정월 10일 밤에 꿈속에서 한 곳에 이르렀는데 성첩과 누관
이 광경이 매우 크고 장엄하였다. 달리는 길은 평평하고 곧고 넓었
으며 바닥은 모두 흰 옥벽돌로 포장하는데, 투명하고 깨끗하며 매끄
러워 본 바가 인간 세상이 아니었다. 뭇 신선들이 나를 맞아 매우

기뻐하며 학 한 마리를 끌고 와 내게 그 등에 타게 하더니 함께 끼고는 허공을 질러가서 한 높은 누각으로 올라갔다. 몇 층인지 알 수도 없고 구름 기운이 그 꼭대기를 감싸고 있었으며, 큰 바다를 굽어보니 그 끝 간 데를 알 수 없었다. 곁에 한 사람이 그것을 가리키며 말하길, "이것이 삼청전이니, 바로 仙府라오."라 하였다. 꿈을 깬 후에도 생생하였으나 빠짐없이 기록할 수는 없다.[75]

단지 꿈을 기록한 서문임에도 '계축년 정월 10일'이라는 정확한 날짜를 표기하였다. 또 '몽(夢)'을 명확히 기입하여 이후의 행위가 꿈이라는 것을 밝히는가 하면, 각몽 부분에서는 '각후료료(覺後了了)'라 하여 현실과 꿈과의 경계를 확실히 그어주고 있다. 뿐만 아니라 '각(覺)' 이후에 붙은 '료료(了了)'라는 부사구를 통해 꿈속의 일이 허구적 망상이 아님을 드러내려 한다.

이처럼 이수광의 「기몽」시 서문의 입몽 부분에는 '몽지일처(夢至一處)', '몽입일궁(夢入一宮)', '몽화위학(夢化爲鶴)' 등과 같이 앞에 '몽(夢)'이라는 단어를 굳이 제시하고 있으며, 꿈꾸는 시점의 정확한 날짜와 공간까지 밝히고 있다. 각몽 부분도 예외는 아니어서 '성후료료(醒後了了)', '각이료료(覺而了了)' 등과 같이 꿈에서 깨는 장면에는 대부분 '료료(了了)'라는 부사구를 사용하여 꿈을 꾼 행위가 생생한 사실임을 강조하고 있다. 이 밖에도 이수광은 자신도 그 뜻을 알 수 없는 시어를 꿈에서 받았다고 기술함으로써 꿈속 행위가 단순히 자신

---

75) 李睟光, 「記夢」, 『芝峯集』, 권20, 장4: "癸丑正月十日夜 夢至一處 城堞樓觀極宏壯 馳道平直廣闊 如十字街 地皆鋪白玉磚 瑩澈淨滑 所見非人世也 有衆仙迎余甚喜 牽一鶴俾余騎其背 因共挾之 凌空而去 上一高閣 不知其幾層 有雲氣籠罩其頂 俯視大海 不辨際岸 傍有一人指之曰 此卽三淸殿 乃仙府也 覺後了了 不可殫記".

의 허구적 상상력만으로 이루어진 상황이 아님을 분명히 밝힌다.76)

선계 체험 상황도 대부분의 서(序)에서 비슷한 양상으로 전개된다. 신선들의 환대 가운데 선계로 들어가게 되고 복약(服藥) 의식 등을 통해 신선임을 확인한다. 선계는 지극히 웅장하고 넓으며 경계가 아득하다. 누각은 높고 크며 길 또한 깨끗하고 투명하다. 신선 중 한 사람이 이수광에게 붓과 벼루를 주는가 하면, 이수광 자신은 그러한 선계 체험을 시로 짓게 된다.

그렇다면 이수광이 날짜를 분명하게 명기하고 입몽-각몽을 선명하게 제시하는 기법과 황홀한 선계 체험 꿈꾸기와는 어떠한 관련이 있는 것일까. 이수광의 꿈꾸기가 일과성(一過性)에 그치는 것이 아니라 몇 해를 두고 지속적으로 계속된다는 점에 주목하여 이러한 의문점을 풀어 보기로 한다.77)

일회성이 아닌 계속 반복되는 꿈꾸기라면 그 꿈에는 그만큼 절실한 갈망의 대상이 담겨 있다고 볼 수 있다. 곧 작가가 의식하든 안 하든 자의식의 편린들이 강하게 침투되어 있는 것이다. 허균(許筠)도

---

76) 李睟光,「記夢」,『芝峯集』, 권2, 장16: "丙辰二月十一日 余方患疾 夢至一處 樓閣高爽 如在大山之頂 下有雲霧 莫辨其際 有人金冠翠袍 容貌甚麗 命余作詩 余口占一絶云云 其人喜曰 是矣 俄而日光自雲霧中騰出照耀 不可名狀 遂悸而寤 只記中兩句 仍足成之 其叔卿二字 與余小名相近 可怪也".
   李睟光,「記夢」,『芝峯集』, 권20, 장1: "戊申九月十一日 在洪陽 夢人以彩筆三枝花硯二面授余 余作詩云云 覺後異之 仍成結句 第未知嶽武之義如何".

77) 이수광이 유선시를 짓는 시기는 대체로 광해군 집권기와 일치한다. 이 때 이수광은 홍주목사(1607), 순천부사(1616)로 외직에 나가 있던 기간을 제외하고는 인조반정 때까지 수원에서 칩거하였다. 이런 개인적 상황이 이 시기 그가 유선시에 심취한 한 동인이 되었다고 볼 수 있다.

「몽해(夢解)」에서 변고를 겪고 나서 명리를 끊고 오직 도가의 경전과 비결을 읽고 잠심하자 꿈에 여러 진인을 만나기도 하고, 심지어는 정신이 옥경(玉京)에까지 날아가 수레를 타고 오색구름 속에서 피리 소리를 들은 것이 여러 번이라고 술회한 바 있다.[78] 프로이트의 말대로 꿈꾸기란 인간 무의식의 활동이며, 꿈에서 표현되는 것은 무의식의 소망이라 할 수 있는 것이다.[79] 곧 꿈속 세계야말로 소망이 충족된 공간이자 불만족한 현실을 수정한 공간이다.

그러나 꿈속의 세계는 비현실적이고 초자연적인 세계이다. 시인이 꿈꾸는 완벽한 선계 공간은 단지 환상에 불과하다. 하지만 꿈을 꾼 정확한 날짜의 표기와 꿈속에서의 창작 행위가 현실과 이어지도록 하는 장치는 구체성을 부여하여 신빙성을 획득하게 해 준다. 그러면서 현실 너머에 있는 꿈속 세계에 대한 이해를 확장시킨다. 꿈속에서의 선계 체험이 거짓이 아님을 드러내주는 몇 장치와 결합함으로써 작가가 꿈꾸는 환상이 실재할 수 있도록 하는 것이다.

그럼에도 불구하고 그는 표면적으로는 끊임없이 유자임을 되뇜으로써 꿈꾸기를 거부하는 모습을 보인다.

아! 나는 명교(名敎) 가운데의 사람으로서 꿈꾼 바가 그 생각하던 바가 아니니 진실로 도를 믿음이 전일치 않아 오히려 환념이 남아 있는 것인가? 장차 묵은 인연이 없어지지 않아 영경(靈境)이 이에 드러난 것인가? 옛날 백낙천의 이름은 도산에 있고 왕안국은 꿈에

---

78) 許筠, 「夢解」, 『惺所覆瓿藁』 권12: “自經變故來, 斷制利名, 一志於修煉, 多讀道家經訣以潛心研究, 則夢輒見紫陽海瓊諸眞, 聆其妙諦, 甚至神飛玉京, 駕鸞鶴聽簫於五雲中者, 數數然”.

79) Sigmund Freud/김대규 역, 『꿈의 해석』(그레이트북, 1994).

선자가 되었다 하나 나는 두 사람에 비할 바가 아니니 우선 그 기이
함을 적어둔다.80)

　명교(名敎) 가운데의 한 사람이니 늘 유교(儒敎)의 도덕을 생각해
야 했고 꿈꾼바 또한 충효의 덕목이어야 했다. 그의 다른 시에서는
"이내 몸 불(佛)도 아니요 선(仙)도 아니니, 온종일 마음 모아 성현
(聖賢)과 마주하네"81)라 하여 유자(儒者)로서의 마음 수행까지 되새
겨 놓기도 하였다.82)
　그렇지만 무의식 속에서 그는 계속해서 선계를 넘나든다. 이수광은
이 현상을 믿음이 전일치 않아 환념이 남아 있는 것이 아닌가 의문
을 던져 보지만, 정작 이수광이 하고 싶었던 말은 지난날의 묵은 인
연이 없어지지 않아 선경(仙境)이 꿈에나마 드러났다는 말일 것이다.
'숙연(宿緣)', 즉 선계에서 맺었던 신선으로서의 인연을 언급하여 자
신의 적선 의식을 은연중 드러내는 것이다.83) 그리하여 결미에선 슬

---

80) 李睟光,「記夢」,『芝峯集』, 권7, 장5: "噫 余名敎中人也 所夢非其所想 豈
　　信道不專 幻念猶在耶 將宿緣未泯 靈境斯現耶 昔白樂天名在道山 王安國夢
　　爲仙子 余非二子之比 姑志其異".

81) 李睟光,「卽事」,『芝峯集』, 권20, 장7: "此身非佛亦非仙, 盡日潛心對聖賢".

82) 이수광은 기본적으로 儒者이다.「條陳懋實箚子」나「採薪雜錄」등을 보
　　면 이수광은 도가에 관심이 있었지만 오히려 그것을 유가의 학설로 설
　　명하려 한 흔적이 많다. 그럼에도 불구하고 그가 끊임없이 도교적 공간
　　을 꿈꾸었다는 것은 생로병사(生老病死)와 희로애락(喜怒哀樂)의 근심
　　이 인간 누구나가 안고 있는 보편적 숙명임을 말해 준다. 개인적으로
　　이수광은 건강이 좋지 않아 고생을 많이 했다고 한다. 이수광의 적선
　　의식이나 초월의식은 이러한 연장선상에서 이해될 수 있을 것이다.

83) 허균 또한「夢遊練光亭賦」에서 "봉호의 옛 기약을 가리키면서 삼생의 묵
　　은 인연 남았노라고. 소요하며 노닐자 종용하면서 견우직녀 이별 정을 하
　　소하누나 指蓬壺之舊期兮 餘宿緣於三生 聊逍遙以慫湧兮 訴牛女之離情"

쩍 백낙천, 왕안국과 자신의 이름을 나란히 놓기까지 한다.

이처럼 이수광은 의식 세계에서는 유자로서의 자책감까지 드러내고 있지만 잠재의식 속에선 자신이 신선임을 알아주지 않는 세상에 대해 은근히 불평을 하고,[84] 심지어 자신을 옛 신선인 위숙경(衛叔卿)으로 명명하기도 한다.[85] 묵은 인연을 통한 적선 의식은 유선적 꿈꾸기의 당위성을 천명하여 자신의 유선이 결코 허황된 망상이 아님을 밝혀 주는 요소이다.

곧 이수광의 「기몽」은 단순한 신선 고사의 나열에 그치지 않고 시인

라 하여 묵은 인연에 대한 적선 의식을 드러낸 바 있고, 차천로도 「正月十九日 太常淸臺試 監察朴某爲言新喪十八春少妾云 醉中贈一律」에서 "다만 묵은 인연으로 후생의 연을 이루려 하나 삼신산의 바다에 나루 없음이 한스럽네 祗有宿緣留後果, 三山却恨海無津"라 한 바 있다. 모두 스스로를 전생에 선계의 일원이었다고 서술함으로써 선계에 대한 갈망을 여실히 보여주는 것이다.

84) 李睟光, 「夢遊重興寺」, 『芝峯集』, 권2, 장9: "昨夜分明身化鶴 冷風吹上白雲嶺".
李睟光, 「記夢」, 『芝峯集』, 권2, 장16: "紅雲紫府舊三淸 誰識吾身衛叔卿".
李睟光, 「記夢」, 『芝峯集』, 권2, 장21: "瑤池璧月三山夜 鶴背泠然夢裡身".
李睟光, 「記夢」, 『芝峯集』, 권16, 장9: "誰知旅枕愁眠裏 化作飛仙戱太淸".
李睟光, 「記夢」, 『芝峯集』, 권20, 장4: "中宵跨鶴遊天上 塵世誰知有羽仙".
李睟光, 「壬戌上元夜 夢得下兩句 仍成一絶」, 『芝峯集』, 권20, 장5: "向來心界萬緣空 夢裏身乘鶴背風".
李睟光, 「甲子五月 夢得首句 因記其異」, 『芝峯集』, 권20, 장6: "誰信人間客 能成夢裏仙".

85) 위숙경은 『신선전』에 나오는 인물로, 효무황제가 한가히 있을 때 하늘에서 내려와 "저는 中山 사람 위숙경입니다"라고 말하고는 사라졌다고 한다. 황제가 곧 使者 梁伯玉을 시켜 중산을 뒤져 그를 찾아보게 하였으나 결국 찾지 못하고 단지 그의 아들 度世를 찾았을 뿐이었다. 황제가 곧 사자와 도세를 함께 華山으로 보내자, 위숙경이 도세에게 '네가 돌아왔구나' 하면서 옥함 속에서 神素書를 꺼내어서는 '이대로 따라 하여라'라고 하였다. 도세는 拜辭하였다.

자신의 자의식이 침투되어 이루어졌다는 데에 그 중요성이 있다. 환상이란 인간의 잠재된 욕망이 나타나는 것이라는 점을 주목할 때 이수광의 유선시와 환상성이 만나게 되는 근거가 여기에 있게 되는 것이다.

② 적선 의식(謫仙意識)과 현실 초월 의지

인간은 한 치 앞을 내다볼 수 없는 미래에 대해 두려워한다. 죽음에 대한 공포, 장차 다가올 고난을 피할 수 없다는 사실은 모든 인간이 짊어져야 하는 숙명적 한계이다. 그리하여 인간은 문학이라는 힘을 빌려 죽음과 현실의 고난을 이겨내고자 하는 인간의 바람을 담는다. 중세적 환상성에서는 신선이 됨으로써 이러한 문제를 해결할 수 있었다. 양생(養生)을 실천하여 신선이 되면 인간은 현세의 질병과 고통에서 벗어날 수 있었다. 장생구시(長生久視)하는 신선의 자격을 얻기 위해서는 복약(服藥)이 필요한데 이수광의 유선시에는 복약의 장면이 다음과 같이 묘사되어 있다.

자궁의 한밤, 군선들 모여	紫宮半夜群仙會
낯빛도 기쁘게 날 맞아 절하며	群仙色喜迎我拜
궁 가운데 칠보상에 앉으라 하니	坐我堂中七寶床
아득히 이 몸 청련계로 들어왔네	怳然身入靑蓮界
반야탕 한 잔을 따라 주면서	餉我一杯般若湯
옥제의 경장이라 일러 주누나	云是玉帝之瓊漿
마시자 정신이 맑고 상쾌해지며	啜罷精神頓淸爽
진토에 찌든 속을 깨끗이 씻어 주네	洗盡十年塵土腸
뜰 앞의 화로에서 가는 연기 오르더니	庭前有鑪烟細起
三生의 온갖 일들 환히 알게 하는도다	令我了悟三生事86)

자궁(紫宮)의 깊은 밤, 신선들이 이수광을 기쁜 낯으로 맞이한다. 시인이 칠보상에 앉으니, 어느덧 신선계인 청련계이다. 옥제의 경장인 반야탕을 마시자 갑자기 정신이 상쾌해지면서 진토에 찌든 속이 말끔히 씻긴다. 뿐만 아니라 삼생(三生)의 모든 일이 눈앞에 환히 떠오르기까지 한다.[87]

이 같은 복약 모티브는 적선(謫仙)으로서의 신분 확인 성격을 띤다. 시인은 약을 마심으로써 인간의 몸을 벗어나 신선이 되는 환골성선(換骨成仙)의 의례를 갖춘다. 선약을 먹고 환골(換骨)하여 선계의 일원이 됨으로써 인간으로서 지녔던 정신적 고통과 현실적 올무로부터의 탈출을 꾀할 수 있었던 것이다.

신선이 아침에 학 등 타고 높이 오르니	仙子朝乘鶴背高
하늘 바람 표연히 적상포를 불어 보내네	天颷吹送赤霜袍
돌아올 제 잠깐 요지주에 취했더니	歸來乍醉瑤池酒
옥녀가 빙반에 벽도를 바치누나	玉女氷盤薦碧桃[88]

---

86) 李睟光, 「記夢」, 『芝峯集』, 권7, 장5.

87) 仙藥을 복식하는 장면 묘사는 『全唐詩』의 "돌 위의 菖蒲, 한 마디가 열두 절이라. 선인이 권해 먹어 봤더니 머리는 맑아지고 얼굴은 눈같네. 石上生菖蒲, 一寸十二節. 仙人勸我食, 令我頭靑面如雪"과 沈義의 「蟠桃賦」 중 "한 알의 신령한 복숭아를 주시는데 그 향기 너무나 짙었다오. 가만히 받아서 씹어 삼키니 문득 이 몸 眞人으로 되돌아가서 어지러이 두둥실 날아올라선 아득한 동해 바다 넘놀았다네. 贐一顆之神核兮, 芳酷烈其闠闠. 漠虛靜以咀嚼兮, 忽乎吾將返眞. 紛仙仙而抯搐兮, 違絶垠乎東溟"에도 보인다. 이들 작품에서도 마찬가지로 선약을 먹으면 머리가 맑아지고 眞人으로 돌아가 육체뿐 아니라 정신 또한 신선의 세계에 발을 들여 놓게 되는 것이다.

88) 李睟光, 「遊仙詞」, 『芝峯集』, 권16, 장11.

반도연(蟠桃宴)의 한 장면이다.[89] 학을 타고 높이 오르니 하늘에
선 신선의 옷인 적상포(赤霜袍)를 불어 보낸다. 돌아오는 길에 요지
주를 마시고 취했더니 옥녀가 안주로 벽도를 바친다는 내용이다. 요
지주(瑤池酒)와 반도(蟠桃)는 장생불사의 음식으로 한 모금 혹은 한
알만 먹어도 장생불사(長生不死)할 수 있다는 선약이다. 하늘이 적상
포를 내리고 옥녀가 이러한 요지주와 벽도를 바친 것은 시인을 신선
으로 인정했다는 의미이다.

 이 같은 복약 모티브는 신선으로 인정받고 싶어 하는 이수광의 심
리를 보여준다. 이수광이 이렇게 강한 적선 의식을 나타내는 것은 그
만큼 자신이 발 딛고 있는 공간에 대한 부정적 인식이 크다는 것을
말해 준다. 다음 시에서 이수광이 현실 공간을 어떻게 인식하고 있는
가를 살필 수 있다.

상제께 절 올리고 선반에서 쫓겨나 　　　　曾逐仙班拜玉宸
우연히 범계(凡界)에 와 바람 먼지 견딘다네 　偶來凡界耐風塵
요지의 벽월 맑은 삼산(三山)의 밤에 　　　　瑤池璧月三山夜
학의 등 서늘해라 꿈속의 이 몸 　　　　　　鶴背冷然夢裡身[90]

 선반(仙班)과 범계(凡界)가 대비되면서 범계(凡界)는 바람 같은 시
련과 먼지 같은 인생을 견뎌내야 하는 공간으로 설정되어 있다. 시인
은 자신이 처한 범계 공간을 유배지로 설정함으로써 자신의 본래 신

---

89) 夏曆 3월 3일은 서왕모의 탄신일로, 해마다 이 날이 되면 서왕모는 瑤
　　池에서 蟠桃의 성대한 모임을 열고, 여러 신선이 모두 와서 그녀에게
　　장수를 빈다.
90) 李睟光, 「記夢」, 『芝峯集』, 권2, 장21.

분이 신선이었음을 드러내고 있다.

자신이 현재 풍진(風塵)을 감내하는 것은 뜻하지 않게 천상에서 쫓겨났기 때문이다. 그러므로 현실에서 겪는 역경과 고난은 어쩌면 당연한 상황일지도 모른다. 이렇게 자신이 몸담고 있는 세계를 유배지로 인식함으로써 시인은 자신의 현실적 불우(不遇)에 대해 합리화를 꾀하고 있다. 그러나 풍진이 세차면 세찰수록 시인이 꿈꾸는 것은 신선이었을 적 자신이 자유롭게 노닐던 삼신산의 공간이다.

이수광의 이러한 진세 공간에 대한 부정적 심리기제는 한편으로는 현실에 대한 강한 초월 의지로 나타난다.

천계 갑자 4월 26일 한밤중에 병이 나서 기운이 쇠잔했을 적에 꿈인지 생시인지 종이 가득 글이 쓰여 있었는데 그 가운데 한 구절에 이르길 '몸이 둥둥 떠올라 위로 태청에까지 이른다' 하였다. 깨어보니 이 몸이 하늘 한가운데 올라 있었다. 하늘빛이 희미하여 새벽달이 비추는 것 같았다. 내려다보니 인간 세상[凡界] 아마득하여 그 끝을 분간하지 못하였다. 한참 만에 깰 수 있었는데, 새벽이 지나 기운이 또 다하자 여러 사람이 함께 앉아 있는 것을 볼 수 있었다. 그들이 지은 글 네다섯 편이 모두 초사(楚辭) 같았다. 반쯤 읽어 내려가자 '바람을 타고 올라가 자봉(紫鳳)에 올라타서 아래를 내려 보네. 현포를 지나 곤륜산을 거쳐 옥청의 만 리 길을 내달렸다네'라는 구절이 있었다. 처음엔 역력하여 기억할 수 있을 것 같았으나 문득 잠이 깨니 이 두 구 외에 나머지는 생각나는 것이 없었다.[91]

---

91) 李睟光, 「敍夢」, 『芝峯集』, 권23, 장60: "天啓甲子四月二十六日夜半 病谷丸奄奄氣盡 似夢非夢間 見製作滿紙 其中一句云身飄飄而上征迫太淸兮 卽覺一身騰上空中 天色熹微如曙月之樣 俯視則凡界微茫 不辨涯際 良久得醒 曉後氣又盡 見數人同坐 所製四五篇皆如楚辭 讀至半 有曰搏扶搖以上征 跨紫鳳而下視 略玄圃而崑崙 九玉淸之萬里 初若歷歷可記 焂爾而蘇

　이수광이 이 글을 쓴 당시는 이괄의 난으로 인해 병든 몸으로 왕을 모시고 공주로 피난 갔다 와야 하는 상황이었다. 작품에서 드러난 것처럼 정신적, 신체적으로 극도로 피로하여 병이 난 상태였던 것이다.

　하계에서의 이러한 육체적 정신적 고통 상황은 꿈에서는 갑자기 다른 차원으로 바뀐다. 병으로 인해 쇠잔하고 무겁기만 한 몸이 일순간 하늘 한가운데로 올라가 있을 정도로 가뿐한 상태로 되어버린 것이다. 진세의 병든 몸이 일순간 천상의 전혀 다른 몸으로 바뀌는 체험을 했다는 점에서 이는 ‘초월’이라 할 수 있다. 레비나스의 말을 빌리자면 ‘나는 나로 남아 있으면서 동시에 다른 이로 변화하는’[92] 상황이다. 다음 구절에 보이는 ‘초사(楚辭)’가 바로 혼탁한 세속을 초월하여 장생불사(長生不死)의 선인(仙人)이 되어 우주 밖을 노니는 일을 노래한 시이다. 이수광 자신도 초사의 작자 굴원(屈原)과 같이 절망과 비애만이 가득한 진세의 삶에서 벗어나 신선 세계에서 소요(逍遙)하고 싶었던 것이다.

백학성 가에 달이 한창 밝으니	白鶴城邊月正明
푸른 하늘 가없고 밤구름 가볍도다	碧空無際夜雲輕
뉘 알리오 나그네 수심스런 잠 속에	誰知旅枕愁眠裏
화하여 비선(飛仙)되어 태청에 노닐 줄을	化作飛仙戱太淸[93]

則此二句外　餘無所省”.

92)　E. Levinas, Autrement qu’être ou au-delà de l’essence(Martinus Nijhoff, 1974), 서동욱, 「아이와 초월」, 『세계의 문학』(민음사, 1999 가을호) 재인용.

93)　李睟光, 「記夢幷序」, 『芝峯集』, 권16, 장9.

1, 2, 4구의 명(明), 경(輕), 청(淸)과 같이 맑고 가벼운 천상 이미지에 비해 지상은 수심한 공간이다. 진세의 삶은 정착할 곳 없이 떠도는 나그네 인생일 따름이다. 이럴 때 시인이 꿈꾸게 되는 것은 다른 공간, 또 다른 자신의 모습이다. 그런 바람이 비선(飛仙)이 되어 태청에 노니는 상황으로 나타난다. 다른 시에서도 "어젯밤 분명히 이 몸 학되니 찬바람이 백운령에 불어 왔었네 昨夜分明身化鶴 冷風吹上白雲嶺"라고 노래하는가 하면, "붕새 등 타고 날아가서는 두 소매로 푸른 어둠 깨뜨리고파 欲乘鵬背去 雙袖破靑冥"라고 염원하기도 한다.

이처럼 이수광 유선시에는 현실의 소실점 너머에 존재하는 선계를 향한 바람, 그가 현실에서 발견한 모순에 대한 상상적 해결이 담겨 있다. 그리고 그러한 열망은 복약 모티브나 초월 행위를 통해 성취된다. 곧 복약 모티브나 초월의식에는 현실이 갖는 한계나 심리적 결핍을 충족시키려는 자의식이 담겨 있다. 부정적 생로에 대한 자기 보상적 심리기제가 작용한 결과인 것이다.

3) 몽중선계의 환상적 이미지화

① 선계와 하계의 극명(克明)한 대조

선계는 부정적 현실이 갖고 있는 억압과 결핍을 극복한 공간이다. 유선문학에서 선계(仙界)는 상실했던 낙원, 충만함이 넘치는 공간으로 표출된다. 선계는 현재의 모든 결함을 보상해 줄 수 있는 완전으로 가는 입구로써, 불완전한 현재와 완전한 과거 또는 미래와의 접점에 존재한다. 공간 묘사를 통해 구체화되는 선계 모습은 이들의 동경과 갈망, 현실에 대한 불만의 모습을 생생하게 재현시키고 있다. 이 세상 어디에도 존재하지 않으나 인간 소망을 실어주는 세계로서의 선계는 중세 지식인이 발견한 유토피아의 모습, 바로 그것이다.

이제 이수광의 유선시에 나타나는 선계는 어떤 모습으로 묘사되고 있는지 살펴보자.

> 계축년 정월 10일 밤에 꿈속에서 한 곳에 이르렀는데 성첩과 누관이 광경이 매우 크고 장엄하였다. 달리는 길은 평평하고 곧고 넓었으며 바닥은 모두 흰 옥벽돌로 포장하는데, 투명하고 깨끗하며 매끄러워 본 바가 인간 세상이 아니었다.[94]

건물은 크고 장엄하며, 길은 평평하며 넓고, 바닥은 흰 옥으로 포장되어 투명하고 깨끗하다. 한눈에 보아도 인간 세상이 아니다.

붉은 구름 자부(紫府)는 옛날의 삼청이니	紅雲紫府舊三淸
이 내 몸이 위숙경임을 그 누가 알리오	誰識吾身衛叔卿
옥동의 복사꽃은 봄이 깊지 않았는데	玉洞桃花春未老
구천의 바람 이슬에 평생을 꿈꾸었네	九天風露夢平生[95]

자부(紫府)는 붉은 구름에 둘러 싸였고, 봄이 한창인 것도 아니건만 옥동에는 복사꽃이 만개하다. 그곳에서 시인은 자신이 옛 신선인 위숙경이었다고 자부한다.

---

94) 李睟光, 「記夢」, 『芝峯集』, 권7, 장5: "癸丑正月十日夜 夢至一處 城堞樓觀極宏壯 馳道平直廣闊 如十字街 地皆鋪白玉磚 瑩澈淨滑 所見非人世也".
95) 李睟光, 「記夢」, 『芝峯集』, 권2, 장16.

이수광 유선시에서 빈번히 등장하는 삼청전은 현실과 격리된 선적 공간으로서의 의미를 지니며, 진세(塵世)와 대비를 이루는 이상적 공간이다. 이외에도 '만 떨기 붉은 구름이 자청궁을 휘감기도 萬朶紅雲拱紫淸' 하며, '옥루 하늘에는 구름 기운이 가득 雲氣玉樓天' 하기도 하다.

선계 공간뿐 아니라 시간 개념 또한 선계와 하계는 사뭇 다르다.

오색구름 속에 옥황을 만나 뵙고	五色雲中謁玉皇
난새 봉새 올라타고 푸른 하늘 마음대로	碧霄隨意駕鸞凰
꽃 사이서 한번 웃자 삼천 년이 지나가니	花間一笑三千歲
선궁의 일월(日月) 오램 믿지 못하겠구나	未信仙宮日月長96)

화자는 새 등에서 푸른 하늘을 마음대로 누비며 선계를 오유한다. 선계에서는 잠시 한번 웃었을 뿐인 시간인데, 지상에서는 이미 삼천 년이 지나가 버렸다. 시인은 선궁(仙宮)에서의 세월이 오래인 것을 믿지 못하겠다 한다. 그러나 역설적으로 정작 시인이 말하고 싶었던 것은 장생불사(長生不死)하여 삼천 년을 하루같이 사는 선계에서의 삶일 것이다. 유한한 시간의 장벽을 넘어 인간이 겪는 근심도 고난도 없는 세계에서의 선적(仙的) 오유(遨遊)야말로 생명을 초월하여 사는 신선만이 누릴 수 있는 특권이기 때문이다.

그런데 각몽으로 접어들자 극도의 수사가 동원되어 아름다움의 극치를 묘사했던 선계에 비해 하계는 풍진(風塵), 진세(塵世), 범진(凡塵) 등으로 표현된다. '마음속 온갖 인연 덧없게 向來心界萬緣空' 만드는 부질없는 공간이며 '바람 먼지 견디어야 偶來凡界耐風塵' 하는 고

---

96) 李睟光, 「記夢」, 『芝峯集』, 권16, 장11.

통의 세계에 불과하다. 현실이 고통스럽고 힘겨울수록 인간은 이를
벗어난 공간, 기쁨과 환희가 가득한 세계를 꿈꾸기 마련이다. 도시의
각박함에 싫증나면 '엄마야 누나야 강변 살자'고 되뇌며, 타향살이가
힘겹고 외로우면 '얼룩백이 황소가 해설피 울음을 우는' 고향을 그리
게 되는 것이다. 이수광 유선시에 선경에 대한 묘사가 그토록 아름다
운 이유도 이러한 사정과 별반 다를 바 없다고 여겨진다.

> 요동에 있을 때 꿈에 학이 되어 구만 리 희미한 세계를 한동안 굽
> 어보다가, 하품하고 기지개 펴며 잠에서 깨어났다. 일어나 하늘을 보
> 니 구름이 하늘 끝에서 거두어지며, 차가운 달은 하늘 한가운데 있
> 었다. 내가 학이 된 것인지, 학이 내가 된 것인지 알 수가 없이, 아
> 득히 신선이 되어 하늘에 날아오른 뜻이 있었으니 비로소 장주의 호
> 접지몽(胡蝶之夢)이 우언(寓言)이 아님을 믿게 되었다.[97]

이수광은 장자의 호접지몽(胡蝶之夢)과 자신의 유선지몽(遊仙之夢)
을 연결하여 환상의 공간을 현실로 끌어들이고자 하는 열망을 담는다.
장주의 호접몽은 꿈과 현실의 구별을 부정하는 삶의 비유로써 제시된
다. 절대적 자유를 누리는 꿈속의 상황이 단순히 우언(寓言)이 아닌
실제이기를 바라는 화자의 염원을 노래하는 것이다. 선계 오유는 다만
환상임을 알면서도, 꿈에서 깨고 나면 거센 고통만이 존재하기에 시인
은 여전히 환상의 세계에 침잠하게 된다. 생로병사와 생리사멸이라는
인간의 유한성으로 인한 괴로움, 어지러운 시대를 바라보는 한 개인의

---

97) 李睟光, 「記夢」, 『芝峯集』, 권16, 장9: "在遼東日 夢化爲鶴 飛升九天之上
俯瞰九萬里依微世界一餉間 欠伸而寤 起視廖廓則雲斂天倪 寒月正中 不知
我爲鶴耶 鶴爲我耶 怳然有羽化騰空之意 始信莊周胡蝶之夢非寓言也".

한계는 환상의 세계를 꿈꾸고 유선의 공간을 열망케 하였다.

② 초현실적 공간의 이미지화

이수광이 묘사하고 있는 선계의 양상을 살펴보면 일련의 공통된 이미지를 찾아낼 수 있다. 먼저 공간 이동 수단이면서 선계를 구성하는 요소로써 선금서수(仙禽瑞獸)가 등장한다는 것이다. 동양의 신선은 서양의 천사처럼 날개를 지니지 못했으므로 새처럼 자유롭게 이동할 수 없다.[98] 그러다 보니 공간을 자유롭게 이동하기 위해서는 매개수단이 필요한데, 이수광 유선시에서는 그러한 매개수단으로 구름이나 학, 용 등의 동물을 이용한다.

자라 머리 위 영봉 자연(紫煙)에 잠겨 있고	鼇頂靈峰入紫煙
눈 앞 푸른 바다 아득히 가이 없네	眼前滄海渺無邊
한밤중에 학 타고 천상에 노니니	中宵跨鶴遊天上
진세에 어느 누가 신선 있음 알리오	塵世誰知有羽仙[99]

오정(鼇頂)이란 다섯 개의 신산(神山)을 받치고 있는 자라 머리를 의미한다.[100] 삼신산은 자줏빛 연기에 잠겨 있고 푸른 바다는 그 끝

---

98) 특히 곤륜산을 둘러싸고 있는 弱水는 깃털 하나도 띄우지 못하는 물로서 飛翔의 방법 외에는 그 물을 건널 수 없다. 『山海經』에 "서남쪽 유사빈에 곤륜구라 부르는 큰 산이 있다. 그 아래에 깊게 소용돌이치는 약수가 있는데 그 물에는 가벼운 털도 뜨지 못한다"라고 하였고 『운급칠첨』에는 "봉래의 약수는 배가 건널 수 없다"라고 하였다.

99) 李睟光, 「記夢」, 『芝峯集』, 권20, 장4.

100) 다섯 개의 신산이 착근되지 않아 조류와 물결에 따라 오르내리는 까닭에 禺强에게 명하여 열다섯 마리의 巨鼇로 하여금 오신산을 이게

을 가늠할 수 없는데, 시인은 깊은 밤 학을 타고 자유롭게 노닌다. 학을 탄다는 행위 자체는 이미 시인 자인이 신선임을 의미하며,101) 학을 타고 날아오른다는 것은 현실의 억압과 구속에서 일탈한다는 상징적 의미를 지닌다.102) 다른 시에서는 아예 자신이 학－비선(飛仙)－이 되기도 한다. 이 외에도 이수광은 구름이나 용 기린, 난새, 봉새나 청우를 매개 삼아 자유롭게 이동하고 있다.103)

하였다. 흔히 삼신산이라 일컬어지는 이 神仙들의 공간이 바로 鼇頂이 뜻하는 바다. 이수광과 절친한 친분이 있는 차천로 또한 鼇를 인용한 '鼇背', '六鼇'라는 단어를 즐겨 사용하였다. 차천로의 '鼇'에 주목하여서는 임준철이 자세히 논하였다. 임준철, 『차천로 시세계의 연구』(고려대학교 석사학위논문, 1996) 참고.

101) 『포박자』에서는 학을 장생 외에도 거북과 더불어 得道의 상징으로 비유한다. 『포박자』: "龜能土蟄, 鶴能天飛. 使人爲須臾之蟄, 有頃刻之飛, 猶尙不能, 其壽安可學乎?" 抱朴子答曰: "蟲之能蟄者多矣, 鳥之能飛者饒矣, 而獨擧龜鶴有長生之壽者, 其所以不死者, 不由蟄與飛也. 是以眞人但令學其道引以延年, 法其食氣以絶谷, 不學其土蟄與天飛也. 夫得道者, 上能竦身於雲霄, 下能潛泳於川海, 是以蕭史偕翔鳳以凌虛, 琴高乘朱鯉於深淵, 斯其驗也. 何但須臾之蟄, 頃刻之飛而已乎?"

102) 『포박자』에서도 "단약을 먹으면 구름을 타고 용을 부려 태청을 오르내릴 수 있다 服神丹 令人壽無窮 已與天地相畢 乘雲駕龍 上下太淸"라 하여 신선의 비상에 대해 주목하고 있다.

103) 李睟光, 「遊仙詞十首」, 『芝峯集』, 권2, 장18: "朝回萬里崑丘路 脚下斑龍不受鞭".
李睟光, 「遊仙詞十首」, 『芝峯集』, 권2, 장18: "芝盖披雲下玉京 偶從金母問長生".
李睟光, 「遊仙詞十首」, 『芝峯集』, 권2, 장18: "瑤池一夜霜華重 臥地靑牛凍不行".
李睟光, 「遊仙詞三首」, 『芝峯集』, 권2, 장23: "新隨阿母赴瑤池 背滑靑龍不慣騎".
李睟光, 「遊仙詞」. 『芝峯集』, 권16, 장11: "五色雲中謁玉皇 碧霄隨意駕鸞凰".
李睟光, 「夢作」, 『芝峯集』, 권20, 장4: "欲乘鵬背去 雙袖破靑冥".

비상(飛翔)하여 공간을 자유롭게 노닌다는 것은 단순히 육신의 몸이 떠다닌다는 물리적 개념을 넘어 정신적으로 인간계의 모든 속박과 굴레에서 벗어났다는 상징성을 갖는다. 비상(飛翔)이라는 절대적 자유는 그를 억압하는 물리적 시간이나 공간의 속박성을 모두 깨뜨릴 수 있기 때문이다.[104]

선계를 구성하는 또 다른 요소는 붉은색과 흰색, 푸른색 등 도교의 오방색(五方色)을 응용한 색채 이미지이다.

<blockquote>

월궁엔 자계(紫桂)로 나뉘어 있고	月宮分紫桂
천궐(天闕)은 청련(青蓮)으로 꺾이었도다	天闕折青蓮
유하주 한 잔을 따르는 사이	一酌流霞醞
선계에선 만만 년이 지나갔구나	仙階萬萬年[105]

</blockquote>

월궁의 한가운데에는 자줏빛 계수나무가 아름드리 들어서 있고 천궐에는 푸른 연꽃이 만발하다. 월궁과 천궐의 흰색 이미지에 자계(紫桂)와 청련(青蓮)의 선명한 대비가 어우러져 선계를 깨끗하면서도

李睟光, 「詠李白」, 『芝峯集』, 권20, 장6: "翰林風骨出凡塵 飛上青天駕紫鱗".

104) 권육상은 『정신건강 심리치료—꿈 해석과 정신 분석』(학문사, 1999)에서 하늘을 나는 꿈에 대해 다음과 같이 설명하였다. "하늘을 마음껏 날아다니는 꿈이 상징하는 것은 바로 억압으로부터 도피를 의미하며 자유로의 소망을 나타낸다. 극복적이고도 잠재적인 욕망이 날아다니는 꿈을 꾸게 하는 원인이 된다. 예를 들어 어떤 현실적으로는 불가능한 지위에 오르기를 갈망한다거나 자신의 능력으로서는 손에 넣지 못할 진귀한 보물이나 재산을 갖고 싶어 하는 욕망이 잠재할 때에도 날아다니는 꿈을 꾸게 된다."

105) 李睟光, 「夢作」, 『芝峯集』.

화려한 느낌이 나게 한다. 이수광 유선시에는 특히 청색 계열과 붉은
색 계열이 매우 빈번히 사용되는데 이들 색은 선명한 색상 이미지를
통해 선경(仙境)의 화려함을 선명히 드러내는 역할을 한다.106)

> 약수(弱水) 동쪽 머리에 상서로운 안개 오르고　　弱水東頭拂瑞霞
> 적룡은 새벽에 오색구름 수레 타네　　赤龍晨駕五雲車
> 현도(玄都)에 어제 삼주수(三珠樹)를 심었더니　　玄都昨種三珠樹
> 이미 봄이 구도화(九度花)에 옴을 보노라　　已見春來九度花107)

환상적인 선계의 이미지에 3, 5, 7, 9의 숫자를 이용하는 경우이
다.108) 선계 이미지에는 주로 홀수가 사용되고 있는데 그중에서도 3
과 9가 즐겨 사용되고 있다. 이는 이들 숫자가 완벽, 완전의 함의를 지
니기 때문이다.109) 곧 선계가 완벽하다는 의미를 상징해 주는 것이다.

---

106) 붉은색 계열의 이미지로는 紅雲, 紫府, 紫煙, 赤龍, 紅龍, 紫簫, 赤水, 紅
桑, 赤霜袍, 紫鱗, 紫桂, 紫赤紋, 紫鳳 등의 시어가 있고, 푸른색의 이미
지는 滄海, 碧落, 靑牛, 淸平詞客, 璧月, 靑龍, 靑蓮界, 綠鬢, 靑娥, 碧空,
碧桃, 碧霄, 靑冥, 靑天, 靑蓮 등이 있다.

107) 李晬光, 「遊仙詞」, 『芝峯集』, 권2, 장18.

108) 『枕中書』에는 그 정경을 "현도옥경의 칠보산은 대라천상에 위치하며 성
위에는 칠보궁이 있고 칠보궁 안에는 칠보대가 있으며 上中下 三宮으
로 되어 있다. 이곳은 반고진인, 원시천존, 태원성모께서 다스리는 곳
이다"라 자세히 묘사하였다. 玄都라는 시어 안에는 三과 七의 이미지
가 들어 있다고 볼 수 있다. 이외에도 다른 시에서 三淸, 三生, 三神山
등과 九天, 九萬里 등의 시어를 볼 수 있다.

109) 『장자』, 「제물론」에서 말하는 三이란 命名할 수 없는 一과 명명할 수
있는 一, 그리고 그것이 분리되기 전의 一이 합하여 만들어진 수이며,
無에서 有로 나아와 만들어진 수이다. 장자, 제물론: 一與言爲二, 二
與一爲三. 自此以往, 巧曆不能得, 而況其凡乎! 故自无適有以至於三, 而
況自有適有乎! 无適焉, 因是已.

한편으론 금(金)과 옥(玉)의 광학적 이미지도 사용되고 있다. 이 광학적 이미지는 고결함, 영원성, 불변성이라는 가치적 측면 외에도 차갑다는 촉각적 이미지를 창출하여 선경의 분위기를 한층 더 신비하게 만들어준다.

금장의 달빛은 이슬에 잠겨 있고 　　露華金掌月
옥루의 하늘엔 구름 기운 가득해라 　　雲氣玉樓天
뉘 믿으리 인간 세상 나그네가 　　誰信人間客
꿈속에서 능히 신선이 되었음을 　　能成夢裏仙110)

금장(金掌)과 옥루(玉樓)가 어우러져 우선 시각적으로 화려하다. 거기에 이슬과 구름이 金, 玉과 더불어 차갑고 서늘한 분위기를 만들어낸다. 이수광은 여러 시에서 선계가 서늘하고 시원하다고 밝히고 있는데,111) 금(金)과 옥(玉)의 이미지가 이에 기여한다.112)

한편 九는 『열자』에서 보듯 변함의 궁구함을 의미한다.: 易無形埒, 易變而爲一, 一變而爲七, 七變而爲九. 九變者, 究也, 乃復變而爲一. 一者, 形變之始也. 淸輕者上爲天, 濁重者下爲地, 衝和氣者爲人; 故天地含精, 萬物化生".

110) 李睟光, 「甲子五月 夢得首句 因記其異」, 『芝峯集』, 권20, 장6.

111) 李睟光, 「夢遊重興寺」, 『芝峯集』, 권2, 장9: "昨夜分明身化鶴 冷風吹上白雲嶺".
李睟光, 「遊仙洞」, 『芝峯集』, 권2, 장13: "瑤池飛去月明時 鶴上三更凉露滴".
李睟光, 「遊仙洞」, 『芝峯集』, 권2, 장13: "蓬山萬里曉風凉 吹落雲間環佩響".
李睟光, 「遊仙詞十首」, 『芝峯集』, 권2, 장18: "廣寒臺殿未秋凉 鶴背靈風碧落長".
李睟光, 「遊仙詞十首」, 『芝峯集』, 권2, 장18: "瑤池一夜霜華重 臥地靑牛凍不行".

이처럼 이수광은 선계를 표현할 때 갖가지 화려한 색채와 완벽을 함의한 숫자, 고결함과 차가움을 내포한 광학물 등의 이미지를 구사하여 선계야말로 진정한 유토피아의 세계, 신선이 되어 비상(飛翔)을 통해서만이 도달할 수 있는 세계임을 분명히 하였다.

문학에서는 종종 상상력의 힘을 빌려 슬픔과 고통으로 가득 찬 티끌세상을 벗어나 탈속의 세계를 꿈꾸려 한다. 그러므로 상상력으로 이루어지는 환상의 세계는 현실 세계의 대응적인 반영이며, 그곳에서 표현하는 자유 역시 현실 세계의 부자유에 대한 대응적 반영이다. 사람들은 현실 세계에서 얻지 못하는 것을 환상의 세계에서 구하고자 하며, 현실 세계에서 부족감을 느끼는 것을 환상의 세계를 통해 보상받고자 한다. 그렇기 때문에 오로지 자유로운 욕망을 추구하기 위해 상상의 나래를 타고 저 멀리 높이 있는 환상의 세계로 날아가고자 애를 쓰는 것이며, 이를 통해 현실적인 고뇌와 비애 등을 배설해 버리고 자신들의 마음속에 자리 잡고 있는 온갖 바람과 욕망 등을 만족시키고자 한다.

이수광은 꿈을 통하여 환상 세계－선계(天上仙界)－로의 도입을 시도하였다. 그러나 그에게 환상 세계는 막연한 망상의 공간이 아니라 고통을 치유해주는 공간이었다. 이수광 유선문학에 나타나는 선계는 더할 수 없이 황홀하고 정신을 아득하게 하는 공간이다. 가장 아름답고, 자유로운 곳이며, 생로병사의 고통이나 현세의 시름이 전혀 자리하지 않는 곳이다. 꿈에서나마 만나는 이 공간은 현실에서 상처

---

112) 金의 이미지로는 金冠, 金母, 金掌月가 있고, 玉을 사용한 이미지는 玉淸, 玉皇袍, 玉笛, 玉洞桃花, 白玉磚, 玉京, 玉詔, 玉童, 玉女, 玉宸, 玉液, 玉帝, 玉皇, 玉樓天가 있다.

받고 왜소해진 자아의 의식을 소생시킴으로써 아무 얽매임도 없는 자유로운 비상을 가능케 하였다. 그의 삶의 세계가 일그러지고 비틀릴 때마다 적선 의식을 통해 현실을 이겨낼 수 있는 항체의 역할을 수행하였다. 이수광의 유선문학은 부정적 현실이 갖고 있는 결핍을 극복하는 이미지의 제시를 통해 초현실적 공간을 마련했다는 측면에서 환상적 성격과 연결된다.

환상성을 "근대적 사유 너머에 있는 삶의 불가해성, 존재의 가없는 심연, 직설적 언어로 담을 수 없는 정서적 파토스 등을 담아내고자 하는 절실한 인식"113)이라고 정의할 때, 이수광의 유선문학이야말로 고통도 없고 소외의 아픔과 좌절이 없는 세상을 절실히 갈구한 노래로써, 괴로운 현실을 벗어나고픈 염원이 매우 선명하게 드러나 있다.

그러나 이수광의 유선문학은 단순한 현실에 대한 부정, 현실에 대한 도피는 아니다. 꿈꾸기가 사실임을 믿도록 하는 서문의 장치를 통해 환상의 공간을 현실 속으로 끌어들였다. 그럼으로써 그의 환상은 현실과 긴밀한 긴장 관계를 이루어 냈으며 현실에 대해 성찰, 탐색할 수 있는 발판을 만들어 주었다. 환상 체험을 통해 현재와의 단절을 꾀한 것이 아니라 현실을 강화하고 현실 삶의 고통과 불안을 무의식적으로 덜게 하는 효과를 가져다준 것이다. "환상성은 인간적인 것을 초월하려는 인간의 힘을 보여주었다"고 한 장—폴 샤르트르의 말은 이수광의 유선문학에 비추어 음미해 봄직하다.

---

113) 고미숙, 「대중문학론의 위상과 '전통성'에 대한 비판적 접근」, 『문학동네』 1996년 여름호, 62면.

4. 허균: 대자유를 향한 일탈

1) 허균과 「상청사」·「열선찬」 외

교산(蛟山) 허균(許筠, 1569~1618)은 16세기 말에서 17세기 초까지 살다 간 문인이다. 자유분방한 사고와 거리낌 없는 행동으로 잦은 정치적 부침(浮沈)을 겪다 50세의 나이로 역적으로 몰려 죽었다. 교산(蛟山)이란 그의 호는 용이 되지 못하고 날개가 꺾인 그의 일생을 집약적으로 보여주는 듯하다.

그는 매우 인간적이고 자유주의적인 사상가였다. 당시 사회제도의 모순을 극렬 비판하였으며, 불교의 중생 제도(衆生濟度) 사상, 서학(西學)과 양명좌파(陽明左派) 사상 등을 받아들일 정도로 급진적 사고를 지녔다. 거리낌 없는 행동, 자유분방한 사고만큼이나 그를 모함하는 인물도 많아 관직 생활을 3번이나 파직당하는 불운을 겪기도 했다. 서얼들과 자주 어울린다는 이유로 끊임없는 배척을 받았다.

당대(當代)의 문장가로서 시·비평에도 안목이 높아 시선집(詩選集)인 『국조시산(國朝詩刪)』을 편찬하였고, 『성수시화(惺叟詩話)』 등 비평 작품을 썼다. 그 밖의 작품으로 사회의 모순을 비판하는 『성소부부고(惺所覆瓿藁)』·『교산시화(蛟山詩話)』·『학산초담(鶴山樵談)』 등이 있다.

현실에서의 다사다난(多事多難)한 삶만큼이나 그는 꿈속에서 자유의 세계를 꿈꾼 몽상가였다. 허난설헌(許蘭雪軒)의 동생이기도 한 그는 도합 53수의 유선 작품을 남겼다.114) 그 속에는 어지러운 현실을 벗어나 한없이 자유로운 세계를 꿈꾸는 한 인간의 소망이 한껏 드러나 있다. 그 가운데 독후감 성격이 강한 「열선찬(列仙贊)」 30수는 신선 고사를 나열하고 있으며 「상청사(上淸辭)」 18수는 화려한 선계의 모습을 다채롭게 표현하고 있다. 「몽기(夢記)」류의 작품은 꿈이라는 모식을 통하여 자신의 적선 신분을 확인하고 있다는 점에서 이수광과 비교된다. 또 「남궁선생전(南宮先生傳)」과 『동국명산동천주해기(東國名山洞天註解記)』는 신선 신분을 확인한 데 그치지 않고 지상에서 직접 신선이 되기를 시도하거나 혹은 선계를 본 사람들의 이야기를 옮겨 적고 있다는 점에서 양만고(楊萬古)를 떠올린다.

이처럼 허균 문학은 동시대를 살다 간 유선 작가들의 특성을 골고루 담고 있어 주목을 요한다. 이제 허균의 유선 작품을 살펴봄으로써 허균 유선 작품의 특질을 살펴보고 그가 유선문학사에서 차지하는 위상에 대해 조망해 보기로 한다.115)

2) 「상청사」의 객관화된 선계 형상

「상청사(上淸辭)」 18수는 꿈에 대림궁(大林宮) 금전(金殿)에서 하경명(河景明), 서정경(徐禎卿), 왕세정(王世貞) 등을 만나 함께 지었다는 「속몽시(續夢詩)」 연작 가운데 하나이다. 「상청사」에는 다른 유

---

114) 그의 유선문학작품으로는 <上淸辭> 18수·<姑泉禮仙謠>·<海上仙夢謠>·<夢遊鍊光亭賦>·<毀璧辭>·<列仙贊> 30편·<夢記> 등이 있다.

115) 허균을 도교적 시각에서 다룬 대표적 논문은 다음과 같다.
박영호, 『허균 문학과 도교사상』(태학사, 1999).
정민, 「비기(秘記)의 문화사, 허균의 동국명산동천주해기」, 『초월의 상상』(휴머니스트, 2002).

선시에서와 마찬가지로 선계의 모습이라든가 신선들의 조회 장면, 선계에서 오유하는 신선들의 모습이 다채롭게 펼쳐져 있다. 그런 점에서 그의 누이였던 허난설헌의 유선 작품과 비교해보기로 한다. 먼저 「상청사」를 보면 다음과 같은 두 가지 특징을 발견하게 된다.

첫째는 시인 자신의 감정을 최대한 배재한 채 선계 장면을 마치 그림 그리듯 상세하고 구체적으로 형상화하고 있다는 점이다. 화자가 작품 속에 들어가지 않고 마치 밖에서 들여다보듯 대상을 관조하고 있다.

채색 깃발 금 부절(符節) 선환을 에웠으니	彩幢金節擁仙寰
용덕이라 초원(初元)에 하반이 모였구려	龍德初集賀班
자전의 이른 새벽 광악이 울리는데	紫殿曉開聆廣樂
채색 구름 빛나빛나 옥경산을 비추누나	五雲輝映玉京山(1수)

화려한 선계의 아침이 금빛과 오색구름 속에 드러난다. 옥황상제가 거처하는 곳임을 상징하는 금빛 고운 부절에 둘러싸인 백옥경에 광악(廣樂)이 울리고 갖가지 오색구름이 빛나면서 시작되는 선계의 아침을 그렸다. 특히 광악은 청각적 이미지로서 특별한 감정의 이입 없이도 시인과 천상 공간이 부지불식간에 일체가 되게 해 주며, 오색구름은 읽는 이로 하여금 천상 공간이 갖는 신비감을 자아내게 한다.

이처럼 시인의 감정은 극도로 배제되어 있으며 선계의 객관 형상만 구체적이고 생동감 있게 펼쳐지고 있다.

비서를 쥔 도강(桃康) 나는 구름 올라타고	桃康執籙躡飛雲
소대에 이르러 태을군(太乙君)을 뵈옵네.	來覲蕭臺太乙君
옥으로 쓰여진 적서 펼쳐보며	手展赤書看玉字

　　한가로이 동장과 팔하문(八霞文)을 읽네.　　　　洞章閒讀八霞文(4수)

　　시 속의 등장인물은 도강과 태을군이다. 도강(桃康)은 도교의 내공신(內功神)의 이름이다. 원래 이름은 도핵(桃核)이나 도교에서는 통상적으로 도강이라 불린다. 가슴속에 있는 사명신(司命神)인데 곧 비신(脾神)이다. 태을군(太乙君)은 『한서(漢書)』에 인용된 유향(劉向)에게 불을 비춰 주어 글을 읽을 수 있게 하였던 천신(天神)이다.

　　위 시는 도강(桃康)을 주체로 하여 선계의 한가로운 정경을 읊은 시이다. 구름을 타고 바람 속에 천천히 나부끼며 떠도는 듯한 도강(桃康)의 표표(飄飄)함과 직책을 마친 뒤 천상선계의 서적인 동장(洞章)과 팔하문(八霞文)을 읽는 태을군(太乙君)의 한가로움이 투사되어 분위기를 한층 고즈넉하게 하고 있다. 이 시 역시 작품 안에 화자는 없다. 화자는 그저 선계의 모습을 바깥에서 바라보고 있을 뿐이다.

　　다른 시도 양상은 비슷한데 이처럼 「상청사」는 화자가 자신의 견해나 감정을 전혀 개입시키지 않고 선계의 모습을 실감나게 묘사함으로써 독자는 선계 상황을 나름대로 재현한다. 곧 작가가 개입을 절제할수록 독자는 작품에 깊이 몰입하게 되고 한껏 상상력을 펼치게 된다. 시인의 감정을 절제하고 선계를 묘사하는 일은 상상력이 필요하다. 그는 평소 선계 그림을 가까이에 걸어 두고 이를 즐겼기에 마치 눈앞 광경처럼 선계를 매우 구체적이고 생동감 있게 그려낼 수 있었다.

　　「상청사」에는 화자의 감정이 전연 노출되지 않는다. 「상청사」 전체를 보더라도 감정을 나타내는 글자는 거의 찾을 수 없다. 보이는 장면을 그대로 들려주고 있을 뿐이다. 객관적으로 들여다보기만 시도하면서도 충분히 현실을 잊을 수 있다. 실제로 허균은 그림 속에서 현실의 위안을 찾는다는 언급을 자주 하고 있다.

> 나는 이정(李楨)에게 명하여 세 군자의 상을 꼭 같이 그리게 하고, 이 초상에 찬(贊)을 짓고 석봉(石峯)으로 하여금 해서(楷書)로 쓰게 하였다. 매번 머무는 곳마다 반드시 좌석 한쪽에 걸어놓으니 세 군자가 엄연히 서로 대하여 권형(權衡)을 평정(評定)하며 마치 함께 웃고 얘기하는 듯하고, 더욱이 그 인기척 소리를 듣는 듯하여 쓸쓸히 지내는 생활이 괴로운 것을 자못 알지 못하였다. 이러고 보니 나는 비로소 오륜을 갖추게 되었으며, 더욱 남과 더불어 사귀는 것을 즐거워하지 않게 되었다.116)

곧 옛사람 도원량(陶元亮), 이태백(李太白), 소자첨(蘇子瞻)을 그림을 그려 항상 옆에 놓아두었더니, 마치 그들과 함께 웃고 이야기하는 것 같아 전혀 외롭지 않고 생활의 괴로움도 다 잊을 수 있었다는 것이다.

허균이 선계를 들여다보는 것도 마찬가지이다. 실제로 선계에 들어가 신선이 되거나 신선과 함께 노닐 수 없을지라도 바라보는 것만으로도 현실의 괴로움을 잊을 수 있고, 갈등에서 벗어날 수 있는 것이다. 그렇기에 「상청사」는 '말하기'의 방법이 아닌 '보여주기'의 방법을 쓰고 있다.

---

116) 허균, 「四友齋記」, 『성소부부고』: "余命李楨繪三君像. 惟肖. 作贊倩石峯楷書. 每所止. 必懸諸座隅. 三君子儼然相對軒衡解權. 若與之笑語. 怳若聆其謦欬. 殊不知索居之爲苦. 然後余之倫始備五. 而尤不樂與人交也".

요희의 궁궐은 옥구름에 잠겼는데   瑤姬宮闕壓瓊雲
아득히 삼원대도군께 예 올리네   遙禮三元大道君
새벽녘 시녀는 단옥 상자 열어   侍女曉開丹玉及
자청문으로 된 보경을 막 전하네.   寶經初傳紫淸文(10수)

「상청사」에는 유난히 신선들이 비결 등의 선물(仙物)을 전해 주는 장면이 많이 시화(詩化)되어 있다. 작자인 허균이 그 선물(仙物)을 받고 싶은 잠재의식이 이런 장면을 집중적으로 선택하여 확대, 묘사케 한 것으로 보인다.

위 시 또한 선궁의 시녀가 보경(寶經)을 전하는 장면을 묘사하였다. 이 시의 배경은 요희의 궁궐이다. 삼원(三元)이란 천관(天官), 지관(地官), 수관(水官)의 삼관(三官)을 말하는데, 천관은 1월 15일, 지관은 7월 15일, 수관은 10월 15일에 각각 상원(上元), 중원(中元), 하원(下元)이 되어 이를 삼원절(三元節)이라 한다. 이때 시녀가 단옥의 상자를 열어 자청문으로 된 보경을 막 전하기 시작한다는 내용이다.

이 시에서 화자의 모습은 시의 전면에 드러나지 않는다. 또는 장면에 대한 개인적인 감상도 없다. 화자는 충실히 장면만을 묘사할 뿐이다. 스물여덟 자의 제한된 글자 수이지만, 감정어가 절대적으로 배제되어 있기에 장면 묘사는 매우 구체적으로 이루어질 수 있다.

「상청사」의 두 번째 특징은 시 분위기가 전체적으로 매우 역동적이고 생동감 있게 그려진다는 점이다.

붉은 수레 푸른 연(輦)이 하늘에 모여들자   丹轝綠輦會諸天
붉은 봉황 검은 용 앞뒤에서 옹위하네   朱鳳玄龍擁後先
기록 맡은 상궁에서 일제히 적(籍)을 들어   主錄上宮齊把籍

무릎 꿇고 옥황 전에 생록을 아뢰누나   跪陳生籙玉皇前(3수)

역시 색채의 대비가 화려하게 드러난 시이다. 1구에서는 붉은 색과 푸른색이 강렬하게 보색 대비를 이루면서 하늘에 모였다. 녹(綠)은 푸른빛이라 하더라도 풀빛이라 천(天)의 하늘색과 또 대비가 된다. 2구에는 붉은 봉황과 검은 용이라 하여 다시 한번 색채감을 드러내 주었다.

장면을 상상해 보면 얼마나 큰 스케일인지 가히 짐작이 된다. 수많은 수레들이 형형색색의 모습으로 하늘에 모이는데, 그 앞과 뒤에는 봉황과 용이 옹위하고 있다. 커다란 봉황과 용이 옹위할 정도이니 그 규모와 지위가 매우 높음을 엿볼 수 있다.

3구의 '제(齊)'란 글자로 인해 상궁이 하나가 아니라 여럿이며 이들이 일사분란하게 옥황상제 앞에서 움직이고 있음을 알 수 있다. 무릎 꿇고 아뢰는 모습 또한 옥황의 지위를 다시 한번 확인케 하는 글자이다. 온갖 화려한 색채, 수많은 무리들의 역동적 모습이 실감나게 표현되고 있다.

특히 허난설헌과 대비해 보면 허난설헌은 주로 밤의 고즈넉한 분위기를 즐겨 구사하는 데 비해 허균은 새벽의 활기찬 분위기를 포착하고 있다는 점이 눈에 띈다.

향불 피워 고요한 밤 천단에 예 올릴제   焚香遙夜禮天壇
긴 수레 바람에 번득이고 학창의 싸늘하다   羽駕飜風鶴氅寒
풍경소리 은은하고 달도 별도 차가운데   淸磬響沈星月冷
계수나무 꽃이슬에 난새깃을 적시었네   桂花煙露濕紅鸞
　　　　　　　　　－허난설헌, 「유선사」 87수 중 5수－

선동들도 사처(私處)에선 푸른 바지 입었는데　　仙童私地着青裙

새벽 일산 아금에는 붉은 구름 감겼구려　　曉蓋俄金繞紫雲

구색이라 놀빛은 전(殿)에 가득 향기론데　　九色霞光香滿殿

뭇 진인들 다투어 와 옥황님께 절 드리네　　衆眞來拜玉皇尊(7수)

　　허난설헌의 시는 깊은 밤을 배경으로 하고 있다. 싸늘하고 차가운 촉각적 이미지는 전체 분위기를 매우 정적이고 가라앉은 분위기로 이끈다. 고요한 밤에 풍경소리 은은한 정경은 매우 애상적이고 정적인 분위기를 만들어 낸다.

　　반면 허균의 시는 화려한 색채의 대비가 돋보인다. 선동들이 사처에서 입는 푸른 바지와 새벽녘의 자줏빛 구름이 각각 같은 자리에 배치되어 그 대비를 더욱 두드러지게 한다. 3행에서는 다시 구색(九色)과 하광(霞光)으로 한층 다채롭게 되는가 하면 궁전 가득한 향기로 청각적 이미지까지 더하였다. 4행에서는 새벽의 역동적인 느낌이 물씬 풍긴다. 새벽부터 여러 신선들이 와서 절하는[來拜] 정경은 매우 활기차고 신선하다.

　　이외에도 「상청사」 첫수에서는 '자전의 이른 새벽 광악이 울리는데 채색 구름 빛나빛나 옥경산을 비추누나 紫殿曉開聆廣樂 五雲輝映玉京山'라고 읊는가 하면 5수에서는 '새벽녘 구천에서 여러 임금 모여드니 대궐 앞에 처음으로 옥신뢰를 터뜨리네 拂曉九天群帝集 殿前初放玉晨雷'라고 노래하였다. 10수에서도 '새벽이자 시녀들은 단옥의 상자 열고 보경의 자청문을 처음으로 전수하네 侍女曉開丹玉及 寶經初傳紫淸文'라고 읊고 있기도 하다. 밤은 배경적으로 인간의 모든 일이 갈무리되고 정리하는 관조의 시간이다. 반면 새벽은 역사가 시작되고 모든 생명체가 눈을 뜨는 시간이다. 새벽의 시간이 자주 나타나는 「상청사」
에서 자유롭고 역동성을 추구하는 허균의 이미지가 묻어난다.

　결국 허균은 자신의 감정을 억제함으로써 독자를 능동적으로 끌어
들여 함께 호흡하자고 한다. 실감나고 생생한 선계의 모습을 함께 보
면서 평화로움과 자유를 함께 누리자고 말하는 것이다. 역동적이고
생동감 있는 분위기 창출은 작가 자신뿐만 아니라 독자에게도 신선
한 기분을 던져주는 것이다.

3) 「열선찬」에 보이는 절대 자유를 향한 꿈

　엄주(弇州) 왕원미(王元美)가 엮은 열선전(列仙傳)을 허균이 헌보
(獻甫) 허갈(許渴)을 통하여 그 진본을 보고, 그 모사와 침각(鋟刻)
의 솜씨가 극히 정묘하여 정말 세상에 보기 드문 보배라고 여겼다.
이에 공인(工人)으로 하여금, 특히 이채로운 것을 가려 흰 비단에 옮
겨서 채색으로 꾸미게 하고 찬사를 붙인 것이 「열선찬」이다. 그는 그
서문에 “때때로 감상하면서 신선을 그리는 마음을 달래련다.”117)라
하여, 그가 평소 신선을 그리워하고 있으며, 그림과 시를 통하여 대
신 위로 받으려 한다고 분명히 시사하였다. 「열선찬」은 표면적으로는
단순히 신선 고사를 나열한 듯 보인다.

　「열선찬」에 실린 고사의 순서와 내용은 다음과 같다.

---

117)　허균, 『惺所覆瓿藁』, 「列仙讚」: “弇州王元美所輯列仙傳.　余從獻甫許渴
　　　見眞本.　其模寫鋟刻之工.　極其精妙.　眞希代之玩也.　余旣卒業, 倩工揀其
　　　尤異者, 移于絹素, 以彩飾之　係以贊辭時觀之, 以釋懷仙之念云”.

번호	故事	번호	故事	번호	故事
1	老子	11	李八百	21	曹仙媼
2	王倪	12	涉正	22	陶弘景
3	廣成子	13	安期生	23	李白
4	西王母	14	茅君	24	呂純陽
5	上元夫人	15	東方朔	25	劉海蟾
6	尹喜	16	黃安	26	張紫陽
7	匡俗	17	張眞人	27	陳楠
8	莊周	18	麻姑	28	武志士
9	葛由	19	黃初平	29	薩守堅
10	琴高子	20	壺公	30	呂道章

　　그런데 「열선찬」을 찬찬히 뜯어보면 절대 자유를 구가하고 싶어 하는 화자의 바람이 언뜻언뜻 드러난다. 물론 신선들은 모두 자유를 구가하는 인물이기는 하나 그가 그려내고 있는 표현 속에서 세상을 거리낌 없이 호탕하게 살고 싶어 하는 마음이 표출되는 것이다.

내 스스로 물결을 우습게 여기거니 　　　　　　　我自凌波
그 누가 상앗대를 멈출 것인가 　　　　　　　　　孰停其枻
저 석감(石龕)에 살면서 　　　　　　　　　　　　居彼石龕
저 초여(椒荔)를 누리리라 　　　　　　　　　　　享彼椒荔

－조선온(曹仙媼) 중 끝 4구－

　　물결을 우습게 여기는 것은 조선온(曹仙媼)인가, 화자인가. 둘 다 맞다. 석감(石龕)에 살면서 초여(椒荔)를 누리겠다고 말하는 것은 조선온인가, 화자인가. 둘 다 맞다. 화자는 조선온을 빌려오면서 실은 자신의 마음을 표현하고 있다. 물결을 우습게 여기는 호방함, 초여를 누리고자 하는 자유를 향한 꿈이 잘 드러나 있다.

아름답다 광군(匡君)이여	猗七匡君
그 정기 북두성에서 받았다네	稟精斗宮
기를 먹고 신을 연마하니	服氣煉神
구름 타고 하늘을 나네	乘雲駕空
폭포를 병풍 삼고	瀑布屛風
향로봉을 궁궐 삼았네	香爐金闕
만고 선산 남장산(南障山)엔	萬古仙山
푸른 물과 가을 달만	碧潭秋月

－광속(匡俗)－

매우 호탕함이 배여 있는 시다. 폭포를 병풍 삼고 향로봉을 궁궐 삼은 것은 광속이자 그런 삶을 동경하는 화자의 마음이다. 수많은 행위 속에서 시인이 포착한 특정 행위에는 화자의 바람이 담겨 있게 마련이다. 시인은 광속을 아름답다고 한다. 무엇이 아름다운가. 정기를 북두성에서 받아 기(氣)를 마시며 마음껏 소요하는 모습이 아름다운 것이다. 그것은 곧 현실의 구속과 갑갑한 생활에서 벗어나 마음껏 호방하게 살고 싶은 시인의 마음이기 때문이다.

순 임금의 거문고를 잘도 타고	能鼓舜琴
전갱(錢鏗)의 술도 지녔다오	亦行鏗術
기주(冀州) 들 탁주(涿州) 물에	冀野涿河
내 집인 양 살았다오	我囿而室
깃발 이끌고 수레 달려	導旐引軒
용자 용손을 데려 내오고	龍子龍孫

저 쌍잉어 타고   駕彼雙鯉
무궁문으로 들어갔다네   入無窮門
                                            -금고자(琴高子)-

『열선전』에 실린 금고(琴高) 고사의 전문을 인용하기로 한다.

> 금고(琴高)는 조나라 사람이다. 금 연주로 송 강왕(康王)의 사인
> (舍人)이 되었다. 연자(涓子)와 팽조(彭祖)의 법술을 행하여 200여
> 년간 기주와 탁군 일대를 떠돌아다녔다. 그 뒤에 사람들과 이별하고
> 새끼용을 취하러 탁수에 들어가면서 제자들에게 당부하며 말했다.
> "모두 목욕재계(沐浴齋戒)하고서 물가에서 기다리며 사당을 세우
> 도록 하라."
> 금고는 과연 붉은 잉어를 타고 강 속에서 나와 사당 안에 앉았으
> 며 또 수많은 사람들이 그것을 보았다. 금고는 한 달 남짓 머물다가
> 다시 강으로 들어가 사라졌다.[118]

원래 사는 금고가 새끼용을 취하러 탁수에 들어갔다가 붉은 잉어
를 타고 나와 한 달간 머물더니 다시 강으로 들어간 이야기이다. 원
래 고사에 드러난 금고도 호방함과 자유로움을 지닌 인물이지만, 허
균의 시에서는 그런 성격이 한층 더 두드러지게 표현되었다. 기주와
탁주를 내 집인 양 들락날락하며 살았다는 것하며, 깃발 달고 수레를
달려 새끼용을 데리고 나왔다는 것이며 쌍잉어를 타고 다시 무궁문

------

118) 『열선전』; "琴高者, 越人也, 以鼓琴爲宋康王舍人. 行涓, 彭之術, 浮游冀
    州涿郡間, 二百余年. 后辭入涿水中取龍子, 與弟子期之曰: "皆洁齋, 候于水
    旁, 設祠屋." 乘赤鯉來坐 坐祠中, 且(且原作旦,据明抄本改)有萬人觀之
    留一月余, 復入水去".

(無窮門)으로 들어갔다는 점이 그렇다.

기주와 탁군 일대를 '떠돌아다녔다[浮遊]'는 것을 허균은 '내 집인 양 살았다[我圍而室]'고 표현하였고, 다시 '강물[水]'로 들어간 금고를 허균은 '무궁문(無窮門)'으로 표현하였다.

허균은 금고가 자유롭게 이 세상을 살다가 그보다 훨씬 더 높은 경지의 대자유를 만끽하기 위하여 다함이 없는 문으로 들어갔다고 여긴 것이다.

그 몸은 시원시원	彼體洒洒
등골뼈는 곧기도 해라	彼龜肩肩
목을 한 번 움츠렸다 펴는 데	縮頸伸頸
삼천 년이 가깝다네	纔三千年
한 무제(漢武帝)는 태성(胎性)이 탁하여	漢徹胎濁
한갓 태산에 봉선(封禪)만 하네	徒封岱泰
수레 타고 다님이 뭐 영화리요	輦行奚榮
몸을 속세 밖으로 날려야지	跳身域外

-황안(黃安)-

원래 황안은 하급 관리였으나 외모가 비루하다 하여 인정받지 못하고 마부가 된 사람이다. 그런 그가 수련을 열심히 하여 신선의 경지에 오르자 80세가 되어도 시력이 좋았고, 온몸이 붉었으며 겨울에도 옷을 입지 않았다고 한다. 3척 크기의 거북에 앉아 있었는데, 2천 년에 한 번씩 머리를 내미는 거북이 다섯 번 고개 내미는 것을 봤다고 하여, 사람들은 그를 안만세(安萬歲)라 불렀다고 한다. 다닐 때는 황안이 거북을 지고 다녔다 한다.

시에서는 황안의 득선(得仙)을 한무제와 비교하여 한무제는 태성이 탁하여 한갓 봉선만 하였으나 이런 것은 모두 부질없다 하며, 그가 타고 다니는 수레는 영화로움이 아니라 하였다. 시에 드러나지는 않았으나 황안이 지고 다니는 만 년 넘은 거북이가 인간 세상의 그것과 비교할 수 없다는 생각이 엿보인다.

한무제는 신선이 관심이 많아 실제로 신선의 강림(降臨)을 받기도 하였고, 열심히 수련도 하였으나 수양이 짧고 자만하여 오히려 신선의 가르침을 어긴 인물이다. 허균은 「열선찬」 30수 안에 한무제의 고사를 넣지 않았다. 이춘영이 「독신선전」 53수에 제일 앞머리에 한무제 고사를 넣은 것과 비교하면 고사 선택에 있어서의 차이점을 발견할 수 있다.

허균은 평범한, 혹은 그 이하의 신분에서 수련을 쌓아 신선의 세계에 들어간 인물을 중점적으로 부각하여 시화하였고, 이춘영은 주로 화려한 선계와 신선들의 모습을 엿볼 수 있는 고사를 선택, 시화하였다.

즉 허균에게 있어서 가장 중요한 것은 몸을 인간 세상 바깥으로 던질 수 있는 신선의 경지였으며, 그곳에서 누릴 수 있는 절대 자유의 환희였던 것이다.

허균 시의 특징을 보다 선명하게 드러내기 위해 「열선찬」과 비슷한 성격을 지닌 이춘영의 「독신선전」과 비교해 보기로 한다. 흥미롭게도 두 시에 중복되는 고사가 한 편 있다. 호공(壺公)의 고사인데, 두 수를 함께 인용한다.

진인으로 벽옥호에 잘못 들어	誤入眞人碧玉壺
동천 연월 누각에 갇혀 살았네	洞天烟月鏁樓居

비장방은 바로 신선의 신분 아니라　　　　　長房的是無仙分
한 마디 구더기 먹기 너무도 어려웠다네　　綽虐難餐一寸蛆
　　　　　　　　　　　　　　　　　　　－「독신선전」 제10수－

천지는 화로요　　　　　　　　　　　天地如爐
해와 달은 구슬이라　　　　　　　　　日月如珠
그 누가 실컷 완롱하다가　　　　　　疇極擺弄
옥항아리에 숨어버리나　　　　　　　藏之玉壺
옥항아리에 들면 금당이요　　　　　　入壺金堂
항아리 밖에 나면 저자로다　　　　　出壺闤肆
시연도 또한 신선이 되니　　　　　　市掾亦仙
겨우 엿보기를 허용하네　　　　　　纔容窃視
　　　　　　　　　　　　　　　　　　－「열선찬」 제20수－

　시장에서 약을 파는 호공은 해가 지면 술병 안으로 뛰어 들어가곤 했
는데, 시장 아전인 비장방만이 그 장면을 보았다. 후에 비장방이 호공을
따라 술명 안으로 들어갔는데, 그곳은 다름 아닌 선계였다. 비장방은 호
공에게 신선되기를 빌어 두 번째 단계까지는 통과했으나, 마지막 단계
인 구더기 먹는 것을 통과하지 못해 지선(地仙)에 머물고 말았다.

　허균과 이춘영은 같은 고사를 대하는 데 있어서 시각의 차이뿐 아
니라 서술 방식에서도 차이점이 보인다. 이춘영은 호공(壺公)의 고사
를 비장방의 입장에서 썼고 허균은 호공을 중심으로 시화했다. 그런
데 이춘영은 비장방이 끝내 신선이 되지 못했다고 하였고, 허균은 비
장방 또한 신선이 되었다고 하였다. 고사의 내용을 살펴보면 비장방
이 호공을 따라다니며 신선의 술법을 배울 뻔했으나 마지막 단계인
구더기 먹기를 하지 못해 지상의 주재자로 남아 병을 낫게 하고 재

앙을 없애는 경지에 오른다.

이춘영은 4행 전체를 비장방의 이야기인 데 반해, 허균은 8행 중 6행이 호공 이야기이고 2행만을 비장방 이야기로 다루었다. 허균은 옥항아리에 들고 나는 호공의 능력을 확대하였고, 이춘영은 천상선계로 오르지 못한 비장방의 안타까움을 시화하였다. 이춘영은 자못 소극적이고 닫힌 분위기가 읽혀지나 허균은 천지를 화로 삼고, 해와 달을 구슬 삼는다는 호방함을 느낄 수 있다. 실컷 놀다가 옥항아리에 들며 숨었다 나타났다 하는 호공의 자유로움이 잘 표현되어 있다.

이외에도 '노자(老子)'에서는 '숨기도 드러나기도 하여 변화가 무궁하니 용인 양 그 조화를 알 수 없구나 隱顯變化 猶龍莫測'라는 표현이 있는가 하면 '이팔백(李八百)'에서는 '숨었다 나타났다 자유자재하니 도체가 절로 묘할 수밖에 隱現無方 道體自妙'라고 표현하고 있다. '황안(黃安)'에서는 '수레 타고 다님이 뭐 영화리요 몸을 속세밖으로 날리도다 輦行奚榮 跳身域外'라고 하는가 하면, '여순양(呂純陽)'에서는 '아무데서나 숨었다 드러났다 그 조화 그지없네 隱現靡方 變化無端'라고 하여 절대 자유를 향한 갈망을 시속에서 직접적으로 드러내었다. 한편으로 '동방삭(東方朔)'에서 '호탕하게 구름 타고 홀로 가니 어디 있는가 浩蕩乘雲 獨往何在'라는 표현, '도홍경(陶弘景)'에서 '호교에서 발을 씻고 단대에서 머리 말리네 濯足壺嶠 晞髮丹臺' 등의 표현에서 호방하고 스케일이 큰 모습이 드러난다.

이처럼 허균은 불만족한 현실, 끊임없이 구속당하는 현실이 힘들 때면 신선의 세계를 찾아 대리 만족을 느꼈다. 자유로운 신선들의 행위를 선택하여 절대 자유를 향한 시인의 바람을 마음껏 담아냈다. 호탕하고 자유로운 신선들의 모습은 세속에서 거리낌 없이 자유분방하게 살다 간 시인 자신의 또 다른 투영물이었던 셈이다.

4) 「몽기」 등에 나타난 선계 체험의 현실화

앞서 이수광의 기몽을 통해 현실 너머에 존재하는 선계를 향한 바람, 그가 현실에서 발견한 모순에 대한 상상적 해결이 담겨 있음을 밝혔다. 이수광은 꿈을 통하여 환상 세계―천상선계(天上仙界)―로의 도입을 시도하였으며 그에게 환상 세계는 막연한 망상의 공간이 아니라 고통을 치유해주는 공간이었음을 살폈다. 꿈에서나마 만나는 이 공간은 현실에서 상처받고 왜소해진 자아의 의식을 소생시킴으로써 아무 얽매임도 없는 자유로운 비상을 가능케 하였는바, 삶의 세계가 일그러지고 비틀릴 때마다 이수광은 적선 의식을 통해 현실을 이겨 낼 수 있는 항체의 역할을 수행하였다.

허균 또한 몽기(夢記)류의 작품에서 꿈이라는 모식을 통해 자신의 적선(謫仙) 신분을 확인하고 있다는 점에서 이수광을 떠올리게 한다. 그런데 허균의 몽기류를 찬찬히 뜯어보면 이수광의 기몽류(記夢類) 와는 같으면서도 다른 분위기가 감지된다. 작품 분석을 통해 확인해 보기로 한다.

변고(變故)를 겪은 후부터는 명리(名利)를 깨끗이 끊고 오로지 수련(修煉)에 뜻을 두어 도가(道家)의 경전(經典)이며 요결(要訣)을 많이 읽으면서 마음을 가라앉히고 연구를 하자, 꿈에 자양(紫陽)과 해경(海瓊) 등 여러 진인(眞人)을 만나서 그 현묘(玄妙)한 비결을 듣게 되었다. 그리하여 심지어는 신선이 되어 옥경(玉京)으로 날아가, 난학(鸞鶴)을 타고 오색구름 속에서 신선의 퉁소 소리를 들은 것이

수없이 많았으니, 이것은 바로 상상에 골몰한 것이 지극에 달한 것
이다.119)

　현실과의 갈등으로 말미암은 신선 및 선계에 대한 평소의 동경이
꿈으로까지 전이, 투사되는 경과를 적고 있어 흥미롭다. 「몽해(夢解)
」에서 혹자의 말을 빌려 한 것이지만, 실제로는 허균 자신의 생각이
라 보아도 무방하다. 세속에 대한 마음을 끊고 오로지 도가의 경전
등을 많이 읽으며 수련하면, 꿈에 여러 신선을 만날 수 있을 뿐 아니
라 심지어 직접 신선이 되어 선계로 날아가거나 신선과 함께 노닐
수 있다는 것이다. 즉 어떤 대상에 대한 생각이 골몰해지면 그것이
여러 번 꿈으로 나타날 수 있음을 시사하고 있다. 꿈이라는 것이 현
실과는 무관한 공상의 영역이 아니라 현실과 매우 밀접한 관련이 있
다는 인식이다. 그렇다면 허균이 꿈꾼 유선 세계는 어떠할까.

적규 멍에 메우고 멀리 떠나	駕赤虯以遐征兮
지성에 붉은 깃대 풀었다네	弭絳節於芝城
무지개 옷 날리고 허공 걸어가	飄霓衣以躡虛兮
가파른 사다리 올랐어라	陟丹梯之崢嶸
주궁은 붉은 하늘에 얽어져 있고	架珠宮於彤霄兮
오색 채함 허공에 나르네	翬彩檻於空明
예초에 은빛 물결 출렁이고	淲銀波於猊礎兮
단영에 상서로운 노을 빛나네	輝瑞靄於丹楹
주렴 올리고 한가히 노니며	騫蝦鬚以容與兮

---

119) 허균, 「夢解」, 『惺所覆瓿藁』: "自經變故來, 斷除利名, 一志於脩煉. 多讀
　　道家經訣, 以潛心硏究, 則夢輒見紫陽海瓊諸眞. 聆其妙諦, 甚至神飛玉京,
　　駕鸞鶴, 聽簫於五雲中者, 數數然. 是其役於想者至矣".

맑은 이슬 떠 마셨어라	挹沆瀣之澄淸
이윽고 붉은 난새 날개치고서	俄紅鸞之拊翼兮
노을 밖 선녀 맞으러 오네	引霞外之璜珩
에워싼 오색구름 창문 비추고	五雲繚以燭櫺兮
어지러이 홍정주 든 시녀 앞에서 인도하네	紛前導以紅旌
펄럭이는 고운 자리 깔아놓고	陳瑤席之旖旎兮
향기롭고 시원한 약수 올리누나	薦瓊液之芳泠
하얀 이 보여 생긋 웃고 옷깃 여미며	啓玉齒以斂衽兮
날더러 요경으로 내려갑시다	云余降乎瑤京
봉래산 노닐자 옛 기약 가리키며	指蓬壺之舊期兮
삼생에 묵은 인연 아직 남았다오	餘宿緣於三生
흥겹게 놀아보자 나를 달래며	聊逍遙以慫慂兮
견우직녀 이별의 정 하소연 하네	訴牛女之離情
풍이(馮夷) 일러 북치고	檄馮夷而按鼓兮
쌍성 명하여 생황을 부네	命雙成以吹笙
유하주 기울여 골수 북돋우고	傾流霞以薰髓兮
울리는 옥귀거리 풀었어라	解明璫之瑲鏗
외로이 울상 짓는 은병풍 가리고	掩銀屛之孤嚬兮
반짝반짝 꽃베개 떨구네	落枕花之熒熒
즐거운 모임 아직 끝나지 않았는데	纔驩會之未央兮
성문의 종소리 갑자기 들려라	勿譙鍾之喤喤
깜짝 놀라 일어나 길게 탄식하노라니	倏驚起以長嗟兮
기운 달 서쪽 성에 반쯤 걸렸네	斜月半兮西城

총 32행으로 구성된 「몽유연광정부(夢遊鍊光亭賦)」 전문이다. 입몽의 과정은 생략되었으나 제목에 '몽(夢)'이라고 밝혔으며 끝부분에 '깜짝 놀라 일어났다[驚起]'고 하여 각몽의 과정을 밝혀 주었다. 곧

일반적인 몽유구조인 선계진입(仙界進入)─선계오유(仙界傲遊)─각몽(覺夢)의 과정이 잘 나타나 있다.

선계 오유의 광경은 그야말로 황홀하고 즐겁다. 홀로 맑은 이슬 떠 마시기도 하며 한가함을 즐긴다. 선녀를 만나 북과 생황 소리 듣는 가운데 유하주 마시는 흥겨움이 잘 나타난다. 그러나 즐거움이 가시기도 전에 종소리에 잠을 깨고 만다. 깨고 보니 그간의 황홀한 즐거움은 한갓 꿈에 불과할 뿐, 깊은 탄식이 절로 나온다. 선계의 즐거움만큼이나 각몽 후의 탄식은 길기만 하다. 긴 탄식 속에서 현실에 대한 고통의 크기가 배어 나온다.

인간 세상은 자유로운 삶을 실현할 수 있는 터전이 아니며 오히려 고통과 억압이 괴롭힐 뿐이다. 인간이 세상에서의 삶을 거부하려면 잠을 자면 된다. 꿈을 꾸는 동안은 세계로부터 도피할 수 있다. 꿈속 공간에서 만큼은 현실의 억압된 삶에서 초탈하여 마음껏 자유를 만끽할 수가 있다. 그러나 꿈속 즐거움의 크기만큼 깬 후에는 여전히 그를 가두고 있는 고통스런 현실이 있을 뿐이다. 꿈속 선계에서 현실로의 급작스런 복귀는 화자가 처한 비극적 상황을 강하게 환기시킨다.

기유년(광해군 1년, 1609) 천자께서 우리 전하의 왕위 계승을 책봉하시는데, 사례감태감(司禮監太監) 유공(劉公)이 조서를 받들고 우리나라로 오니 내가 분에 넘치게 도감관(都監官)이 되어 강가에서 맞이하고 10여 일을 머물렀다. 4월 어느 날 잠자리에 들어 채 잠이 들기도 전에, 금으로 새긴 자방관(紫方冠)을 쓰고 꽃을 수놓은 비단 도포를 입고 원옥사대(圓玉獅帶)를 띠고 푸른색의 인끈을 늘어뜨리고 비단실로 만든 신을 신은 점잖고 풍채가 뛰어난 사람 두 명이 손에 금빛 깃발을 들고 와서 인도하며 말하기를,

"상제께서 당신에게 봉래산(蓬萊山)의 식양(息壤) 강릉(江陵)의 옛 이름을 주셨으니 천문(天門)에 나아가 조서를 받으시오."

라 하고는 나를 장곡거에 태우고 눈을 감게 하였다. 귓가에 바람소리가 매우 빠르게 들렸다. 얼마 있다가 '눈을 떠도 좋다'고 해서 눈을 뜨니 낮과 같이 환한 은빛 나는 큰 궁궐이 홀연히 눈에 들어왔다. 그 안에 큰 전각이 있는데 자개와 빛나는 구슬들로 장식하여 번쩍거려서 바로 볼 수 없는데, '영소보전'이라고 네 글자를 크게 쓴 문패가 달려 있었다. 흰옷을 입은 선녀 수천 명이 운거(雲車)로 얼굴을 가리고 줄지어 서 있고 윤건(綸巾)을 쓰고 학창의(鶴氅衣)를 입고 층계 양쪽에 늘어 서 있는 자도 수백 명이나 되었는데 흰 난새[鸞]와 보랏빛 봉황새가 아름다운 꽃나무 사이를 날고 있었다. 조금 있자 전상(殿上)에서 말을 전하는 사람이 있는데 소련복(素練服 흰 명주옷)을 입었고 수염이 났으며 키는 작으나 눈이 번갯불같이 번쩍번쩍하였다. 그는 나를 아는 듯이 웃으며,

"자부선조(紫府仙曹)는 굶주림에 시달려 예전에 노닐던 상계(上界)를 알아보지 못하는가."

하면서 옥으로 만든 상자에서 책 세 권을 주었다. (……중략)

얼마 동안 6명은 서로 엿보기만 할 뿐 감히 말하는 자는 없었다. 얼마 있다 소련자는 붉은 깃발 하나를 들고 나를 불러서 남문(南門)을 지나 먼저 온 길로 해서 궁전 아래에 이르러서는,

"노형께서는 인간의 재미를 모두 잘 아셨습니까. 상제의 명령은, 원래 백일(百日)의 액(厄)이 있으니, 타고난 정기를 잘 보호하여 건강을 지키고 남모르게 나쁜 짓 하지 말고 시대의 유행을 따르지 말고 뒷날 60일의 기한이 되기를 기다리면 운병(雲軿 가벼운 수레의 이름)이 저절로 맞으러 내려 갈 것입니다. 세상을 피해 숨어서 수련(修煉)할 곳은 식양(息壤)이니 가서 원만하게 공을 이룬다면 어찌 꼭 백일을 채운 뒤에만 오르겠습니까. 노력하고 힘쓰십시오."

하고는 궁전 동쪽 문으로 밀어내고 문 왼쪽에 걸려 있는 큰 종을

한 번 쳤다. 요란한 종소리에 깨어나 보니 한낱 꿈이었다. 아 그게 정말일까, 또는 허망한 것일까 급히 촛불을 켜고 그 일을 적어 뒷날 의 증험을 기다린다.[120]

1609년에 지은 「몽기(夢記)」이다. 이 작품은 그가 두 해 전 삼척부 사에서 불교를 숭상했다 하여 사헌부의 탄핵을 받고 파직당한 바 있 는데 이를 염두에 두고 지은 작품이라 한다.[121]

그런데 이 작품에서는 마무리 방식이 매우 주목된다. 원래 몽기류 (夢記類)은 결말 부분을 처리할 때 '乃一夢也', '覺則一夢'와 같이 끝 맺는 게 일반적이다. 그리하여 꿈속의 세계가 현실의 세계와 연결되 지 못한 것에 대한 아쉬움과 탄식을 토로한다. 이러한 양상은 앞 절 에서 살핀 「몽유연광정부(夢遊鍊光亭賦)」에서도 확인된다.

그런데 「몽기」는 이와는 전혀 다른 양상을 보여준다. 세상을 피해

---

120) 허균, 「몽기」, 『성소부부고』: "己酉歲. 天子冊我殿下纘承藩寶. 司禮監太監 劉公寔奉詔東來. 不佞忝爲都監官. 迓于江上. 留十許日. 四月之吉夜. 就枕 未熟. 有二人頎 而長. 頂戴嵌金紫方冠. 身被繡花錦襖. 綰圓玉獅帶. 而垂 靑綬履以絲絢. 手持金幡. 來導曰. 帝命錫汝蓬萊山之息壤. 其就天門膺詔. 遂置不佞於長轂車. 令閉目. 耳邊聞風響甚駛. 食頃. 曰. 可開目. 俟見大銀 闕晃朗如晝. 中有大殿. 飾以珠貝明璣. 玲瓏不可定觀. 榜以靈霄寶殿四大 字. 素娥數千人翳雲裾而列侍. 綸巾鶴氅. 夾陛立者亦數百. 而素鸞紫鳳. 翶 翔於瓊樹瑤花之間. 俄有自殿上傳言者. 被素練胡而短. 眼爛爛如電. 若相 識者笑謂曰. 紫府仙曹. 困於飢火. 不省上界曾游耶. 仍授以琅函玉笈之書 三卷. (中略) 六人者面面相覰. 亦不敢發語. 已而素練者持一絳節招不佞. 由南門而從故道抵殿下. 謂曰. 老兄諳盡人間滋味耶. 帝命元有百日之厄. 善固元陽. 調劑水火. 勿陰行險. 勿循時嗜好. 以俟後來六十之期. 則雲軿自 當下迎矣. 巖棲修煉之所. 息壤在彼. 行成功圓詎 必滿百日而後上昇也. 努 力勉旃. 因推出殿東門. 左懸大鍾. 撞一聲. 旬然而悟. 乃是一夢也. 噫其眞 耶. 亦妄耶 亟呼燭疏其事. 以待他日之驗云".

121) 박영호, 『허균 문학과 도교사상』(태학사, 1999), p.109.

수련하면서 백일 동안 몸과 마음을 닦기에 노력한다면 다시 선계로 복귀할 수 있다는 소련자의 말을 들려줌으로써 꿈속 세계와 현실의 세계를 연결시켜 주고 있는 것이다. 그렇기에 꿈에서 깨어났지만 길게 탄식에 그치지 않고 증험이 실현되기를 바라는 마음으로 마무리하는 것이다.

곧 허균에 이르면 이제 몽중 선계는 현실과 분리되지 않고 하나의 끈으로 맺어진다. 선계에 오르기 위한 내단 수련의 공간이자 수양의 세계가 된다. 이러한 인식은 자신을 적선의 신분으로 확신하고 있는 허균의 모습을 보여준다. 이수광만 하더라도 꿈속 세계와 현실 세계는 확연히 분리되며 두 세계의 다름으로 인한 갈등이 나타날 뿐이지만 허균에 이르면 이제 자신을 적선의 신분으로 확신하게 됨으로써 다시 선계에로 복귀할 수 있다는 낙관적 전망을 갖게 된다. 그리하여 이 세상이 단순히 고통의 공간에 그치는 게 아니라 선계와 화합할 수 있는 공간이 되는 것이다.

이런 점에서 이수광과 허균 기몽류 작품의 같고 다른 점이 드러난다. 현실이 가져다준 고통에서 벗어나려는 심리가 스며 있다는 것이 공통점이며, 다른 점은 허균은 이수광보다 훨씬 구체적으로 자의식이 투영되어 있으며 선계가 단순히 상상의 공간에서 그치지 않고 실재성을 지닌 공간으로 나타난다는 것이다.

그리하여 이제 「남궁선생전(南宮先生傳)」과 『동국명산동천주해기(東國名山洞天註解記)』에 이르면 신선 신분을 확인한 데 그치지 않고 지상에서 직접 신선이 되기를 시도하거나 혹은 선계를 실제로 체험한 이야기로 나아간다.

남궁선생전은 『성소부부고』 제8권 문부(文部)에 실린 소설이다. 남궁두라는 실재 인물을 대상으로 하여 사건을 전개시키고 있는데 그 속에 허균 자신의 사상을 담아내고 있다. 전라도 임피에 살다가 진사가 되어 서울로 온 부호 남궁두는, 그의 애첩이 간통한 사실을 알고 두 남녀를 살해한다. 이 사실이 발각되어 남궁두는 체포되지만 아내의 기지로 탈옥하여 승려가 된다. 무주(茂朱) 치상산(雉裳山)에 있던 중, 한 노인을 만나 수련의 비결을 받게 된다. 하지만 남궁두는 어서 빨리 도태(道胎)를 이루려는 욕심을 이기지 못하게 되고 이로 인해 배꼽 아래 단전에 불이 붙어 고함을 지르며 방을 뛰쳐나오고 만다. 깨끗이 닦았던 거울에 다시 때가 앉은 것이다. 결국 그는 마지막 관문을 통과하지 못해 천선(天仙)의 경지에는 오르지 못하고 지선(地仙)에 머물고 만다. 결국 남궁두는 스승의 명령에 따라 다시 속세로 돌아와 혼인을 하고 살아간다는 내용이다.

이 작품 안에는 신선이 되기 위한 도가의 내단 수련 과정이 자세히 설명되어 있다. 특히 작품 말미에 붙은 논평에서 신선에 대한 허균의 생각이 잘 드러나 있다. 그 글에 의하면 '신라시대부터 조선에 이르기까지 몇 천 년이 지났으나 득도하여 신선되어 간 사람이 있음을 듣지 못했다. 그렇다면 전해오는 말이 과연 징험이 되는 말이랴. 그러나 내가 보았던 남궁 선생으로 말한다면 이상할 수밖에 없다'고 하여 남궁 선생의 존재를 통해 도가에 대한 인식을 새롭게 해야 하지 않겠냐는 속내를 엿보이고 있다. 그에 의하면 도에 통달하면 누구나 신선이 될 수 있었다. 마음의 잡념을 깨치고 거울처럼 투명한 내면을 갖기 위한 수련에 성공한다면 절대 자유의 경지를 갖게 되는 신선이 될 수 있다는 것이다. 이 속에는 도가의 내단 수련이 허황된 것이 아니라 실제로 신선이 될 수 있다는 생각이 담겨 있다.

한편, 허균은 『동국명산동천주해기(東國名山洞天註解記)』란 책을 저술했는데, 현재 그 원전은 전하지 않으나, 다른 사람의 이름을 빌려 쓴 서문과 발문은 『와유록』에 실려 전한다. 이에 대해서는 정민 교수의 앞선 연구가 자세하므로, 구체적인 내용은 여기에 미룬다. 허균의 『동국명산동천주해기』는 도교의 동천복지설에 대한 폭넓은 이해를 바탕으로, 중국과 대등한 입장에서 우리나라에도 그와 같은 동천복지가 각처에 있어 진인선관(眞人仙官)이 통치하고 있는 복된 터전임을 대내외에 과시하는 의도가 담긴 저작이다. 이 책은 한국 도교의 문화역량이 극대화된 시점에서 나타나는 주체 도가의 자주화 토착화 노력의 일환으로 그 의미를 부여할 수 있는데, 「남궁선생전」과 같은 신선전의 창작 체험을 한 단계 더 승화시켜, 관념 속에만 존재하던 천상 선계를 지상으로까지 끌어내리려한 저작으로 우리 도교문화사에서 큰 의미를 지니는 저술이다.[122)]

이처럼 허균시대에 이르면 신선 세계는 단순히 허황된 공간이 아니라 실제로 존재하는 세계였다. 그리하여 내단 수련을 쌓으면 실제로 신선이 될 수 있다는 믿음이 있었고 허균 또한 작품 속에서 그러한 인식을 분명히 드러내고 있는 것이다. 그의 「사계정사기(沙溪精舍記)」란 글을 통해서도 이러한 점은 확인된다.

남원은 옛 대방국(帶方國)으로 옛날에 이르던 방장(方丈) 삼한(三韓)이었다. 진나라 시절부터 방사들은 삼신산이 동해 중에 있으며 거기에 신선과 불사약이 있다 했는데, 군주치고 이 말을 달갑게 여

---

122) 정민, 「비기(秘記)의 문화사, 허균의 동국명산동천주해기」, 『초월의 상상』(휴머니스트, 2002).

기지 않은 이가 없었다. 내가 일찍이 『오악진형도(五嶽眞形圖)』 및
『동명기(洞冥記)』·『십주기(十洲記)』를 얻어 고찰해보니, 삼신산이 동
해에 있다고 했으나, 우리나라를 빼고는 이곳이 있을 수 없으며, 그
이른바 방장에 있다는 것은 이미 대방에 있으니, 영주(瀛洲), 봉래
(蓬萊)도 역시 금강산과 묘향산의 밖에서 벗어나지 않을 것이 분명
하다. 만약 그렇다면 그곳은 신령스럽고 아득한 구역이어서 사람은
능히 올라갈 수 없는 곳이니, 반드시 위에 진짜 상진(上眞)·천선
(天仙)이 있어 복지(福地)를 장악하고 洞天을 맡아서 그 일을 다스
리는데도 세상에 이를 아는 자가 없다. 이 어찌 진선(眞仙)의 무리
들이 혼탁한 것을 싫어하여 손을 가로 저으며 만나려 하지 않는 것
이 아니겠는가? 아니면 사람이 스스로 인연이 엷어 도달하지 못하는
것인가? 이는 모를 일일 따름이다.123)

허균은 선계 공간인 영주(瀛洲)와 봉래(蓬萊)가 금강산과 묘향산
의 밖에서 벗어나지 않을 것이 분명하다고 말한다. 허균에 이르면 이
제 선계는 먼 중국의 어느 공간, 상상의 공간에 있는 것이 아니라 우
리나라에 실재하는 공간이 된 것이다. 허균에게 선계는 더 이상 상상
이나 꿈속에 머물러 있는 공간이 아니다. 인간의 힘만으로는 갈 수
없는 곳이기에 조력자의 도움을 받거나 혹 고도의 수련을 쌓아 갈
수 있기는 해도 현실에 분명히 실재하는 공간이었다.

선계에 대한 허균의 이러한 생각은 양만고에 이르면 더욱 구체화
된다. 다음에 살펴볼 양만고에서는 선계를 일상적인 현실의 공간으로
끌어들인다. 신선전 속에 나타나는 유형화된 선계 모습이 아니라 인
간이 발 딛고 있는 일상의 현실 어느 곳에나 존재할 수 있는 평범한

---

123) 허균,『국역성소부부고』Ⅱ(민족문화추진회, 1989), p.115 참조.

공간으로 내려오게 되는 것이다. 그런 면에서 허균의 유선시는 조선 중기 선계 인식의 변모 양상을 이해하는 데 아주 긴요한 작품이라 하겠다.

요컨대 허균의 유선문학작품은 16~17세기 유선문학의 다양한 모습을 반영한다. 「상청사」와 「열선찬」에서 보이는 생동감 있고 역동적인 선계 모습에서부터 「몽유연광정부」와 「몽기」의 선계 오유에서 보이는 적선 의식, 「남궁선생전」과 『동국명산동천주해기』에 나타나는 실재하는 공간으로서의 선계 인식 등은 허균 자신의 선계 인식이자 당대인들의 신선사상에 대한 심리를 선명하게 반영하는 것이다.

5. 양만고: 지상공간에서 유토피아 찾기

1) 양만고와 『감호집』

동서고금을 막론하고 인간은 끊임없이 유토피아를 꿈꿔왔다. 유토피아의 세계를 확인하기 위해 산속으로, 바다로, 때로는 지하 세계로 찾아가기도 했다. 중국이나 우리나라에서는 그런 유토피아의 세계가 선계 이미지로 나타난다. 선계에 사는 인물인 신선을 찾아 헤매는 인간들의 열망은 문학작품 속에서도 끊임없이 나타났다.

특히 조선 중기에는 신선을 찾기 위한 열기가 더욱 뜨거웠다. 신선을 만난다는 것은 곧 유토피아 세계가 실재한다는 증거였다. 감호(鑑湖) 양만고(楊萬古, 1574~1654) 또한 신선의 세계를 갈망하고 신선을 찾아다닌 조선 중기의 유자(儒者)이다.

본고는 양만고의 문집인 『감호집(鑑湖集)』에 실린 「은적암비승(隱寂庵飛僧)」, 「증신승의천(贈神僧義天)」, 「적소이선기(謫嘯二仙記)」, 「영원동우선기(靈源洞遇仙記)」, 「중구서운암(重構瑞雲菴)」을 중심으로 조선 중기 신선 찾기의 단면을 살펴볼 것이다. 이 작품들은 양만고가 겪었거나 직접 들은 신선 이야기를 다루고 있다.[124]

이들 작품에는 양만고의 신선에 대한 인식이 잘 드러나 있다. 이들 작품을 분석함으로써 양만고의 신선에 대한 의식을 밝히고, 나아가 감호의 유선문학이 조선 중기에 차지하는 의미를 짚어보기로 한다.

양만고는 봉래(蓬萊) 양사언(楊士彦)의 장남이자 조선 중기 4대 명필 중 한 사람이다. 문장은 삼소(三蘇)를 능가하고 유불선(儒佛仙) 삼교(三敎)를 관통할 정도로 해박한 인물로 알려져 있다. 용주(龍洲) 조경(趙絅)에 의하면 양만고는 강호(江湖)에서 이인(異人)을 만나 선단(仙丹) 기술을 배울 만큼 도가에도 정통했다고 한다.[125] 「청주양씨대동보(淸州楊氏大同譜)」에 의하면 자(字)는 도일(道一)이고 호(號)는 감호(鑑湖)이며 갑술(甲戌) 11월 8일생이다. 선조 계묘(癸卯)에 사마과와 경술(庚戌) 알성문과에 합격하여 태복시정을 거쳐 승문원판교춘추관편수관(承文院判校春秋館編修官)을 지냈다. 무주(茂朱),

---

124) 「隱寂菴飛僧」과 「贈神僧義天」은 권3에, 「謫嘯二仙記」, 「靈源洞遇仙記」 등은 『감호집』 권4에 실려 있으며, 「重構瑞雲菴」은 권5에 실려 있다. 권4에 실려 있는 「記聞」은 내용과 형식이 나머지 작품과 사뭇 다르고 길이도 길어 별고를 마련하기로 한다.

125) 『鑑湖集』, 「鑑湖祭文」: "嗚呼 子先我飯十有餘載矣 居于京則同隣 退于野則同里 採山同鑊 出入進退何處不同 每看其面 傍睨其骨 蓋必神仙中謫降人世者也 昔日常語於我曰 吾於江湖上再逢異人 敎以九轉丹之術 卽鍾離權傳呂純陽之法也".

장연(長淵), 영변(寧邊) 등 칠읍군수와 인천도호부사(仁川都護府使)를 역임하였으며, 문장과 경학이 초월했다고 한다. 청음(淸陰) 김상헌(金尙憲)에게 수학하였고 백주(白洲) 이소한(李昭漢), 용주(龍洲) 조경(趙絅)과 절친했으며 서로 창화한 시가 「황단배향록(皇壇配享錄)」에 있다. 갑오(甲午) 11월 29일에 세상을 하직했다고 한다.126)

한편 양만고는 금강산 일대를 자신의 고향으로 인식하고 있다. 자신의 집이 금강산 아래라 하여 금강산에 대한 남다른 애정을 보이는 글을 다수 발견할 수 있다. 자신의 호 감호(鑑湖)도 금강산의 한 지명에서 따온 것이다. 금강산에 대한 그의 애정은 그의 부친 양사언에서 비롯되었다. 부친 양사언 또한 호를 봉래(蓬萊)라 지을 만큼 금강산에 대한 애정이 깊었다. 금강산에 남긴 봉래의 시로 인해 금강산을 기행하는 사람이면 한 번씩은 양사언을 언급할 정도라 한다.

본고가 살피고자 하는 양만고의 『감호집(鑑湖集)』은 부산대학교 이신성 교수에 의해 학계에 처음 소개되었다.127) 『감호집』은 完帙이 전하지 않고, 그나마 찾은 것도 낙장본(落張本)이어서 서(序), 발(跋)이나 목록(目錄) 등은 전하지 않는다. 권수와 책 수가 같으며, 현재 3, 4, 5권만 남아 있다. 필자는 유선문학에 대한 관심을 갖고 연구하던 중 양만고를 알게 되었으나 출처를 확인할 길이 없었다. 다행히 정명기 교수님의 도움을 받아 이신성 교수님이 소장하신 복사본을 구해 볼 수 있었다.128)

---

126) 양만고, 『鑑湖集』 권2, 90-91쪽, 이신성, 「'鑑湖集 所載 遊楓岳錄에 대하여」, 『韓國古典散文硏究』(보고사, 2001) 410쪽 재인용.
127) 이신성, 「鑑湖集 所載 作品의 이해」, 『韓國古典散文硏究』(보고사, 2001).
128) 자료를 수소문해 찾아주신 정민 교수님과 귀한 자료를 보내주신 정명기 교수님께 감사드린다.

『감호집』의 발견은 16세기 유선문학, 신선 설화 연구에 중요한 의미를 던져준다. 이 책에 실린 신선담은『해동이적(海東異蹟)』등 다른 이인설화(異人說話)에서는 한번도 언급된 적이 없는 새로운 자료이다. 지금까지 회자(膾炙)되었던 이인설화는 허균(許筠)의「남궁선생전(南宮先生傳)」이나 양사언에 관련된 설화 정도였다. 그런데 이 문집에 양만고가 소개한 신선담은 다른 경로의 문헌설화에는 나오지 않던 새로운 자료이다. 더군다나 내단수련(內丹修鍊)에 관한 기록은 정렴(鄭磏), 권극중(權克中) 등에 의해 작품으로 많이 남겨졌으나 신선 자체에 대한 설화는 자료가 많이 부족했었다. 그런데 이 자료의 확인으로 16~17세기 신선 설화의 전파가 상당히 신속, 광범위하게 이루어졌음을 증명할 수 있게 되었다. 특히 명산동천(名山洞天)의 승려를 중심으로 이러한 신선 설화가 광포되었다는 사실은 그동안 자료의 부족으로 증명되지 못했으나,『감호집』의 발견과 연구를 통해 이를 확인하게 되었다. 양사언뿐 아니라 그의 장남 양만고 또한 도교에 깊은 관심을 가지고 있었다는 사실을 발견할 수 있다는 것도 적지 않은 소득이다.

우선 본고에서 살필 작품을 개관하기로 한다.

「은적암비승(隱寂庵飛僧)」은 은적암에 사는 나는 승려에 관한 이야기이다. 솔잎만 먹고 살아, 공중을 날 수 있게 된 승려가 솔잎을 따러 갔다가 속인을 만나 자신이 살던 굴로 데리고 온다. 속인이 내민 밥 한 덩이를 먹고 시름시름 앓다가 결국 속인의 마을까지 내려가 죽게 된다. 사람들은 밥을 먹었기 때문이라지만, 양만고는 속인에게 굴을 공개했기 때문이라 여긴다. 서문과 장시(長詩)로 이루어져 있다.

「증신승의천(贈神僧義天)」은 솔잎만 먹고 살아 신승(神僧)이 된 영남의 양반 출신 의천에 관한 이야기이다. 양만고가 직접 그를 만났더니 얼굴은 얼음에 비춘 달빛 같고 움직일 때마다 이상한 향기가 났다. 시에서는 솔잎과 더불어 수반되었던 내단 수련의 과정이 소개되어 있다.

「적소이선기(謫嘯二仙記)」는 두 이야기로 구성되어 있다. 하나는 도견이 만난 피리 부는 신선에 관한 것이고, 또 하나는 법견이 만난 휘파람 부는 신선에 관한 것이다. 양만고가 도견에게 서운암을 떠난 이유를 물으니 서운암에 두 신선이 나타났다가 사라졌으며, 후에 피리 부는 신선이 나타나 자신에게 함께 가자고 하였으나 응하지 않았다는 얘기를 한다. 양만고는 도견의 어리석음을 안타까워한다. 소(嘯)란 그냥 휘파람이 아니라 귀신을 감동시키고 불사의 경지에 이를 수 있는 도교 방술의 일종이다. 당(唐)의 손광(孫廣)은 『소지(嘯旨)』를 남겼고, 북창 정렴도 소술(嘯術)에 능했다는 기록이 있다.129)

또 법견은 유불선(儒佛仙)에 통달한 스님이다. 불일암에서 휘파람 부는 신선을 만났는데, 지리산에서 쌍계석문을 향한다고 했다. 괴이하여 좇았으나 자취가 없었다. 양만고는 이들의 신선담이 사실일 것이며, 그러나 세상 사람들은 믿지 않을 것이라 한다.

「영원동우선기(靈源洞遇仙記)」는 세 이야기를 엮었다. 첫 번째 이야기는 장안사 스님 향흘이 어린 스님에게 들은 것이다. 한 어린 스님이 영원동 남간으로 깊이 들어갔는데 쓰러진 암자에서 기이한 노승을 만나게 된다. 노인은 책 상자에서 책을 꺼내어 읽으라고 했으나 중이 읽지 못하자 매우 안타까워한다. 노인이 어린 중에게 흰떡 같은

---

129) 이에 대해서는 안동준, 「북창 정렴의 嘯와 도교 음악」, 『도교문화연구』 15집(동과서, 2001)에 자세하다.

것을 주워 먹으라 했는데, 그것을 먹은 중은 다시는 배가 고프지 않았다. 노인이 빨리 돌아가라고 하여 표시를 하며 돌아왔으나 끝내 다시 찾지 못했다. 세상에서는 벌써 스승의 7일재가 지났다.

두 번째 이야기는 현불암 중에게 들은 것이다. 영원동에 살던 스님을 현불암에서 만나 옮긴 이유를 양만고가 물었다. 눈으로 길이 막혔던 겨울에 문득 악기 소리가 들려 나갔더니 음악 소리는 이미 암자 위를 지나 동쪽 제석봉을 향하고 있었다. 세상의 연회 자리에서 부는 음악 소리가 아니었다. 며칠 뒤 그곳이 보허자의 거리임을 알고 추한 중이 더럽힐 곳이 아니라 여겨져 영원동을 떠났다는 것이다.

세 번째 이야기는 안변 철물장이 출신의 여관 주인이 한 이야기이다. 여관 주인은 사람들이 금강산을 영산(靈山)이라고 해도 믿지 않았는데, 작년 가을부터 올봄까지 연이어 들리는 풍악 소리가 뒷산 봉우리로 날아가는 것을 듣고 비로소 금강산이 영산임을 믿게 되었다.

양만고는 이런 이야기를 듣고 어리석은 사람들 앞에서 이 이야기를 해 봤자 비웃음만 살 것이므로 일단 기록하고 훗날 알아줄 사람을 기다린다고 하였다.

「중구서운암(重構瑞雲菴)」은 서운암을 다시 지으면서 쓴 장시(長詩)이다. 서운암은 원래 승려 도견이 혼자서 지은 절이다. 열 아름의 나무와 천 근의 돌을 혼자 번쩍 들어 지었으니, 분명 귀물의 도움이 있었을 것이라 한다. 상서로운 구름이 늘 암자 주위에 있어 이름을 서운암이라 했으며, 세상 사람들은 아무도 그 암자를 본 적이 없다. 시에서는 서운암의 위치와 모양 짓는 과정과 거기서 나타난 이적 등을 자세히 쓰고 있다.

이제 양만고 신선담의 줄거리를 바탕으로 그 특징과 의미 등을 분석해 보기로 한다.

2) 지상공간에서 유토피아 꿈꾸기

① 다양한 신선술(神仙術)의 제시

양만고 신선전의 작품에서는 다양한 신선술(神仙術)을 보여주고 있다. 시와 산문이 동시에 나타나는 작품에는 대체로 시에 신선술을 좀 더 자세히 묘사하고 있다.

먼저 「증신승의천(贈神僧義天)」의 전문을 제시한다.

의천은 영남의 양반족이었다. 9살에 출가했다가 우연히 병을 얻어 죽을 지경에 이르러 관음보살절곡법을 배웠다. 솔잎환을 먹은 지 100날이 되었을 때, 삼팽의 더러운 벌레가 창자에서 흘러 나왔다. 속이 비어 굶주려 살은 시꺼멓게 되어 처음에는 죽을 것 같았다. 친척들이 모두 음식을 권해도 먹지 않은 지 150일 만에 얼굴이 점점 붉어져 윤택해지고 얼마 뒤 온몸이 깨끗하게 옥처럼 변했다. 이제 곡기를 끊은 지 6년이다. 내가 정양사에 들어가 그를 만나려고 재삼 청했다. 그는 영원동에서 왔는데 얼굴이 얼음에 달빛 같아 사람을 환히 비추었다. 어떠한 것을 노득했는지 알 수 없으나 움직일 때마다 이상한 향기가 났다. 만약 솔잎만 찧어 먹었다면 어찌 저렇게 환골탈태했을까? 밤에 같이 잠을 잤는데 일어나 보니 이미 떠나고 없었다.

義天嶺南簪纓族也 九歲出家 偶得疾將死 學觀音絶穀法 服松葉丸百日 三彭穢虫流出腸空飢 肉悴黑 初似不救 親戚皆勸食不食 百五十日面漸 紅潤 俄見滿體潔白如玉 仍遂斷粒今六年矣 余入正陽懇邀再三 乃自靈

源來訪 顔如氷月 烱然照人殊不知所得之如何 而動有異香 如爛擣松葉
豈其膚骨皆已換耶 與之連榻 夜起則已去矣.

도 찾아 선산을 50년을 다녔건만	訪道仙山五十春
선계를 다 다녀도 진인(眞人) 찾지 못했네	迹環玄境未逢眞
정성 통해 솔잎으로 훨훨 날게 되었으니	誠通松葉回飛錫
신림(神林)에 인연 있어 법신을 드러냈네	緣在神林現法身
송액이 단전 들자 금초가 복종하고	松液入爐金虎伏
서주 솥에 넣자 옥룡이 복종하네	黍珠歸鼎玉龍馴
표연히 밤에 떠나 간 곳을 알 수 없고	飄然夜去不知處
골짝마다 봉우리마다 달만 휘영청	萬壑千峰惟月輪

산문과 시가 서로를 보충해 준다. 산문에서는 의천이 영남 양반이
며 아홉 살에 출가한 이야기, 병을 얻어 죽을 지경에 이르러 '관음보
살절곡법(觀音菩薩絶穀法)'을 배우게 되었다는 이야기를 밝히고 있
다. 솔잎환을 먹은 후 100일째 되었을 때의 몸의 변화, 150일 후의
변화가 자세하다. 또 직접 대면한 의천의 모습, 작가의 간단한 느낌
을 적었다. 반면 산문에서 길게 설명한 부분을 시에서는 대체로 간략
히 줄였다. 의천의 출신은 생략하고, 젊은 시절의 유랑은 한 구절로
줄였다. 도사 찾아 선산을 50년이나 다녔건만 진(眞)을 찾지 못했다
는 내용을 간단히 적었다.

시의 대부분은 솔잎에 관한 내용이다. 전체 8행 중 4행이 신선이
된 솔잎 등의 복약 모티프이다. 산문에서는 솔잎 알약을 먹은 후의
신체적 변화에 대해서 자세히 쓴 반면 시에서는 솔잎을 먹고 신선이
된 이야기를 풀어 썼다. 4행의 법신이란 원래 불교의 삼신의 하나로

불법을 깨달은 몸을 말하는 것이지만, 여기서는 신선을 가리킨다. 신선이 되어 금호를 복종시키고, 옥룡을 길들인 이야기도 산문에서는 언급되지 않은 내용이다.

특히 5·6행 '송액 화로에 넣으니 금호가 복종하고, 서주 솥에 넣으니 옥룡이 길든다네 松液入爐金虎伏 黍珠歸鼎玉龍馴'는 중의를 띠고 있다. 송액(松液)이나 서주(黍珠)는 금단을 가리키는 도교의 술어이다. 음양의 기운인 연홍을 닦아 결태(結胎)가 된 상태를 말한다.130) 여기서는 송액(松液)이라 했으나, 다른 이의 연단시에서는 금액(金液), 오토액(烏兎液) 등으로 나타나기도 한다.

로(爐)와 정(鼎)은 단전의 이칭이다. 정로(鼎爐), 화로(火爐), 단정(丹鼎) 등은 단전에 대하여 외단적 연금술을 빗대어 설명한 개념들이다. 도교 내단술의 삼대 요소로서 흔히 외단적 용어를 차용하여 정로(鼎爐)와 약물(藥物)과 화후(火候)를 드는데, 이들 중에 제일 먼저 거론되는 정로(鼎爐)는 이른바 '단전(丹田)'이나 '단전(丹田) 자리가 잡힌 상태' 등을 일컫는다.

호(虎)와 용(龍) 또한 도교의 내단 용어이다. 도가에서는 용을 원신(元神), 호랑이를 원정(元精)으로 이해한다. 저 유명한 『용호결(龍虎訣)』이 바로 사람의 원신과 원정을 기르는 비결을 가르쳐 주는 책이다. 또 복(伏)은 복기(伏氣)란 말에서도 나오듯, 숨을 참고 정(精)을 연마하여 선인이 되는 것을 말한다. 훈(馴)도 같은 의미이다. 즉 이 구절은 '원기를 단전에 넣으니 신(神)과 정(精)이 유순해지는' 내단 수련 과정을 암시하기도 한다. 산문에서 양만고가 던진 질문, '솔잎만 먹었다면 어찌 저렇게 환골탈태했을까?'에 대해 시가 답하고 있다.

---

130) 정민, 『초월의 상상』 54쪽 참고.

신승(神僧) 의천은 솔잎만 찧어 먹어 신선이 된 것이 아니라 이러한 내단 수련 과정을 거쳐 신선이 된 것이다. 도교에 대해 깊은 지식을 갖춘 자라야 쓸 수 있고, 또 그러한 자라야 읽을 수 있는 글이다.

또 산문과 시에서 신선술을 자세히 제시함으로써 누구나 연단을 하면 신선을 될 수 있는 가능성을 열어두고 있다. 양만고는 이 작품을 통해 일반인도 외단(外丹) 혹은 내단(內丹)을 통해 수련하면 얼마든지 신선이 될 수 있다는 것을 알리고 있다. 이는 결국 '도 찾아 선산을 50년을 다녀도 진인(眞人)을 찾지 못했던' 것이 바로 내 안에 있음을 밝힌 것이다. 진인, 즉 신선은 가까이 있는 것이며, 바로 내 안에서 이룰 수 있는 경지인 것이다.

1.	나뭇잎 쌓아 추위 막고	禦寒積葉中
2.	곡기 끊어 3년을 지냈네	斷穀過三年
3.	푸른 털이 온몸에 나고	綠髮遍體生
4.	자색 구름 몸을 감쌌네	紫雲來相纏
5.	우러러 옥굴 쳐다보니	仰看瓊瑤窟
6.	만 길 산머리에 있는데	乃在萬仞巔
7.	몸을 솟구쳐 가볍게 날으며	竦身忽輕擧
8.	발끝에 바람 안개 일어나네	足底生風烟
9.	표연히 날아 굴속에 들어가니	飄然飛入窟
10.	굴속은 누르고 푸른빛 선명하네	窟中金碧鮮
11.	산머리 솔잎 다하여	峰頭松葉盡
12.	내려와 작은 골짜기 솔잎 따네	下採小洞天
13.	몸 감출 도술 아직 없어서	無術隱其形
14.	드디어 속인에게 이끌리고 말았네	遂爲俗子牽
15.	이 굴은 선계의 비밀인데	此窟仙所秘

16. 어찌 세속의 자취를 용납하겠는가　　　奈許塵蹤緣
17. 문득 화식을 권하기에　　　却勸烟火食
18. 한 숟갈도 넘기지 못했지만　　　一匙不下咽
19. 곡기가 입을 졸라　　　穀氣縊入口
20. 팔다리가 이미 굳어 버렸네　　　肢體已拘攣
21. 몸을 떨쳐도 일어날 수 없어　　　奮身不能起
22. 날개 꺾인 소리개 되었네　　　有如折翅鳶
23. 도로 춥고 주린 중 되어　　　還爲寒乞僧
24. 마을집 앞에서 밥을 빌었네　　　求食村家前
25. 털과 깃 날마다 빠지고　　　毛羽日凋零
26. 백발이 머리를 침범하네　　　霜雪侵頭偏
27. 고요히 하늘 날던 때 생각하니　　　靜思飛空日
28. 괜한 눈물 주르르 흐르네　　　有淚空連連
29. 끝내 하계의 귀신이 되어　　　竟死作下鬼
30. 도리어 세인의 가련함이 되었네　　　反爲世人憐
31. 사람들은 밥 먹은 탓이라지만　　　人言坐食飯
32. 난 선경 누설한 죄라고 여기네　　　余謂漏泄愆
33. 사람에게 한 마디 말만 해도　　　一言或語人
34. 구천의 지옥에 떨어질건데　　　猶謫歸重泉
35. 더구나 네가 속인 끌어들여　　　況爾引麤漢
36. 선계를 한번 더럽힘에 있어서랴　　　汚穢玄壇邊
37. 마땅히 태상의 노여움 얻어　　　宜遭太上怒
38. 다시는 변화술 얻지 못하네　　　不得復變遷
39. 참다운 신선은 삼품이 있으니　　　眞仙有三品
40. 최하품은 지상선이라　　　最下地上仙
41. 형신이 오묘하여　　　然能形神妙
42. 숨고 나타나기 천만 번 할 수 있지만　　　隱見應萬千
43. 머물러 옥황상제의 명령 기다리며　　　留待玉皇詔

44. 우두 산천 유람하거나	遊嬉遍山川
45. 기생집과 술집에	花街與酒市
46. 펄펄 날아 드나드니 얼마나 좋아	出入何翩躚
47. 홀로 떠나고 또 홀로 머무르니	獨行又獨坐
48. 온 세상 누구와 비교하리	擧世誰比肩
49. 그 사람이 아니면 도 말해선 안 되니	非人不語道
50. 한번 말했다간 깊은 못에 빠지네	一說墜深淵
51. 불도들 음의 바탕 수련한다지만	釋徒鍊陰質
52. 어찌 참 연단을 알랴	豈能知眞鉛
53. 밖으로 금강불괴의 몸이 된다지만	陽爲不壞身
54. 음체는 단단하기 어려우니	陰體本難堅
55. 비록 혹 이인 되더라도	雖或作異人
56. 어찌 수명을 연장하랴!	安得命長延
57. 사람 만나 반드시 아름다움 드러냄은	逢人必顯美
58. 선가에서 금하는 일이니	仙家所棄捐
59. 그대 묵 한 글자를 보아라	君看一默字
60. 스승이 몸소 입으로 전한 말씀이네	吾師親口傳

「은적암비승(隱寂菴飛僧)」시의 전문(全文)이다. 총 60행 300자의 장시이다. 이 시는 세 부분으로 나눌 수 있다. 1행부터 10행까지는 비승이 신선이 되는 과정을 읊었다. 나뭇잎을 쌓아 추위를 막고 곡식을 끊은 지 3년이 되자, 푸른 털이 온몸에 나며 날고 싶다는 생각을 하자 자색 구름이 와 감싸면서 가볍게 날 수 있었다. 이윽고 봉우리 꼭대기에 있는 굴속에 들어갔는데, 굴은 금빛과 옥빛이 선명한 곳이었다.

11행부터 30행까지는 신선이 인간에게 굴을 공개하고 인간이 주는 화식(火食)을 먹는 바람에 죽고 만다는 내용이다. 20행까지는 산문의 내용을 충실하게 옮겼으나, 21행부터 30까지는 산문에 없던 내용을 많이 첨가하였다. 산문에서는 화식을 먹자 한 숟가락도 제대로 토해내고 삼키지 못했다 하며, 속인의 집에 가서 밥을 먹은 지 석 달 만에 병들어 죽었다는 내용을 말하고 있다. 그런데 시에서는 죄를 얻게 된 비승(飛僧)의 가련한 처지를 매우 구체적으로 읊었다. 날개 꺾인 소리개요, 도로 춥고 배고픈 중이 되어 남의 집 앞에서 밥을 구걸한다고 하였다. 백발이 되어 예전 하늘 날던 때를 생각하며 눈물을 흘리는 비승(飛僧)의 마음까지 묘사해 놓았다. 잘못을 저지르면 얼마나 비참한 처지가 되는가를 구구절절 묘사하여 경각심을 일깨워주고 있다.

이하 구절은 양만고의 평언을 시어로 옮겨 놓았다. 시의 절반에 해당하는 부분이다. 이 부분에서는 참다운 신선의 경지와 참 연단을 알지 못하는 불도(佛徒)의 어리석음을 대비하였다. 신선은 산천 유람을 할 수도 있고 온갖 곳을 펄펄 날아서 다닐 수도 있다. 독행(獨行)하고 독좌(獨坐)하는 즐거움은 온 세상 어떤 인간과도 비교할 수 없다. 참다운 신선의 경지가 얼마나 아름다운가를 말함으로써 도를 누설하여 죄를 얻게 되었을 때의 비참함이 분명하게 대비되고 있다.

이 작품에서도 양만고는 인간이 신선이 될 수 있는 신선술에 대해 자세히 말하고 있다. 나뭇잎을 쌓아 추위를 막고 곡기를 끊은 채 3년을 살며 도를 닦으면 되는 것이다. 그러면 첫 번째 신체의 변화로 온몸에 푸른 털이 나고 자색 구름이 와서 몸을 감싼다. 여기에서도 등장하는 복약 매체가 바로 솔잎이다. 곡기를 끊은 은적암의 비승이 먹는 것이 솔잎이다. 의천이 먹고 환골탈태한 것도 솔잎이었던 것을 감안하면, 양만고는 이 솔잎을 신선이 되는 복약으로 여겼던 듯하다.

양만고는 여기에다가 신선이 되는 요건 하나를 덧붙인다. 바로 인간 세계의 사람들을 만났을 때 절대 자신의 존재를 드러내거나 선계를 보여줘서는 안 된다는 것이다. 신선의 아름다움을 드러내면 선가에서 버림받는다. 오로지 '침묵'이라는 한 글자를 명심하라는 것이다. 시의 중반부에는 속인에게 굴을 보여주고, 곡기를 입에 댄 은적암의 비승이 얼마나 비참하게 되었는가를 상세히 보여준다. 결국 비승은 신선이 되지 못하고 하계의 귀신[下鬼]이 되고 만다.

양만고는 작품 속에 신선이 되는 방법과 그 과정, 또 선화된 다음에 지켜야 할 윤리까지도 말하고 있다. 이로 보건대 양만고는 신선술(神仙術)을 자세히 언급함으로써 보통의 인간들도 누구나 신선이 될 수 있음을 강조하였다. 또 그러한 마음이 들도록 유도하고 있다. 이는, 즉 자신을 포함한 일반인도 신선이 될 수 있다는 자기 암시이며, 사람들로 하여금 지상선을 꿈꾸게 한 한 방식이다.

② 현실 속의 선계 체험

인간은 누구나 이상향을 동경한다. 그 바람은 동양에서는 선계로 나타났으며, 서양에서는 유토피아로 나타났다. 그러나 이상향은 말 그대로 이상향이기에 맨몸으로는 갈 수도 없고, 또한 볼 수도 없다. 그럼에도 인간은 상상을 통해 혹은 문학의 힘을 빌려 끊임없이 낙원을 찾아 헤맸다.

조선 중기 선계에 대한 갈망은 꿈이나 상상을 통하여 충족되었다. 혹은 당시 유행하던 신선전에 관한 독서를 통해 간접적으로 선계를 오유(傲遊)하기도 하였다. 이수광은 여러 편의 「기몽(記夢)」 연작을 남겼다. 꿈을 통해 신선을 만나고 선계를 유람하는 이수광의 적선(謫

仙) 의식을 엿볼 수 있었다.131) 허난설헌은 상상을 통하여 선계를 노닐고 신선과 만났으며,132) 이춘영의 「독신선전」 53수는 『태평광기』를 읽고 그에 대한 고사를 7언절구의 시로 요약한 것이다. 『태평광기』의 여러 고사 중 특별히 선계의 화려함과 신선의 기이함을 드러내 주는 장면을 선택하여 간접적으로나마 선계를 유람하였다.133)

그러나 양만고의 신선 체험은 상상이나 꿈, 혹은 독서를 통한 간접 경험이 아니었다. 고대 중국의 신선전에서 유형화되었던 장면을 그대로 빌려 오지도 않았다. 신선을 실제로 만난 인물들을 통해 혹은 본인이 직접 경험한 일을 통해 우리의 공간, 우리의 신선을 입전(立傳)시켰다. 늘 유람하던 금강산에 선계가 있었으며 주변의 인물들 누구나 신선을 만날 수 있었다. 그에게 신선은 책 속에서나 볼 수 있는 가상의 인물이 아니었으며, 선계는 상상을 통해서나 갈 수 있는 공간이 아니었다. 자신이 살고 있는 일상의 공간에 선계는 존재했으며 오랜 수련과 연단을 쌓으면 누구나 신선이 될 수 있었다. 양만고에게 선계는 현실이요, 실재하는 세계였다.

감호(鑑湖)가 신선의 존재를 쉽게 믿은 데에는 여러 가지 사정이 고려되겠지만 무엇보다도 신선이 되어 날아갔다는 그의 아버지 봉래(蓬萊) 양사언(楊士彦, 1517~1584)의 영향이 컸을 것으로 짐작된다. 그의 아버지 양사언 또한 도교에 관심이 깊었던 인물이었다. 그는 호

---

131) 졸고, 「李晬光 遊仙詩의 幻想과 超越」, 『韓國漢文學硏究』 26집(한국한문학회, 2000).

132) 졸고, 「許蘭雪軒 유선시의 표현기법 연구」, 『한국 도교 문화의 초점』(아세아문화사, 2001).

133) 졸고, 「조선 중기 지식인의 신선전 독서 경향과 詩化」, 『도교문화연구』 17집(한국도교문화학회, 2002).

(號)마저 삼신산의 하나인 봉래(蓬萊)로 지었다. 그의 문집을 보면 대부분이 도교적 색채를 띠고 있다. 양사언이 신선이 되어 떠나갔다는 내용의 선거설화(仙去說話)나 이적(異蹟)에 관한 이야기들은 여전히 인구에 회자(膾炙)되고 있는 정도이다. 그의 지기들도 그에 대해 신선(神仙)이라는 내용의 평어를 여럿 남겼다.[134]

그러한 양사언에게 선계는 상상을 통해서 갈 수 있는 공간이 아니었다. 인간의 힘만으로는 갈 수 없는 곳이기에 조력자의 도움을 받거나 혹 우연히 가기는 했어도 이곳에 실재하는 공간이었다. 하지만 양사언의 선계도 중국 신선전에서 유형화된 공간이기는 마찬가지였다. 삼신산(三神山), 호중지(壺中地), 요지(瑤池) 등 신선전에서 보게 되는 공간을 현실로 끌어들였을 뿐이다. 그가 만난 인물 또한 적송자(赤松子), 서왕모(西王母), 상원 부인(上苑夫人) 등 전형적인 신선전의 인물들이었다. 물론 양사언은 상상이 아닌 현실 속에서 이들을 만났다고는 하지만, 그에게 있어서도 선계는 여전히 관념의 세계였던 것이다.

양만고는 아버지 양사언보다 선계를 더 구체적이고 일상적인 현실로 끌어들였다. 양만고의 문집에 나타난 선계는 유형화된 신선전의 공간이 아니다. 삼신산, 광한루의 이미지가 아니라 어느 곳에나 존재할 수 있는 평범한 모습이다. 다만 그가 보여주는 선계가 현실 속에 존재하는 구체적 공간이긴 하나 역시 인간들은 마음대로 드나들 수 없고 또 더럽혀서는 안 되는 공간이다. 선계란 신비스러우며 신성한 곳이기 때문이다.

양만고가 언급하는 신선도 우리나라의 인물들을 신선화하였거나,

---

134) 양사언의 선계 인식에 관해서는 홍순석과 박은정의 논문에 자세하다. 홍순석,「봉래 양사언 시 연구」,『東洋學』(단국대학교, 동양학연구소, 2000), 박은정,「蓬萊 楊士彦의 '또 다른 세상'」,『한국 도교 문화의 초점』(아세아문화사, 2001) 참조.

구체적 실존성을 가진 인물들이었다. 관념적으로 그려진 인물은 하나
도 없다. 먼 옛날 중국에서 생겨나 현재까지 습관적으로 전해오는 신
선이 아니었다. 누구든지 수련을 쌓고 내단을 하면 신선이 될 수 있
었다. 천상의 공간 상상의 세계에서나 만날 수 있었던 신선이 이제
주변 어디에든 존재하고 만날 수 있는 대상으로 다가오게 된 것이다.

양만고의 신선에 관한 의식은 16~17세기 유선문학에 중요한 의미
를 부여한다. 유선문학은 애초에 중국 신선전을 단순히 요약하고 정
리한 데에서 출발했다. 이후 상상이나 꿈이라는 장치를 통하여 선계
를 노닐고 신선과 교류했다. 양사언과 양만고에 이르면 천상의 신선
이 땅으로 내려오게 된다. 특히 양만고에 이르면 이제는 명실상부하
게 선계는 우리나라 고유의 공간이 되면서, 신선 또한 우리나라의 신
선이 되는 것이다.

감호의 유토피아는 더 이상 추상적, 관념적 공간이 아니다. 그가
발 딛고 있는 우리 땅, 일상의 공간에도 존재할 수 있는 구체적, 현
실적 공간이다. 더 이상 유토피아를 찾아 바다로, 하늘로 가지 않아
도 되었던 것이다.

3) 지상선계의 증명

① 공간의 구체성과 고유성

일반적으로 유선문학에서 선계 이미지는 유형화되어 있다. 인간이
아무리 노력해도 접근하기 어려운 곳이며 조력자의 도움을 얻어 도
달한 공간은 인간 세상에서는 볼 수 없는 휘황찬란한 광경으로 가득

차 있다.

> 산은 모두 구슬과 옥이었고, 뭇 봉우리는 온통 첩첩히 쌓여 있는
> 데, 흰 옥과 푸른 구슬이 밝게 빛나 현란하여 똑바로 쳐다볼 수가
> 없었다. 무지개 구름이 그 위를 에워싸니 오색 빛깔은 곱고도 선명
> 했다. 옥 샘물 몇 줄기가 벼랑 사이에서 쏟아지는데, 콸콸 쏟아져 내
> 리는 소리는 옥을 굴리는 것 같았다.
>
> 거기에 두 여인이 있었는데, 둘 다 나이는 스물 남짓으로 얼굴빛
> 은 모두 빼어나게 고왔다. 한 여인은 자줏빛 노을 옷을 걸쳤고, 다른
> 여인은 푸른 무지개 옷을 입었다. 손에는 모두 금색 호리병을 들고
> 사뿐사뿐 걸어와 내게 절을 하였다. 시냇물을 따라 굽이굽이 올라가
> 니 기화이초(奇花異草)가 곳곳에 피었는데 아름답기가 이루 이름 할
> 수 없고, 난새와 학과 공작과 비취새가 옆으로 날며 춤을 추고 숲
> 저편에선 온갖 향기가 진동했다.
>
> 마침내 산꼭대기에 오르니 동남편은 큰 바다라 하늘과 맞닿아 온
> 통 파랗고 붉은 해가 막 돋아 오르니 물결은 햇살을 목욕시켰다. 봉
> 우리 위에는 큰 연못이 있는데 아주 맑았다. 연꽃은 빛깔이 푸르고
> 잎이 큰데 서리를 맞아 반이나 시들었다.[135]

허난설헌(許蘭雪軒)의 「몽유광상산시(夢遊廣桑山詩)」에서 광상산을
묘사한 대목이다. 겹겹이 쌓인 봉우리를 뚫고 가면 구슬과 옥으로 찬

---

135) 許蘭雪軒, 「夢遊廣桑山詩」, 『蘭雪軒詩集』: "山皆瑤琳珉玉 衆峰俱疊 白璧
青熒明滅 睍不可定視 霧雲籠其上 五彩妍鮮 瓊泉數泒 瀉於崖石間 激激作
環玦聲 有二女年俱可二十許 顏皆絶代 一披紫霞襦 一服翠霓衣 手俱持金
色葫蘆 步屧輕躍 揖余 從澗曲而上 奇花異草 羅生不可名 鸞鶴孔翠 翱舞
左右 衆香馥馥於林端 遂躋絶頂 東南大海 接天一碧 紅日初昇 波濤浴暈 峰
頭有大池湛泓 蓮花色碧葉大被霜半褪", 정민, 「유선시의 서사 틀과 낭만
적 상상력」, 『초월의 상상』(휴머니스트, 2002), 103~104쪽 재인용.

란하게 장식된 산이 있다. 푸른 옥과 흰 옥이 현란하여 똑바로 쳐다 볼 수가 없을 정도이며, 옥 샘물이 벼랑 사이에서 쏟아지는데 마치 옥을 굴리는 듯한 소리가 난다.136) 이곳저곳엔 처음 보는 기이한 꽃과 풀들이 피어 있고, 난새와 학과 공작, 비취새가 춤을 춘다. 숲에선 향기가 진동한다.

이러한 선계 이미지는 유선문학에서 흔히 보게 되는 모습이다. 조선 중기의 선계 이미지는 대체로 묘사의 정도 차이만 있을 뿐 화려하고 기이한 공간으로 전형화되어 있다. 어느 작품에서건 선계 이미지를 꺼내 놓으면 대개 유사한 분위기를 느끼게 된다. 꿈에 신선을 만나 이를 여러 편의 시로 기록해 둔 이수광의 작품에 등장하는 선계 공간도 마찬가지이다. 어느 작가를 꺼내 놓더라도 중국의 역대 신선전에 등장하는 공간과 별반 다르지 않다. 화려하고, 찬란하며 거대한 천상의 세계를 그대로 옮겨 적어 놓았다. 우리 고유의 정서는 찾을 수 없고, 이전부터 계속 언급되던 이국적이고 신비한 이미지의 공간일 뿐이다.137)

이러한 양상은 우리나라 작가들이 중국의 선계 이미지를 그대로 가져왔기 때문이다. 우리나라 작가들은 중국에서 수입되어 우리나라에 크게 유행하였던 『태평광기(太平廣記)』를 비롯한 여러 신선전에서 선계 이미지를 그대로 빌려와 관념화시켰다. 그렇기에 어느 작가의 어느 작품을 보더라도 선계 공간은 비슷한 양상으로 유형화되어 있기 마련이었다.

---

136) 유선문학에서는 玉 이미지가 많은데, 至高와 순수를 상징한다.

137) 유선문학의 공간에 대해서는 정민, 「유선시의 서사 틀과 낭만적 상상력」, 『초월의 상상』(휴머니스트, 2002), 187~194쪽에 자세하다.

그렇다면 양만고의 작품을 보자.

 지난번에 나이 어린 스님 다섯 명이 영원동 백마봉 깊은 곳을 유람하기로 약속하였다. 현불암 앞에 이르러 각각 가고 싶은 곳으로 나뉘었다. 그런데 한 어린 스님이 남간 입구로 곧장 들어갔다. 그 영원동을 좋아하여 골짜기의 깊이를 헤아리지도 않고 다리가 깊이 들어갔다. 물이 없어진 곳에 이르러 문득 한 쓰러진 암자를 보았는데 등나무가 처마를 덮고 기둥이 다 쓰러져 있었으며 위에는 매우 이상한 물건이 있었다. 살펴보니 낡은 옷을 입은 노인이 걸터앉아 있었다. ……마침내 이른바 현불암 서쪽 석대의 남쪽 백마봉의 서북을 바라보니 모두 옥산 은빛 골짜기 아득하고 구름 안개가 그 몇천만 겹인지 알 수 없었다. 비록 따르고 싶지만 어디로부터 왔는지 모르겠다.[138]

「영원동우선기(靈源洞遇仙記)」의 첫 번째 이야기이다. 나이 어린 스님 몇몇이 금강산의 영원동을 유람하기로 하였는데 그 가운데 한 어린 스님이 신선이 된 사람을 만난다.

 어린 스님이 신선을 만난 공간을 살펴보자. 영원동의 백마봉이라 구체적으로 적시했다. 영원암은 금강산에 있다. 일반적 선계로 설정된 삼신산이니 곤륜산이니 하는 천상의 어느 공간이 아니다. 사정은 다른 작품도 마찬가지이다. 「증신승의천(贈神僧義天)」에서는 금강산

---

138) 「靈源洞遇仙記」: "長安寺僧香屹言 曩有年少沙門五人 若遊靈源洞白馬峰深處 至現佛菴前 各分所欲往 而一少僧直入南礵口 愛其洞 壑之邃不計脚而深入行 到水窮處 忽見一廢菴 藤蘿掩簷楹茂 上有物甚異 …… 遂至所謂現佛菴西 石臺南望白馬之西北 俱是瓊岭銀壑杳冥 雲霞之表 不知其幾千萬重 雖欲從之 末由也已".

의 정양사, 「적소이선기(謫嘯二仙記)」는 금강산의 서운암과 지리산의 불일암에서 신선을 만난다. 「중구서운암(重構瑞雲菴)」의 배경은 금강산의 서운암이며, 「기문」은 오대산, 「은적암비승(隱寂菴飛僧)」은 향산 은적암에 살던 신선에 관한 이야기이다. 중국의 혹은 이국의 어느 공간이 아닌 모두 우리나라의 산이다. 천상이나 해상의 상상적 공간은 더더욱 아니다.

신선을 만난 장소였던 금강산은 양만고의 고향이라 할 수 있는 곳이다. 그의 아버지 봉래 양사언의 흔적이 묻어 있는 곳이기도 해서 감호는 그곳을 고향으로 인식하고 금강산을 자주 유람하였다. 곧 감호는 자신의 흔적이 가장 많이 닿았던 장소를 신선의 공간으로 인식한 것이다.

이번에는 선계를 묘사한 부분을 보도록 하자. '문득 한 쓰러진 암자를 보았는데 등나무가 처마를 덮고 기둥이 다 쓰러져' 있는 일상적이고 평범한 공간일 뿐이다. 「기문(記聞)」에서는 '강릉 오대산에 들어가 반드시 궁벽지고 깊숙한 곳에 숨고자 빨리 걸어갔는데, 한 산봉우리에 이르니 다 쓰러져 가는 암자 몇 칸'이 있는 곳에서 신선을 만나는 것으로 설정되어 있다. 전혀 화려하지 않을 뿐더러, 일상의 삶에서도 언제든지 만날 수 있는 공간이다. 선계 공간에서 늘 등장하는 옥이라든가 금, 향기나 기화요초(琪花瑤草)의 이미지는 전혀 언급되지 않았다. 지극히 일상적이고 평범한 우리나라의 공간, 이것이 감호가 그린 선계 공간의 특징이다. 인간 세계와 동떨어진 상상의 공간이 아닌, 누구라도 마음만 먹으면 찾을 가능성이 있는 곳이 감호의 선계 공간이다.

그렇다면 선계는 누구라도 들어갈 수 있는 곳인가. 그렇다면 왜 선계를 본 사람이 그토록 적은 것일까. 감호는 '천기누설'의 문제와 '신성성'의 문제를 꺼내든다.

　　향산 은적암에 살던 중이 화식을 끊고 낙엽을 방 안에 쓸어 모아 안고 누워 추위를 막았다. 또한 곡기를 끊고 3년간 솔잎을 먹더니 온몸에 털이 나 길이가 한 자나 되었다. 산중에 사람의 발길이 닿지 않는 만 길의 절벽이 있었는데 중이 위를 올려 쳐다보고는 날아오르려 하자, 갑자기 몸이 가벼워짐을 느끼더니 드디어 날아서 봉우리에 올랐다. 봉우리 꼭대기에는 바위굴이 있어서 거기에서 여러 해를 살았다. 가려는 곳을 생각하면 꼭 보라색 구름이 한 덩이 날아와 그 몸을 둘러쌌다. 그러나 여전히 솔잎을 먹고 있어서 서너 그루뿐인 굴 앞의 소나무 잎을 이미 다 먹어 버리자 골짜기 속으로 내려가 따야 했다. 그곳에서 속인을 만났다. 그 형상을 괴이하게 여겨 묻기에 이와 같이 대답하니 속인이 간절하게 가 보기를 원하여 비승은 속인을 끼고 날아올라 굴속에 들어갔다. 굴속은 누르고 푸른빛이 현황하여 선경 같았다. 또다시 비승은 한 숟가락쯤 떠먹었는데 토해내고 삼키지 못했다. 비승은 굴에 오르려고 했으나 이미 몸이 무거워 날 수가 없었다. 속인은 비승을 집에 데리고 왔다. 비승에게 밥을 먹인 지 석 달 만에 털이 다 빠지고 얼마 뒤에 병들어 죽었다고 한다.

　　사람들이 모두들 밥을 먹은 실수 때문이라고 하지만, 나는 선가의 죄가 속인들에게 비밀을 누설하는 것보다 큰 것이 없다고 생각한다. 이 비승은 속인을 데리고 바위굴에 들어갔다. 그 굴은 하늘이 아끼고 땅이 숨긴 곳이니, 어찌 인간 세계에 귀양 보냄을 면할 수 있었겠는가?[139]

---

139) 「隱寂菴飛僧」: "香山隱寂庵居僧 絶烟火 聚落葉房中 坐臥禦寒 且斷穀服松葉三年 遍身生髮 長可尺餘 山有萬仞絶壁 人迹所不到 僧仰見思欲騰上忽覺身輕 遂飛上峰 峰頂有石窟 因棲息累年 思有所往 則必有一片紫雲來

향산 은적암에 살던 스님이 화식(火食)을 끊고 3년간 솔잎만 먹더니, 결국 날아다닐 수 있는 경지의 신선이 되었다. 어느 날 솔잎을 따러 내려갔다가 속인(俗人)을 만났는데, 그가 동굴을 보고 싶어 하자 속인을 끼고 날아올라 굴을 보여주었다. 비승은 속인을 따라 인간세계에 와서는 속인이 준 밥을 먹고 결국 석 달 만에 털이 빠지고 병이 들어 죽고 만다.140)

세상 사람들은 비승이 밥을 먹어서 죽게 되었다고 말하지만, 양만고의 생각은 다르다. 비승이 속인에게 바위굴을 공개했기 때문에 죽게 되었다는 것이다. 역시 평범한 바위굴이긴 하나 이곳은 선계 공간이다. 하늘이 아끼고 땅이 숨긴 곳이며, 신선이 사는 공간이다. 그러므로 아무에게나 보여줄 수 없는 곳이며, 보여서도 안 되는 신성한 공간이다. 그런데 비승이 속인을 데리고 와 보여주었으니, 벌을 받아 결국 선계에서 쫓겨나게 된 것이다. 감호는 '선계의 비밀'을 발설하게 되면 큰 벌을 받게 된다고 함으로써 평범한 선계 공간이 세상에 공개되지 못하는 이유를 밝혀 주고 있는 것이다. 어쩌면 감호는 많은 사람들이 선계를 가보았으면서도 죄가 두려워 누설하지 못하고 있다

繞其身 然猶服松 窟前只有三四條 食葉已盡 下採於洞中 仍值俗人 怪其形問之 答如是 懇乞往觀 狹騰入窟 則窟中金碧炫耀 蓋仙境也 又挾而下 俗人勸其飯强 以後食一匙許 嘔吐不下咽 欲上窟 而身已重不得飛 俗人率歸家 食食三月 毛髮落盡 未久病沒云 人皆謂食飯之失 余則以爲仙家 罪莫大於漏泄 而此僧挾俗人 入石窟 窟乃天所慳 地所秘也 烏得免竄謫哉".

140) 대개의 유선문학에서도 신선이 되기 위한 과정에 服藥 모티프가 들어 있다. 그러나 그 약 또한 丹藥이나 流霞酒 등으로 유형화되어 있다. 양만고의 작품에서는 신선이 되기 위한 과정으로 솔잎이 자주 등장한다. 현실 속에서 쉽게 구할 수 있는 소재로 대치된 것이다. 또 신선이 인간에게 주는 것으로는 흰떡 같은 것이라 하여 역시 기존 유선문학에서 보이던 것과 많은 차이를 가진다.

는 생각을 가졌을지도 모를 일이다.

> 암자는 신승 도견이 세웠다. 스님은 홀로 열 아름의 나무와 천 근
> 의 돌을 들었는데 귀물의 도움이 있었다. 오색구름이 항상 암자에 서
> 려 있어서 마침내 이름으로 삼았다. 임술년(1622) 눈에 덮여 파괴되
> 었다. 나는 지금 다시 서운암을 세워 여생을 여기서 보내려고 한다.
> 내외금강 중에서 으뜸가는 곳이지만, 다른 사람은 본 이가 없다.[141]

「중구서운암(重構瑞雲菴)」의 서문이다. 도견 스님이 큰 나무를 쌓
아 서운암을 세웠다는 것을 다시 언급하고 있다. 「적소이선기(謫嘯二
仙記)」에서와 달리 좀더 구체적으로 열 아름의 나무와 천 근의 돌을
들었다고 하면서 귀물의 도움이 있었다고 말한다. 서운암은 비록 임
술년에 눈에 덮여 무너져 버리기는 했지만, 그 전에는 항상 오색구름
이 암자에 서려 있는 아름다운 곳이었다. 내외금강 중에서 으뜸 되는
경관을 자랑하는 곳이니 일반인들이 봄직하건만, ‘다른 사람은 본 이
가 없다’고 한다. 즉 이곳은 인간이 범접할 수 없는 곳이다. 인간계
속의 선계라 하겠다.

일반적으로 선계는 인간이 접근할 수 없도록 장치가 되어 있다. 천
상에 있건 지상에 있건 갈 수가 없다. 곤륜산 둘레에는 기러기 털도
가라앉는다는 약수(弱水)가 있어 날지 않으면 그곳을 건널 수 없고,
봉래산의 주위는 검은 바다 명해(溟海)로 둘러싸여 있는데, 바람이
없어도 파도가 백 장이나 일어나 접근할 수가 없다. 5백 년에 한 번

---

141) 「重構瑞雲菴」: “菴乃神僧道堅所創也　師獨擧十圍之木千斤之石　有鬼物
　　　相扶者　五色雲常來掩暎遂名之　壬戌雪壓致毁　余今重搆　欲終老焉　蓋內外
　　　山中第一地也 而人無見者”.

씩만 길이 열린다고 한다.

양만고의 작품에도 선계가 구체적이고 실제적으로 밝혀져 있긴 하나, 인간이 범접할 수 없기는 마찬가지이다. 인간에게 선계를 공개한 신선이 죽는가 하면, 혹 모르고 선계에 있던 인간이 스스로 놀라 빠져 나오기도 한다.142) 때로는 인간이 머물 수 없는 곳이라 하여 신선이 쫓아내기도 한다.143) 선계가 지극히 일상적인 어느 공간에 있으면서도 일반인들이 접근할 수 없는 이유이다.

그럼에도 양만고의 선계가 일반적인 전형성을 벗어나고 있다는 점은 틀림없어 보인다. 곤륜산이나 삼신산, 광한전과 백옥경 등 중국의 서적을 통해 유입된 공간에서 벗어나 금강산이나 오대산 등 우리 고

142) 「靈源洞遇仙記」: “上年冬 獨處靈菴積雪三丈 僧俗之不得到 已連朔矣 月色正佳 夜起步前軒 忽聞絲竹之聲 近奏簷楹之矣 雖不知管絃之辨 而其音源亮響澈 雲衢聞之 不覺手舞足蹈 則殆非世間筵席上啁切者也 又數日仙樂來自帝峰向馬峰菴 其步虛之衢也 仍知靈源一洞 乃群仙遊嬉之所也 豈如我老醜僧 故敢汚穢處也 卽棄來此云”.

「簫嘯二仙記」: “如此言不可向世人說道 忽有一客體 甚頎儀甚偉帶一老僧到菴前杏樹下盤石上初謂遊山人禮拜之 且淅米欲供飯而忽不見意始疑周視四往處 皆無跡矣 恐我失待而去仰空深拜見二人已在九龍潭萬仞峰腰徐步而上去菴幾三十里非羽仙豈能傾角至彼又安能躡空虛步絶 嶂也哉 其後數日又聞有簫聲俄有一玉童年可十二三而來立前石上兩手俱把白玉簫如筆管者謂余曰師菴風景頗絶然 不如吾所處可往觀乎 余知其仙而不答其問略見其所眠衣質靑而紋紅如五雲靉 黮眼眩不知何色而風吹聲烈如振厚紙衣嫌余不偕四身而立卽不見矣 仍念前後來仙俱是援吾入仙者也 本欲爲佛何更作仙 恐久居不免 故移來于此云云”.

143) 「靈源洞遇仙記」: “老宿忽曰 汝來太遲 宜速歸也 僧請宿一夜則曰 此非汝所居處 其辭頗嚴 不得不還 而步步記 行累石 折枝數百處爲後 尋路未出洞而斗暗迷道 暇寐巖下 待曉得歸 本寺則僧有師已爲七日齋矣 相見信未決其類 六七僧欲驗奇遇 偕前僧相導 則木石之票宛然 而菴則不見且其峰巒攢秀洞府深遠 溪磵縈回松檜沈鬱 非眞仙 不可一日居矣 群僧慓慓危懼促步而出云”.

유의 공간을 선계화(仙界化)하고 있다는 점에서 특히 그렇다. 선계의 묘사도 기존의 이미지를 깨뜨리고, 현실 속에서 언제든지 볼 수 있는 공간으로 선계화하고 있다는 점도 눈여겨 볼만하다. 이러한 점들이 갖는 의의는 뒤에서 다시 거론하기로 한다.

② 제3자를 통한 선계의 증명

양만고의 신선담은 대체로 작가 본인이 직접 체험한 경험이 아니다. 의천이라는 스님을 양만고가 직접 만난 이야기를 기록한 「증신승의천(贈神僧義天)」과 서운암을 짓는 이야기를 장시(長詩)로 표현한 「중구서운암(重構瑞雲菴)」을 제외하곤 모두 제3자가 겪은 실제 체험을 양만고에게 이야기하는 형식을 취하고 있다.

「은적암비승(隱寂菴飛僧)」은 은적암의 비승(飛僧)에 관한 이야기를 일반인들에게 전해 듣고 쓴 글이다. 「작소이선기(鵲嘯二仙記)」의 두 에피소드는 각각 도견(道堅)과 법견(法堅)이란 스님이 신선을 만난 이야기이며, 「영원동우선기(靈源洞遇仙記)」는 장안사 스님 향흘(香屹)과 영원동에 살다가 현불암으로 옮겨온 스님, 안변 철물장이 출신의 여관 주인이 양만고에게 이야기하는 형식을 취한다.

흥미롭게도 이야기를 들려준 발화자(發話者)에게 공통적 특징이 있다. 신선을 부인하는 인물들이라는 점이다. 안변 철물장이 출신의 여관 주인은 본래 신선의 존재를 믿지 않던 자이고, 나머지 발화자들은 불교를 믿는 스님의 신분이다.

정사년 가을 내가 관직을 버리고 내금강에 들어갔다가 스님이 이주했다는 소식을 듣고 이상하게 생각하였다. 마침내 방문하여 서로 보고는 몹시 기뻐하였다. 그를 위하여 하룻밤을 묵었다. 스님이 정좌한 후 물었다. "스님을 안 지 몇 년이건만 오늘 어째서 여기에 계십니까? 이에는 반드시 연유가 있을 것이니 숨김이 없으시길 바랍니다." 스님은 성품이 자못 평평하고 단정하여 이렇게 말씀하였다. "처음엔 부처가 되려 하였는데 어찌 신선이 되려 하겠는가?" 그 말이 과연 내가 의심하던 바에 부합되었다. 인하여 그 속 이야기를 물으니 말하였다. "이 같은 말은 세상 사람들에게는 해서는 안 되네. 문득 한 객이 있었는데 매우 풍채가 좋고 용모가 아름다웠었지. 한 노승을 데리고 암자 앞 살구나무 아래 반석 위에 이르렀는데, 처음엔 산에 놀러 온 사람이 예배드리고 또 쌀을 일어 공양하려는 줄로 여겼다네. 그런데 문득 보이지 않아 비로소 이상히 여겨 주위를 둘러보았는데 사방이 모두 종적이 없는 게야. 내가 잃었는가 싶어 기다리다가 하늘을 우러러 깊이 절하니 두 사람이 보이는데 이미 구룡담 만인봉 허리에 있는 것이야. 느린 걸음으로 올라갔는데 암자와의 거리가 거의 삼십 리는 되니, 날개 돋친 신선이 아니고서는 어찌 잠깐 사이에 거기에 도달할 수 있었겠으며, 또 어찌 허공을 밟고 절벽을 걸을 수 있겠는가? 또 며칠 후에 피리 소리가 들리는데 갑자기 열두세 살 되어 보이는 옥동이 와 앞돌 위에 서서 두 손으로 붓대 같은 백옥피리를 잡고 있었다. 내게 이르길, "스님 암자의 풍경이 매우 아름답긴 하지만, 내가 있는 곳만 못하니 가서 보시렵니까?" 하였다네. 내가 그가 신선인 줄 알고 그 질문에 대답하지 않았지. 대략 그 자는 바를 보니 옷감은 푸르고 무늬는 오색구름처럼 붉었다네. 구름이 낀 듯 어질어질하여 무슨 색인지 알 수 없었지. 바람이 부니, 두꺼운 종이옷을 떨치는 듯 소리가 매웠지. 내가 함께하지 않는 것을 싫어하여 몸을 일으키니 문득 보이지 않았다. 앞뒤 일을 생각해보니, 신선이 나를 끌고 선계로 들어가려는 것이었다네. 본래 부처가 되려던 것을 어찌 고쳐 다시 신선이 되겠는가? 오래 있으면 면하지 못할 것이라 여겨 옮겨 이곳으로 왔다네." 아! 스님은 비록 기이한 스님이

지만 견문이 얕아 평소 선불이 같은 근원인 것을 알지 못해 피해 가
지 않았구나. 아깝도다, 아깝도다.[144]

현불암 스님은 신선이 되기를 거부하는 자이다. 본래 부처가 되려
고 불교에 귀의한 신분이다. 스님이란 신분 자체가 불가에 몸을 담고
있으니, 신선이나 선계와는 거리를 둘 수밖에 없는 위치이다. 위 글
에서도 현불암 스님은 "본래 부처가 되려던 것을 어찌 고쳐 다시 신
선이 되겠는가? 오래 있으면 면하지 못할 것이라 여겨 옮겨 이곳으
로 왔다"며, 불교 귀의에의 입장을 밝힌다.

그런데 뿐만 아니다. 양만고 자신도 허탄한 망상을 금기시하는 유
자의 입장을 면면히 밝히고 있다.

병인년 가을 팔월 나는 또 금강산을 유람하다가 외금강 자월암에
이르렀는데 도승 법견이 있었다. 선사는 유도(儒道)와 불도(佛道)에
두루 통달했으므로 함께 인생의 도리를 말할 만했다. 나이 70을 넘

---

144) 「篆嘯二仙記」: "丁巳秋余棄官 入自內山 聞師移住異之 遂訪之 相見甚
喜 爲之留一宵値夜 闌僧定後 問曰 知師有年矣 今日胡乃爾也 此必有由
幸無隱也 師性頗坦率 乃曰 初欲爲佛 肯作仙乎 其言果符余所疑 仍訊到
底則曰 如此言不可向世人說道 忽有一客 體甚頎 儀甚偉 帶一老僧到菴
前杏樹下盤石上 初謂遊山人禮拜之 且淅米欲供飯 而忽不見 意始疑周視
四往處 皆無跡矣 恐我失 待而去 仰空深拜 見二人 已在九龍潭萬仞峰腰
徐步而上 去菴幾三十里 非羽仙 豈能傾角至彼 又安能躡空虛 步絶 嶂也
哉 其後數日 又聞有篆聲 俄有一玉童 年可十二三 而來立前石上 兩手俱
把白玉篆 如筆管者 謂余曰 師菴風景 頗絶然 不如吾所處 可往觀乎 余
知其仙而不答其問 略見其所眠 衣質靑而紋紅如五雲 靉靆眼眩 不知何色
而風吹聲烈 如振厚紙衣 嫌余不偕 四身而立 卽不見矣 仍念前後來 仙俱
是援吾入仙者也 本欲爲佛 何更作仙 恐久居不免 故移來于此云云 噫 師
雖異僧 而聞見莡裂 素昧仙佛之同源 故避去不往 可惜可惜".

었는데 얼굴이 맑고 정신이 밝아 담론이 상쾌하여 막히지 않았다. 나는 잠시 유숙하면서 그에게 도교와 불교의 우열을 물었다. 그는 말했다.

"두 가지 도가 모두 성교(聖敎)인데 어찌 감히 망령되이 옳고 그름을 말하겠는가? 다만 두 교리(敎理)가 다 지나치게 허탄하니, 유도(儒道)의 중용(中庸)만 못하다네."

아아! 이 분은 참된 스님이다. 불교의 종지(宗旨)를 주장하지 않고 우리 유도를 숭상하니, 저 청허당이 따르지 못할 식견이다. 청허당이 일찍이 『삼가귀감』을 지었는데, 첫째 불도, 둘째 유도, 셋째 도교라 했으니, 이 어찌 도를 아는 자이랴!145)

「적소이선기(謫嘯二仙記)」의 두 번째 신선담이다. 법견은 스님이면서도 유불(儒佛)에 두루 통달한 인물이다. 양만고가 법견에게 도불(道佛)의 우열을 물으니, 법견은 두 교리가 다 지나치게 허탄(虛誕)하므로 유도(儒道)의 중용(中庸)이 제일이라고 말한다. 이에 양만고는 법견이야말로 참된 스님이라고 칭찬하면서, 스님임에도 불구하고 불교를 주장하지 않고 유도를 숭상하니, 불교만 주장하던 청허당보다 낫다고 치켜세운다.

스님인 법견이나 작자인 양만고나 도교에는 별 관심이 없이 유도(儒道)만을 높이는 것처럼 보인다. 법견은 스님임에도 불구하고 불도보다 유도를 높이며, 양만고는 이 점을 높이 사 법견이야말로 진정한

---

145) 「謫嘯二仙記」: "丙寅秋八月 余又遊金剛 至外山自月菴 則道僧法堅在矣 師兼通儒釋 可與語道理 年過從心 而刑淸神朗 談論快爽不滯 余姑留宿 仍問仙釋優劣則曰 二道俱聖 安敢妄談非是 第皆過不如儒之中矣云云 噫 此眞僧也 不主其所宗而崇吾儒 彼淸虛之所不逮也 淸虛嘗著三家龜鑑 而一佛二儒三道學 玆豈知道者哉 余乃移席定坐而問曰 師之聰明 不下太顚".

스님이며, 감히 따르지 못할 식견을 가졌다 한다. 그러나 이처럼 유도를 숭상하는 스님도 신선을 만났으며 체험한 신이한 경험을 말한다. 법견의 식견을 높이 샀던 양만고는 신선을 보았던 법견이 거짓을 말할 리 없다며, 신선 이야기를 사실로 받아들이는 입장을 취한다.

그렇다면 왜 하필 감호는 신선을 부정적으로 여기는 사람들의 신선 경험담을 이야기하는 것일까. 또 자신이 허황된 일을 믿지 않은 유자임을 내세우면서 허황된 일을 기술하는 것일까.

신선의 존재를 믿거나 신선이 되고자 하는 인물이 신선 경험담을 이야기하는 것은 전혀 이상한 일이 아니다. 귀신의 존재를 믿는 사람이 귀신을 만났다고 이야기하거나 도깨비를 믿는 사람이 도깨비를 본 이야기를 하는 것은 매우 당연하다. 그러니 믿지 않는 사람들에게는 그들의 이야기가 크게 신빙성 있는 말로 들리지 않는다. 자신의 믿음을 합리화하기 위해 체험을 가장하였다고 여길 수 있기 때문이다. 신선의 존재를 믿는 사람이 신선을 보았다고 한다면 믿지 않는 사람들의 편에서는 설득력이 매우 약해진다.

그러나 신선의 존재를 부정하던 자들이 신선을 만났다고 이야기한다면 문제는 달라진다. 믿지 않았는데도 그들 앞에 실체를 드러냈다면 상대방으로 하여금 실체에 대해 확신을 하도록 해준다. 양만고가 만난 신선담 발화자들은 하나같이 신선을 부인하던 인물들이다. 오히려 그렇기 때문에 독자들에게는 신선의 존재, 신선의 공간이 더 신빙성 있게 들린다. 감호가 노린 효과는 바로 이러한 점이었을 것이다.

아! 나는 알겠다. 선부에서 사람을 얻어 가르치려 함이 상사가 선술을 배우려는 것보다 심함을. 두 노승이 만났던 것 같은 것은 모두

태상이 세속의 자질을 살펴보기 위해 보낸 것이니 반드시 휘파람과
피리의 두 소리로 먼저 모습을 나타낸 것은 세속의 중들이 장난하는
마귀라 의심하여 서로 괴이히 여길까 염려해서일 것이다. 대개 지금
도승의 부류라 일컫는 사람들은 반드시 빈정거리는 걱정거리로 서로
경계할 것이니 먼저 휘파람 소리와 피리 소리로 그 성령이 일어남을
알려 서로 믿게 한 것이다. 그렇지 않다면 어찌 어리석은 귀머거리
들 사이에서 종을 칠 수 있겠는가? 아! 위의 두 노승은 천품이 모두
아름답고 망상이 다 사라져 반드시 자만함이나 속임이 없을 것이니
스스로 그 마음을 속인다면 또 어찌 스스로 이상한 것으로 남을 속
여 혀를 불태우는 지옥에 빠지려 하겠는가? 경전에 이르길, ‘제일 상
사(上士)는 들으면 믿고 중사(中士)는 들으면 의심하며 하사(下士)
는 들으면 크게 비웃는다’ 했으니, 피리불고 휘파람부는 두 가지 기
이한 일이 끝내 큰 비웃음거리나 면하면 다행이겠다.146)

「적소이선기(篴嘯二仙記)」의 마지막 부분이다. 양만고는 도견과 법
견이 만난 것은 신선이라고 단정한다. 자신도 사실로 믿을 뿐더러 사
람들도 사실로 믿기를 원하고 있다. 진실성과 사실성을 강조하기 위
해 두 스님의 천품이 모두 아름답고 속임이 없음을 밝혀 주고 있다.
인품이 훌륭하고 현명한 사람이 스스로 이상한 것으로 남을 속여 혀
를 불태우는 지옥에 빠지는 어리석음을 범할 리는 없는 것이다.
　신선의 세계를 믿지 않는 스님이 체험했다는 것 그리고 그 스님들

---

146) 「篴嘯二仙記」: “噫　余知之矣　仙府之欲得人敎之　甚於上士之欲學仙　如二
師之所遇　皆太上之遺觀俗質者也　必以篴嘯二音　爲先容者　慮俗僧之疑戲
魔而相怪也　盖今所謂道僧之流　必以揶揄之患　相戒　故先以篴嘯之聲　警發
其性靈有以相信也　不然　豈肯發鐘呂於癡聾間哉　嗚呼　右二堅老　天稟雙美
妄想俱盡　必不誇誕　自欺其心　則又何瞞人自異　欲墜燒舌之獄哉　經曰上士聞
而信之　中士聞而疑之　下士聞而大笑　篴嘯二異事　終得免大笑之資則幸矣”.

은 맑고 거짓이 없는 인품을 지녔다는 것, 작가 자신도 허탄한 말을 믿지 않는 유자라는 사실을 보여줌으로써 역설적으로 신선을 만난 경험이 이상하게 들릴지 모르나 사실일 수밖에 없노라는 주장인 것이다. 들은 이야기를 비웃는 하사(下士)와 같은 자들이 되지 말고 들은 바를 그대로 믿는 上士가 되라는 암시를 마지막에 던져줌으로써 감호는 신선의 세계는 실재하는 세계임을 분명하게 드러내고 있다.

이런 점에서 감호는 신선을 실제 믿었던 것으로 보인다. 그것도 꿈 속이나 상상의 공간에서가 아닌 주변의 일상 공간에서 언제든지 경험할 수 있는 공간으로 믿었다. 하지만 현실에서 신선 경험담은 허황되고 속이는 한낱 비웃음거리의 대상에 불과했다. 감호의 위와 같은 장치는 그러한 점이 고려되었을 것이다. 「영원동우선기」의 마지막 부분 '아 나 또한 어찌 보고 들은 것이 없겠는가. 어리석은 사람들 앞에서 꿈 이야기를 하면 한갓 비웃음거리만 될 뿐이므로 감히 말하지 않겠다. 잠시 여기에다 적어두고 알아줄 사람을 기다리겠노라'는 언급에는 이러한 저간의 속사정이 숨어있다고 본다.

IV. 유선 문학과 환상의 전통

1. 환상성과 도교적 환상

환상문학 혹은 문학의 환상성에 대한 관심이 본격적으로 부각된
것은 최근의 일이다. 1990년대 중반 이후 리얼리즘 문학의 이론적,
실천적 전망이 불투명해지자 그 대안으로써 환상문학에 대한 관심이
높아졌다. 90년대 후반부터 사이버 공간에서 유통되던 판타지 소설이
출판계를 휩쓸고 환상 모티프를 소재로 한 소설들이 잇달아 나오면
서 환상에 대한 논의와 전망 등이 활기를 더해가고 있다. 여기에 탈
근대성을 둘러싼 논의까지 가세하면서 환상성은 근대적 상징체계에
대한 전복의 상상력으로까지 평가받고 있다.

하지만 동서양을 무론하고 '환상(幻想)'은 늘 타자였다. 환상성은 기
본적으로 비현실적이고 초자연적인 이야기를 기반으로 한다. 그런데
서양은 이성과 미메시스(Mimesis; 모방)를 중시해왔다. 아리스토텔레
스는 사건과 인물들의 개연성을 문학의 척도로 판단하였으며,[147] 레
오나르드 다빈치는 "재현되는 사물을 가장 닮게 그리는 그림이 가장
훌륭한 그림"[148]이라 주장했다. 이러한 인식 아래 고대 그리스, 중세

---

147) Kathryn Hume 저, 한창엽 역, 『환상과 미메시스』(푸른나무, 2000), p.34.
148) Jerome Stolnitz 저, 오병남 역, 『미학과 비평철학』(이론과 실천, 1999),
　　　p.19.

기독교 사회에 이르기까지 환상은 억압과 멸시를 받아야 했다. 탈신비화, 탈종교화로 특징지어지는 근대 또한 환상을 내세우기에는 매우 불리한 토양을 지녔다.

이러한 사정은 동양에서도 마찬가지였다. 환상은 한번도 그 정체성을 뚜렷이 드러낸 적이 없었다. 서양에서는 비이성과 광기를 담고 있다는 이유로 환상이 주변부에 위치하였다면 동양에서는 지배 이념이었던 유교에 대해 환상성이 안티테제로 작용하였다. 환상성은 도교와 불교적 가치관에서 뚜렷하다. 특히 도교는 고정된 가치 체계를 부정하는 힘, 존재의 면모를 관점을 바꿔서 재고찰하게 하는 힘, 현실의 한계를 초탈하여 그 밖을 상상하게 하는 힘을 지니고 있다. 도교는 본질적으로 그 사상의 기저에 진리의 절대성과 고정성을 회의하고, 그러한 진리가 가져오는 폭력적인 질서와 제도를 부정하며 주어진 세계의 한계를 초탈하려는 욕망을 깔고 있다. 그래서 언제나 비판적 지식인은 도교의 논리로 무장하였고, 변혁의 시대에는 도교가 중추적인 역할을 하였다.149) 그러므로 도교적 색채로 옷을 입은 동양적 환상은 양적으로는 지배적 위치를 차지함에도 불구하고 늘 타자일 수밖에 없었고, 관심 밖의 영역에 존재해야 했다.

그런데 오늘날 이 환상에 대한 관심이 전면에 부상하고 있다. 아마도 탈근대 사회를 형상화하는 데 있어 환상성이 미메시스의 한계를 극복해 줄 것이라는 믿음 때문일 것이다. 환상은 미메시스가 잡아내기 어려운 현실의 속내, 현실에 의해 감춰지고 억압된 면을 들춰냄으로써 현실의 허구성을 폭로해 준다. 그러나 환상의 개념에 대한 논의

---

149) 이승수, 「19세기 지식인의 장편 소설과 타자들의 연환성」, 『한국도교
문화의 초점』(아세아문화사, 2000), p.414.

는 하도 분분하여 그 공통분모를 잡아내기도 힘든 실정이다. 환상문학에 대한 논의도 서구 이론을 일방적으로 끌어들여 자신의 논지에 유리한 방식으로 접근하다 보니 무성한 주장만이 혼재해 있다.

필자의 주목적은 '환상문학'에 대한 장르론적 연구가 아니라 환상성을 우리 고전에서 찾아보려는 데 있다. 따라서 일반적인 '환상문학'의 판별 기준이나 그 외연에 대해서는 구체적인 논의를 하지 않기로 한다. 환상에 대한 보편적 논의를 조망한 후 유선문학의 환상성에 대해 논할 것이다.[150]

그렇다면 환상이란 무엇인가. 환상의 정의가 중요한 것은 환상적인 것과 환상적이지 않은 것에 대한 기준 때문이 아니라 그 정의 속에 함축된 문제 지평과 세부적인 논의 과제 때문이다. 환상에 관한 논의는 크게 환상적 모티프에 대한 주제학적 연구와 환상적 사건의 발생 메커니즘을 해명하는 체계론적 연구로 세분된다. 환상 테마에 관한 주제학적 연구에는 개별 작품에서 환상적 모티프의 주제 형성 기능을 분석하거나, 자주 반복되는 환상적 테마들을 분류하거나, 환상 테마·모티프·플롯의 원천과 변이 과정을 추적하는 작업들이 포함된다. 특히 환상적 모티프의 원천과 변이 양상을 추적하는 작업은 전통의 단절과 지속의 문제뿐만 아니라 탈근대성과 전근대성 간의 관계를 해명하는 데 중요한 역할을 한다.

---

150) 필자의 연구 영역은 환상문학 자체가 아닌 환상성이다. 환상문학은 하위 장르의 하나로서 환상문학 자격 요건에 맞는 작품만을 가리킨다. 그러나 '환상성'이라는 용어는 이와 같은 제한된 폭을 좀더 넓혀주는 용어이다. 그래서 유선문학작품 중에 서양 이론상의 환상문학의 자격에는 위배되더라도 '환상적인 요소'를 가진 작품이라면 대상으로 삼아 연구의 폭을 확대하기로 한다.

환상(fantasy)의 어원이 되는 환상적(fantastic)이란 '눈에 보이게 한다'는 어원을 갖는다. 곧 보이지 않는 것, 감추어진 세계를 드러내는 것이 환상이다. 토도로프에 의하면 환상은 자연법칙만을 알 뿐인 존재가 초자연적인 것으로 보이는 요소의 개입 앞에서 체험하는 '망설임'이다.[151] 로즈마리 잭슨은 환상을 장르가 아닌 양식으로 볼 것을 요구했다. 즉 환상은 로맨스 문학, 경이 문학, 환상문학 등 많은 관련 장르들을 출현시키는 하나의 문학적 양식이며 환상은 현실의 전복이라는 것이다.[152] 캐스린 흄은 환상을 합의된 리얼리티로부터의 일탈이라고 정의하며, 괴물에서 은유에 이르기까지 수많은 변형으로 나타날 수 있다고 보았다.[153]

다양한 이론을 종합하면 환상이란 인간의 경험 세계에서는 일어날 수 없는 초자연적이며 불가능한 사건으로 이야기된다.[154] 그러나 환상은 사실에 대한 인식 위에 자리 잡고 있다는 흄의 말에 다시 귀를

---

151) 토도로프, 이기우 역, 『환상문학 서설』(한국문화사, 1996), p.131. 환상의 정의에 대해 토도로프 이전에 이미 몇몇 프랑스 학자들이 언급한 것이 있다. 카스텍스는 환상의 특징은 현실 생활의 틀 속으로 신비가 갑자기 들어오는 것이라고 지적했으며, 루이 박스는 환상적 이야기는 우리가 존재하는 현실 세계에 살고 있고, 또한 우리와 다를 바 없는 인간이 설명할 수 없는 것 앞에 돌연히 직면하는 모습을 즐겨 제시한다고 말했다. 로제 카이유는 모든 환상은 인정된 질서의 파괴이며, 일상적이며 양도할 수 없는 적법성의 한가운데로 용인하기 어려운 것이 침입하는 것이라고 정의한다.

152) 로즈마리 잭슨, 서강여성문학연구회 역, 『환상성-전복의 문학』(문학동네, 2001), pp.54~60.

153) 캐스린 흄, 한창엽 역, 『환상과 미메시스』(푸른나무, 2000), pp.20~21.

154) C. N. Manlove, 「On the Nature of Fantasy」, 『The aesthetics of Fantasy Literature and Art, ed.』 Roger C. Schlobin(Univ. of Notre Dame Press, 1982), p.6. 박정수, 『현대 소설과 환상』(새미, 2002) p.15 재인용.

기울일 필요가 있다. 흄은 만일 사람들이 개구리와 인간을 구별하지 못한다면 개구리 왕에 관한 동화는 생겨날 수 없었을 것이라 한다.

환상과 경이로움은 구별되어야 한다. 경이로움은 놀랍고 이상스러워 믿을 수가 없는 심리를 말한다. 경이는 두려움과 공포를 준다. 하지만 환상은 즐거움과 유희를 가져다준다. 저 먼 세계에 대한 도피를 통해 마음껏 즐기고 동경한다. 토로도프의 망설임이나 톨킨의 즐거움, 로즈마리 잭슨의 전복 등 환상에 대한 제 정의는 비록 미메시스의 한계에 대한 의문으로 제기된 것이긴 하나 현실과 깊이 관련해 있다. 표면적으로 초현실적이고 비현실적이며 불가능한 사건이 나타났을 때 심리적으로 받아들이기 어려운 영역은 경이로움이지 환상이 아니다. 환상은 비록 초현실적인 상황이라 하더라도 실재할 수 있다는 심리를 갖는다. 곧 환상은 현실적인 것과 초현실적인 것, 가능한 것과 불가능한 것, 믿는 것과 믿을 수 없는 것 사이에 있다. 그 가운데서 끊임없이 망설이며 모호성을 갖는다.

환상은 현실의 고통과 깊은 관련을 갖는다. 환상은 추악하고 부조리한 현실로부터 도피하는 탈출구이며 고통스런 삶에 대한 위안이자 보상이다. 환상은 가려졌던 문화, 부재하게 만든 문화를 추적하고 법과 질서, 기존의 가치관을 조롱하고 의도적으로 이에서 일탈하고 현존 질서 밖의 세계를 묘사함으로써 현실을 전복한다.[155] 그러므로 환상은 끊임없이 리얼리티로부터 탈출하려 하지만 궁극적으로 도달하려는 세계는 또 다른 실재의 세계이다. 곧 인간은 끊임없이 현실을 도피하고자 환상을 꿈꾸지만 그 꿈꾸는 세계는 단순히 허무맹랑한

---

155) 이도흠, 「신화와 판타지; 해방의 출구인가, 억압의 장인가」, 『문학과 경계』 2002년 봄호.

세계가 아니라 인간의 진정성이 담겨 있는 실재의 세계일 수 있다. 그러므로 작자나 독자는 환상의 세계를 단순히 초자연적인 세계로 치부하지 못하고 현실과 초현실 사이에서 끊임없이 머뭇거리게 되는 것이다.

이러한 점에서 동양의 환상은 오히려 환상의 특성을 더 잘 반영하고 있는 듯하다. 현실과 이성을 중시하는 서양과 달리 동양은 초감각적이고 초현실적인 세계를 실재하는 세계로 받아들였다. 신선이라든가 유토피아의 세계는 단지 허무맹랑한 이야기가 아니라 실재한다고 믿어지는 존재였다. 그러한 환상적 존재는 늘 현실에 깊이 뿌리박혀 있었다. 신화적 환상이나 전설도 모두 실재하는 세계였다.

따라서 우리 고전 문학이야말로 환상성을 논하기에 매우 유효한 것이다. 우리나라에서 환상은 현실적인 유가적 세계관으로 인해 이데올로기의 중심부에 있지는 못했지만, 오히려 그 주변성을 무기로 사상·문학·그림 등 정신과 문화 예술 전반으로 확산되었다. 환상은 알게 모르게 우리 삶 전반에 영향력을 행사하며 우리의 무의식을 지배해 왔다. 고구려 고분 벽화에서 볼 수 있는 신선의 모습, 금오신화에 나타난 수많은 선계의 양상, 천상에서 죄를 짓고 세상에 인간의 모습으로 귀양 온 신선이 주인공인 고전 소설, 꿈에서 선계를 오유하는 몽유록계 소설이나 이를 그림으로 나타낸 몽유도원도(夢遊桃園圖) 등이 기실 모두 환상성을 바탕으로 한다.

최근에는 환상성의 전통을 김시습의 『금오신화(金鰲神話)』로 보고, 『홍길동전(洪吉童傳)』과 『구운몽(九雲夢)』으로 이어지는 맥락에서 탐구한 연구도 있다.156) 김욱동은 『금오신화』의 다섯 작품이 하나같이

---

156) 김욱동, 「환상적 상상력과 소설」, 『상상』(1996년, 가을호). pp.29~32 참조.

일반 상식과 이성으로서는 도저히 이해하기 어려운 초월적인 경험을 다룬다고 보고 우리 고전 소설과 근대 소설에 나타난 환상성을 조목조목 짚어 주었다. 그의 논지에 의하면 『금오신화』의 환상성은 「이생규장전(李生窺墙傳)」의 제목에서 잘 드러나 있다. 주인공이 남의 집 담 안을 엿보는 행위는 자못 큰 상징적 의미를 지닌다. 이 담은 단순히 최랑이라는 처녀가 살고 있는 집의 담장에 그치지 않는다. 이 담은 현실과 환상, 이승과 저승, 삶과 죽음 사이에 가로놓여 있는 담을 뜻하기도 한다. 담 이쪽에는 일상적 현실 세계가 자리 잡고 있고, 담 저쪽에는 초월적 환상 세계가 자리 잡고 있다. 그런데 주인공은 밤이 되면 최랑을 만나기 위하여 담을 넘나들듯이 불가능의 담을 자유롭게 넘나든다. 이렇듯 그는 현실의 벽을 뛰어넘는다.

소설에 흔히 나타나는 환상성은 김만중의 『구운몽』에 이르러 가장 찬란한 빛을 발한다. 이 소설은 '몽환 소설(夢幻小說)' 혹은 '몽유 소설(夢遊小說)'의 대표작이라 평가된다. 청나라 때 나온 조설근(曹雪芹)의 유명한 작품 『옥루몽(玉樓夢)』도 김만중의 작품이 나온 지 50여 년이 지난 다음에야 비로소 이 세상에 모습을 드러내었다. 이렇듯 '몽'자류 소설의 원조라 할 수 있는 『구운몽』은 환상성에 뿌리박은 한국 소설의 전통을 보여준다고 할 수 있다는 것이다.

한편 이승수는 '환상(幻想)'의 개념을 찾는 작업을 시도하였다.[157] 그는 환상을 논하면서도 환상의 근원이나 개념을 생략하는 기존의 연구 태도를 반성하고 환상(幻想)의 근원을 밝히려는 시도를 하였다. 환상(幻想)에서 환(幻)에 주목, 이를 불가의 용어인 환(幻)과 결부지

---

157) 이승수, 「서사에서 환상과 여성의 인접성과 그 의미」, 『한국고전여성문학연구』 2집(한국고전여성문학회, 2001).

어 그 가능성을 탐색했다. 그에 따르면, 환(幻)이 좀더 깊은 의미를 갖고 적극적으로 사용되기 시작한 것은 불교가 유입되기 시작하면서부터이다. 초기에 불경을 번역하던 승려들이 범어의 뉘앙스를 잘 살리려는 의도 아래 많이 쓰게 되었고, 이후에는 불가의 전용어가 되었다. 그리하여 조선조에는 승려를 환인(幻人), 불가의 말을 환어(幻語)라고까지 지칭하게 되었다.

환(幻)이 가장 체계적으로 잘 설명되어 있는 불경은 『대방광원각수다라료의경(大方廣圓覺修多羅了義經)』이다. 이 책에 의하면 일체의 존재는 인연에 따라 생성, 소멸하는 가상(仮相)인데 이를 환(幻)이라 한다. 나서 부단히 변화하다가 사라진다는 점에서 모든 것은 환(幻)이며, 그중 대표적인 것은 사람이어서 사람이 나면 환생(幻生), 사람이 죽으면 환멸(幻滅)이라 한다는 것이다.

이학주는 환(幻)과 환상(幻想)을 구분하면서 환이란 초월적이며 초경험적인 이야기가 역사성, 현실성과 병존할 수 있으며, 그것은 단순한 환상적인 내용과 구별된다고 주장하기도 하였다.[158] 그에 의하면 우리의 고전 소설들은 '환'적이지, '환상'적인 것이 아니라는 것이다.

이런 논의들은 모두 환상성을 이해하는 데 좋은 시사점을 주면서도 한편으로는 여전히 많은 의문점을 던져준다. 근원적으로 환(幻)이란 글자에서 환상[Fantasy]의 시초를 찾는 것이 과연 합당한 것인가? 우리가 말하는 환상[Fantasy]이 중세인들이 말하던 환상(幻想)과 일치하는가? 왜냐하면 이승수가 이미 지적했듯 한자 중심의 동아시아 문화권에서 환상은 근대 이후에 등장한 단어이다. 환상이 문학 용어로 정립된 지는 겨우 30년을 조금 넘는다. 곧 환상은 환타지에 대응

---

158) 이학주, 『동아시아 전기소설의 문학세계』(북스힐, 2002), pp.233~264.

하여 조어된 말일 뿐 근대 이전부터 꾸준하게 하나의 장르나 양식으로써 사용한 용례가 보이지 않기 때문이다.

그러나 환상이란 단어가 근대 이전에 없었다고 해서 환상적 속성이 없었다고 볼 수는 없다. 환상[fantasy]을 이해하는 비현실적, 초자연적이라는 어휘는 오히려 우리 고전 문학의 전통을 이해하는 키워드이다. 분명 중세인들은 환상에 대응하는 개념이나 인식을 갖고 반응했을 것이다.

이승수가 환상의 동양적 전통을 불교적 환(幻)에서 찾으려는 시도는 설득력이 있지만 그것이 환상의 전통적 의미를 온전히 드러낸 것으로 보이지는 않는다. 이학주의 주장대로 환(幻)과 환상(幻想)은 구별되어야 하며 환(幻)은 환상(幻想)의 속성을 드러내는 중요한 표지의 하나로써 작용할 뿐이다. 환상이란 어휘가 근대 이후에 만들어진 조어라면 환상의 전통성을 밝히는 데 굳이 환상이란 어휘 자체에 매달릴 필요는 없다고 본다. 오히려 Fantasy의 근원을 면밀하게 분석하여 실상에 부합하는 어휘를 찾아 접근하는 것이 더 효과적이라 생각한다.

환상 용어의 내포와 외연에 대한 일반적 합의는 이루어지지 않고 있다. 다만 환상의 어원을 보면 이미 주지했듯 '눈에 보이지 않던 것이 드러난다'는 의미를 갖고 있다. 곧 환상이란 눈에 보이지 않던 것을 보게 만들어주는 꿈의 세계이다. 환상을 중국에서는 몽환(夢幻)이라고 부른다는 점은 환(幻)과 더불어 꿈[夢]이 환상을 이해하는 중요한 속성임을 말해 준다. 몽유록(夢遊錄) 소설에서 몽유(夢遊)는 꿈에서 노닌다는 의미이다. 실제로 몽유록계 소설은 환상의 속성이 잘 드러난다. 그리고 보면 이제까지 환성성의 전통으로 알려진 「구운몽」

등은 몽(夢) 자가 들어간다.

한편으로 환상적[Fantastic]이라는 말 속에는 '별난, 괴상한, 기이한'이라는 뜻이 있다. 이에 대응하는 고전 어휘가 기(奇)와 이(異)이다. 이와 관련하여 아주 흥미로운 분석이 제기된 바 있다. 중국 환상문학의 기원을 『산해경(山海經)』으로 바라본 정재서 교수는 중국 문학에서 환상성과 관련하여 빈번하게 출현하는 글자들을 살펴본 후 가장 빈번하게 등장하는 글자가 '신(神), 기(奇), 이(異), 묘(妙)'임을 밝혔다. 또 이런 어휘군과 상관되는 술어로써 유선시(遊仙詩), 전기소설(傳奇小說), 환기론(幻奇論) 등이 있음을 살폈다.159)

이(異)란 '다르다, 기이하다, 의심하다'는 뜻을 지닌다. 곧 범상하지 않은 것, 이상한 것을 뜻한다. 후한(後漢)시대 이방(李昉)을 비롯한 12명이 편찬한 『태평광기(太平廣記)』에 있는 343권의 인용 서목 중 '이(異)'라는 글자가 단연 가장 빈번히 등장한다. 『집이기(集異記)』, 『상이기(祥異記)』, 『이문기(異聞記)』 등이 모두 그러한 서명(書名)들이다. 『태평광기』는 당시의 신기한 이야기를 빠짐없이 망라한 서적으로 알려져 있다.160) 협제(夾漈) 정초(鄭樵)는 『태평광기』를 일러 오로지 이상한 일만을 기록한[專記異事] 책이라고도 하였다.

중국 청대의 포송령(蒲松齡)이 저술한 『요재지이(聊齋志異)』도 특이하고 이상한 이야기를 기록한 책이다. 일연(一然)의 『삼국유사(三國遺事)』는 왕의 연표인 「왕력(王歷)」을 제외하면 「기이(紀異)」 편이 제일 앞에 놓여 있다. 「기이」란 이상한 일을 기록한다는 뜻이다.

---

159) 정재서, 「중국 환상문학의 역사와 이론」, 『중국어문학지』 8집(중국어문학회, 2000).

160) 淸의 周中孚가 『鄭堂讀書記』에서 한 말이다.

주로 국가의 신화에 해당하는 일을 적어 두고 '삼국의 시조가 모두 신이한 데서 출발하는 것이 어찌 괴이한 일이랴!' 하며, 이것이 「기이」 편을 맨 앞머리에 두는 이유라고 하였다.

조선 초기 신광한(申光漢, 1484~1555)이 지은 『기재기이(企齋記異)』도 마찬가지이다. 『기재기이』에 실린 네 편, 곧 「안빙몽유록(安憑夢遊錄)」, 「서재야회록(書齋夜會錄)」, 「최생우진기(崔生遇眞記)」, 「하생기우전(何生奇遇傳)」는 제목에서도 이미 드러나듯 인간 세계에서는 쉽사리 경험할 수 없는 이상한 일들을 모아 놓았다. 이상한 일들을 모아 놓아 우리나라 최초의 전기소설이라고도 일컬어지는 『수이전(殊異傳)』에도 어김없이 이(異)가 등장한다.

이로 보아 알 수 있듯, 이상한 일, 신이한 일, 특이한 일들을 표현할 때는 늘 '이(異)'라는 글자로 표현하였다.

반면 기(奇)는 '평범하지 않다, 유별나다'는 뜻이다. 자원적 의미는 평범한[可] 것보다 특별히 크다[大]는 의미이다. 흔히 전기소설(傳奇小說)에서 전기(傳奇)의 의미가 평범하지 않은 이상한 일을 다룬다는 뜻이다. 앞서 말한 『요재지이』나 『기재기이』 등도 전기소설의 부류이며, 중국에서는 장작(張鷟)의 「유선굴(遊仙窟)」을 전기문학의 모체로 삼고 있다. 우리나라에서는 김시습의 『금오신화(金鰲神話)』에서 전기문학이 비롯되었다고 본다. 특히 김시습은 '금오(金鰲)'에 대해 "인간들이 보지 못하던 글", "풍류스런 기이한 말"161)이라고 압축하여 놓았다. 『금오신화』는 평범하지 않은 신이한 세계를 다룬 것이다. 『금오

---

161) 김시습, 『매월당전집』 외집(外集) 권1, 「제금오신화(題金鰲神話)」: "矮屋靑氈暖有餘, 漏窓梅影月明初 桃燈永夜焚香坐 閑著人間不見書 玉堂揮翰已無心 端坐松窓夜正深 香罐銅甁烏几淨 風流奇話細搜尋".

신화』의 모체로 알려진 『전등신화(剪燈新話)』도 작자인 구우(瞿佑)가 고금(古今)의 기괴(奇怪)한 일들을 편집하여 만들었다고 밝힌 바 있다.162) 그런데 기(奇)는 괴(怪)와는 구별되는 지점이 있다.

> 옛적에는 패관(稗官)을 두어 야담을 수집하였는데, 그것이 비록 번쇄(煩瑣)한 점이 많지만 군자가 취한 바가 있었고, 전기(傳奇)·지괴(志怪)는 박물(博物)하는 자가 취택하였다. 그러나 소설은 위로는 당론(黨論)·청담(淸談)·시율(詩律)에 미치지 못하고, 가운데로는 패관(稗官)·야담(野談)에 미치지 못하고, 아래로는 전기·지괴에 미치지 못한다.163)

이덕무도 언급했듯 전기와 지괴는 분명히 구별된다. 중국의 한 학자는 '괴(怪)'가 귀괴(鬼怪)의 내용을 가리키는 데 비해, '기(奇)'는 초현실적인 일들만을 가리키지 않고 현실 중의 기이한 일들도 가리킨다고 주장했다.164) 곧 괴(怪)가 현실과는 동떨어진 내용을 담은 것이라면 오히려 기(奇)는 현실과의 관계 속에서 의미가 드러나는 것이다.

이처럼 기(奇)나 이(異)는 평범하지 않은 특별한 일, 상식적인 논리나 이성을 넘어서는 상황을 반영한다. 하지만 중요하게 생각해 보아야 할 점은 기이(奇異)한 이야기에서 다루는 세계에 대해 독자들은 거부감이나 혐오감을 느끼지 않는다는 사실이다. 그 세계에 대해 혐오하지 않는다는 것은 두려움이나 공포감을 갖지 않고 대한다는

---

162) 瞿佑, 「自序」, 『剪燈新話句解』 上: "余旣編輯古今怪奇之事, 以爲剪燈錄".

163) 이덕무, 「歲精惜譚」, 『嬰處雜稿』 1, 『靑莊館全書』 권5: "古之稗官 以收 野談 雖多叢瑣 居子有取 傳奇志怪 博物者取之 惟此小說 上不及黨論淸 談詩律 中不及稗官野談 下不及傳奇志怪".

164) 李劍國, 「唐五代志怪傳奇敍錄」, 『중국소설연구회보』 26호(1996. 6), p.46.

말이다. 오히려 그 세계를 꿈꾸며 동경하기도 한다. 이는 동양의 기이(奇異)는 경이나 공포의 영역에 있지 않고 환상의 영역에 있음을 말해 준다. 기이한 이야기에서 다루는 세계는 있어야 할 세계, 인간이 꿈꾸는 세계이다. 앞서 제시한 문학작품 속 등장인물들은 초월적 인간이 되기를 열망한다. 영원불멸의 삶을 산다거나 하늘을 난다거나 불로장생하는 소망이 이야기에 나타난다. 그리고 그것은 단지 허무맹랑한 불가능한 꿈이 아닌 실제로 일어날 수 있다고 믿는 꿈이다.

기(奇), 이(異)를 드러내는 작품들은 현실이 아닌 곳에 진입할 때 특별한 장치를 필요로 하지 않는 경우가 많다. 즉 몽유 작품들은 꿈이라는 장치를 통하여 현실과 다른 세계를 연결하지만, 기이(奇異)한 작품에서는 직접 제3의 세계로 들어간다. 독자는 신기함, 이상함, 낯섦을 체험한다. 그러나 낯선 세계임에도 두려움이나 공포보다는 황홀함, 신비감 등에 휩싸인다. 왜냐하면 그곳은 즐거운 도피처이며, 통제와 질서를 벗어난 유희의 세계이기 때문이다.

2. 유선문학의 환상적 특질

환상성을 드러내는 표지인 환(幻)과 몽(夢), 기(奇)와 이(異) 가운데 환(幻)과 몽(夢)은 주로 불교적 환상에서, 기(奇)와 이(異)는 도교적 환상에서 그 특징이 잘 드러난다. 표제에 이런 이름이 삽입된 고전 서사물들은 대부분 환상성을 드러낸 작품으로 보아도 무방해 보인다.

고전 작품에서 환상성을 지닌 작품으로 평가받는 것들로는 『삼국유사(三國遺事)』, 몽유록계 소설, 「구운몽(九雲夢)」과 같은 몽자류(夢字類) 소설, 전기(傳奇) 문학, 신선담, 유선문학 등이 있다. 환상서사물의 보고라 할 『삼국유사』의 경우 불교적 환상이 주를 이룬다. 다만 「기이(紀異)」 편은 비불교적 환상을 지니고 있다. 이것이 바로 이(異)는 불교적 환상과는 거리가 있음을 보여주는 예다. 몽류록계 소설이나 몽자류 소설의 경우, 꿈이라는 표지(標識)는 환상성을 드러내는 중요한 장치임에는 틀림없으나 그것이 환상성을 직접적으로 내기에는 또 다른 요소가 필요하다. 왜냐하면 꿈은 우의적 문학 장치라 할 수 있는데 우의는 엄밀하게 환상의 미학적 장치와는 무관하기 때문이다. 더구나 몽유록계는 자아의 불평을 토로하는 특성을 지녀 서사 장르라기보다는 교술 장르에 가깝고 따라서 꿈 자체는 양식적 표지에 불과하다. 전기문학의 경우 이학주의 주장처럼 전기소설은 환(幻)적이지 환상(幻想)적인 것은 아니라는 주장도 있는 것을 보면 여전히 논란의 소지는 있어 보인다.

그렇다면 왜 유선문학은 환상성을 제대로 드러내는가? 곧 유선문학이 환상성을 말해주기에 적합한가를 따져보겠다. 우선, 시 문학이 환상문학이 될 수 있는가? 토도로프는 시는 환상문학이 될 수 없다고 했다. 소설처럼 망설임의 상태를 지속적으로 끌어내기가 어렵고 시는 재현적이 아니라서 환상을 유발할 수 없다고 했다. 더구나 시는 사건을 서술하기보다 시인의 순간적 감정을 표현하고 있다는 점에서 시는 환상문학이 되기에 부적절하다는 것이다. 곧 토도로프는 현실의 재현보다 이미지의 상상에 주력하는 시를 부정적으로 본 것이다.

그런데 김경복은 현대시도 환상성을 논하기에 아무 무리가 없다고 주장한다. 시가 서사학의 확장으로 말미암아 묘사적이기도 하고, 재현적 성격을 띠며, 다루는 대상에 있어서도 초현실적인 영역을 많이 등장시킴으로써 환상적 성격을 지닌다는 것이다. 시에서 환상의 여부는 상대적이지 절대적이지 않은 것이다.[165] 그런데 유선시는 바로 이러한 환상성의 표지를 전부 갖추고 있다. 곧 유선시는 주로 선계 공간을 이미지화하기에 묘사적이며, 다루는 대상은 전부 초현실적 영역이다. 또 유토피아를 시 속에서 재현시킨다. 곧 유선시에서의 상징은 개인의 감정이 이미지화되기도 하지만 시인이 그려낸 환상의 공간이 이미지화되는 경우가 많다. 더구나 유선시는 환상문학의 기본 자질인 비합리성, 초월성, 변신을 전부 가지고 있다. 허난설헌과 같이 개인의 감정을 많이 드러나는 유선시의 경우도 시적 화자는 신선으로 변하는 변신 모티프를 지니며 작가 또한 환상을 전제한다.

근거를 좀더 구체적으로 따져보겠다. 우선 유선문학은 기본적으로 꿈꾸기의 산물이다. 초현실적이며 불가능한 사건을 창작가가 경험하기도 하지만 독자에게도 경험시킨다. 유선시란 말 자체가 선계에서 노니는 즐거움을 상상하며 쓴 시이다. 작가의 자유로운 상상이 이루어지며 현실의 불만족을 대신 보상해 준다. 작가는 그 속에서 새로운 세계, 곧 새로운 현실을 갈망하는 작가의 고독한 내면을 들여다보게 된다.

둘째, 유선시의 선계 공간은 이(異)의 특성을 보여준다. 나아가 선계 공간의 모습과 선계에서 노닐기는 기(奇)의 특성이 잘 드러난다. 환상에서 중요한 요소 중 하나는 '공간'의 문제이다. 환상적 공간은 즐거운 도피처이며 욕망이 충족된 공간이다. 현실에 있지는 않으나 실재한다고 믿어지는 세계이다. 환상문학의 동양적 공간이 바로 용궁이나 지

---

165) 김경복, 「한국 현대시에 보이는 환상성의 의미」, 『외국문학』 97년 가을호.

옥, 선계 등이다. 그 공간은 자유로운 꿈꾸기가 보장되며 현실의 고통이 거세되어 있다. 그 가운데 유선시는 선계를 설정한다. 선계는 동양의 유토피아이다. 선경(仙境), 선향(仙鄕)과도 같이 쓰이는 이 말은 신선이 사는 곳을 뜻하지만, 넓게는 신선이 살 만한 좋은 곳, 이상적이고 완전한 곳, 속세를 벗어난 아름다운 곳이라는 의미이다.

별들은 종횡으로 나뉘어 있고	星辰分經緯
해와 달은 동서로 벌여 있으며	日月列西東
구름 무지개는 그 아래에 있고	雲霓在其下
천둥 번개는 그 속에 감춰져 있어	雷電藏其中
사시가 각각 차례가 있고	四時各有序
육기(六氣)가 모두 어긋나지 않도다	六氣俱不差
아득한 저 태청(太淸) 사이에	杳杳太淸間
옥황상제의 집이 있는데	乃有玉皇家
나에게 구약방(九籥方)을 가르쳐 주고	敎我九籥方
나에게 활락도(豁落圖)를 전해 주네	貽我豁落圖
푸른 용을 뒷수레에 멍에 채우고	蒼螭驂後車
놀 깃발과 함께 올라가	霞旆與之俱
이리저리 배회하며 꽃향기를 맡고	徙倚弄華芳
한가로이 영지를 완상하면서	容與玩靈芝
목마르면 맑은 이슬을 마시고	渴飮沆瀣漿
부상(扶桑)의 못에서 휴식을 취하도다	休憩扶桑池
찬란한 선도의 꽃은	燦爛蟠桃花
천 년 묵은 가지에 두루 피었는데	開遍千歲枝
서왕모가 도리어 가소롭네	却笑西王母
머리털이 실처럼 하얗게 되었으니	曤然首如絲166)

신흠(申欽)의 시이다. 아득한 태청(太淸) 사이에 있는 옥황상제의 집을 방문하였더니, 그곳에서 작자에게 구약방(九籥方)을 가르쳐 주고, 활락도(豁落圖)를 전하여 준다. 구약이란 도교의 경전을 감추는 기구(器具)를 말한다.167) 곧 구약방이란 경전을 숨기는 비술이다. 활락도란 도교의 부록(符籙)이다.168) 작자는 하늘에서 각종 도서(道書)를 건네받고는 용이 끄는 수레를 타고 선계를 유람한다.

선계는 해와 달, 별, 무지개, 천둥 번개, 사시(四時), 육기(六氣) 등 우주 현상이 모두 변함없는 곳이다. 그곳에는 천 년 묵은 반도(蟠桃)가 아름답게 피어 있고 머리가 하얗게 센 서왕모가 앉아 있다. 황홀하고 평화로운 선계의 모습이다. 여기에 형상화된 공간은 도교서에 묘사된 모습 그대로이며 이러한 선계의 형상은 대부분 유선문학에 공통된 모습이다. 작가는 이러한 환상의 공간에 들어가 그야말로 평범하지 않은 특별한 유희를 즐긴다. 아름다운 꽃향기를 맡고 한가로이 영지를 완상하며, 맑은 이슬을 마시고 부상지에서 휴식을 취한다. 현실에서는 이루어지기 어려운 신기하고도 낯선 체험이다. 그것은 두려움이나 공

---

166) 申欽, 『象村集』 卷4, 「升天行」.

167) 포조(鮑照)의 「승천행(昇天行)」이란 시에 "스승 좇아 먼 산에 들고 친구 맺어 선령을 섬겼네. 오도에서 금기를 내고 구약에다 단경을 숨겼네. 從師入遠岳, 結友事仙靈. 五圖發金記, 九籥隱丹經"라 하였는데, 정현(鄭玄)이 『역위(易緯)』의 주에 이렇게 말하였다. "제나라와 노나라 연간에 이름난 문호와 그릇 숨기는 피리를 약(籥)이라 하여 경전을 숨겼다. 단에는 구전이 있으므로 구약이라 한다. 齊魯之間 名門戶及藏器之管曰籥 以藏經而丹有九傳 故曰九籥也".

168) 도교에는 "七元豁落 鎭星精符", "一元豁落日精之符" 등이 있다. 『道藏』에는 『北帝說豁落七元經』이 있다. 이백의 시 『留別曹南群官之江南』에 "몸에는 활락도를 차고, 허리에는 호반낭을 드리웠다네. 身佩豁落圖, 腰垂虎盤囊"라는 구절이 있다.

포로써 다가오는 체험이 아니다. 즐거운 도피이며 황홀한 유희의 세계이다. 그곳에서는 현실에서의 질서나 억압이 없기 때문이다.

선계는 天上에도 있고 地上에도 있다. 허난설헌과 이춘영의 선계는 하늘에 있었다. 반면 양만고의 선계는 지상에 존재했다. 이수광의 선계는 꿈속이었다. 이들 유선문학에 나타나는 선계는 더할 수 없이 황홀하고 정신을 아득하게 하는 공간이다. 가장 아름답고, 자유로운 곳이며, 생로병사의 고통이나 현세의 시름이 전혀 자리하지 않는 곳이다. 꿈에서나마 만나는 이 공간은 현실에서 상처받고 왜소해진 자아의 의식을 소생시킴으로써 아무 얽매임도 없는 자유로운 비상을 가능케 한다. 삶의 세계가 일그러지고 비틀릴 때마다 적선 의식(謫仙意識)을 통해 현실을 이겨낼 수 있는 항체의 역할을 수행한다. 유선문학은 부정적 현실이 갖고 있는 결핍을 극복하는 선계 공간을 통해 초현실적 공간을 마련했다는 측면에서 환상적 성격과 연결된다.

셋째, 유선문학 속의 환상, 그 환상이 안고 있는 현실에 대한 부정 정신은 곧 환상의 속성이다. 유선문학은 유교 문화 속에서 인간의 의식을 알게 모르게 억압하고 왜곡하는 현실을 초월하려 하고 있다. 당(唐)나라의 이선(李善)은 유선문학에 대해 다음과 같이 말하고 있다.

모든 유선 작품은 속세를 더럽게 여기고 부귀영화를 하찮게 여기고 천상에서 노을을 먹고 낙원에서 옥을 복용하는 것을 한결같은 내용으로 하고 있다.169)

---

169) 李善 注, 「郭璞 遊仙詩」『昭明文選』: "凡遊仙之篇 皆所以滓穢塵網 錙銖纓紱, 食霞倒景, 餌玉玄都".

속세에서의 부귀영화의 추구는 유교 문학이 갖는 가장 기본적 속성이다. 유가는 지극히 현실적이며 현실에서의 입신양명을 추구한다. 보편적이며 불변의 것, 규범적인 것을 지향한다. 그러나 유선시는 기본적으로 속세에서의 일탈을 갈망한다. 자유롭게 노니는 삶을 추구하며 초월적인 세계로 나아가고자 한다.

하루 해 뉘엿한데 띳집에 취해 누워	醉臥茅齋天日晚
우연히 갑작스레 한 꿈꾸었지.	偶然遽遽成一夢
우뚝이 솟은 산이 눈앞에 보이더니	嵬然一山當眼前
아지랑이 푸른 안개 한없이 이어졌네.	蒸嵐翠霧相溸洞
천지를 압도할 듯 장쾌하기 짝이 없어	排天壓地壯無比
늘어선 뭇 산들은 항아리를 엎어 놓은 듯.	纍纍衆山如覆甕
그 가운데 한 골짝이 구름 사이 열리는데	中有一洞雲間開
화양동·소유동은 비길 바가 아니었네.	華陽小有無與共
해맑고도 빼어나며 높고도 그윽해라.	奇淸爽秀高而幽
어지러이 온갖 경치 앞을 다퉈 펼쳐지네	紛紛萬景爭來供
외로운 학 훨훨 날아 푸른 구름 위로 드니	翩然孤鶴上靑雲
그윽한 흥 어느 새 구름 향해 움직이네	逸興便向雲間動
천 길 나는 폭포 깊은 못에 떨어지니	千丈飛流下深淵
부딪치며 돌을 쳐서 바위 움푹 패였구나.	硼崖擊石相磨礱
초연히 홀로 걸으니 두 다리 가벼웁고	超然獨步雙脚輕
정신 맑고 뼈도 서늘, 마음은 제멋대로	神淸骨冷心自縱
한 사람이 날 따르며 단사(丹砂)를 건네주며	一人隨我贈丹砂
이것을 드시오면 하늘을 난다 하네.	謂言服此凌天狂
바람 타고 구만 리 장공에 훨훨 떨쳐 올라	乘風振奮九萬里
인간 세상 굽어보니 먼지만 자욱하구나.	下視九土煙塵瞢
인간의 천만 년을 고개 돌려 바라보다	回首人間千萬年

깨고 보니 세상일은 어찌 이리 바쁘더뇨   覺來世事何怱怱170)

　김인후의 「몽유청학동(夢遊靑鶴洞)」이라는 작품이다. 모든 사람들이 찾아 헤매지만 찾을 수 없는 세계, 청학동을 화자는 꿈에서나마 마음껏 노닌다. 몽유(夢遊) 속의 청학동에는 푸른 구름 위로 나는 청학이 있고, 두 다리는 가벼워져 어느 새 보허능공(步虛凌空)하는 신유(神遊)를 즐긴다. 선인은 화자에게 단사를 건네주며 어서 먹고 함께 구만 리 장공을 노닐어 보자고 권한다. 단사를 먹고 환골탈태하여 구사(九土)의 인간 세상을 굽어보니 발아래 인간 세상은 부옇게 뜬 먼지뿐이다. 저 먼지 구덩이 속에서 아웅다웅 다투며, 내 것이니 네 것이니 하며 싸우는 탐욕과 욕망이 끝없다.

　정신을 차려보니 나는 다시 티끌세상 속에 있다. 사람들은 바빠 죽겠다고 하면서도 자꾸만 일을 더 만들어 낸다. 이제 나는 그렇게 살지 않으리라. 마음에 침묵을 깃들이고, 선계로 돌아갈 그날을 예비하고 있으리라. 이렇게 해서 나는 어느덧 인간 삶의 미망(迷妄)을 훌훌 벗어 던졌다는 이야기이다.

　자유롭고 초월적인 선계 공간과 먼지만 자욱할 뿐 바쁘게만 돌아가는 현세 공간의 부질없음이 확연히 대비된다. 제멋대로 노니는 선계에서의 행동은 규범과 제도 속에 갇혀 사는 현실 공간에서의 일탈 심리를 반영한다. 현세를 먼지만이 가득한 세계로 규정하는 화자의 시선은 곧 아웅다웅하는 현세를 벗어나고픈 시인의 마음이다. 대부분의 유선시는 이처럼 자유로움을 추구하며 속세를 하찮게 여기 심리를 반영한다.

---

170) 金麟厚, 『荷西集』 卷4, 「夢遊靑鶴洞」.

환상성이 현실의 한계와 허구를 질문하고 그 규범을 위반하려는 욕망을 표현하는 양식이라면 유선문학이야말로 그러한 욕망을 직접적으로 드러낸다. 특히 조선 중기 환상의 틀은 당시 유교적 이데올로기가 지배적인 시대분위기에서 타자일 수밖에 없었던 도교적 사유를 기반으로 한다. 유선문학을 창작한 지식인들은 대체로 기존의 체제 속에 수렴되지 못하고 방외인의 삶을 살던 이들이었다. 그리하여 이들은 귀양지에 유배 간 몸으로 신선전에 몰입하는가 하면 정계의 등용에서 뒷자리에 내몰릴 수밖에 없던 현실에서 도교로 빠져들었다. 유교 질서에서 억압하고 금기시하는 자유로운 인간 욕망이 숨김없이 나타난다는 점만으로도 유선시에서의 환상성은 제도적 질서에 맞서는 것이다. 이외에도 이미 증명했듯 유선시는 인간에서 신선으로의 변신 모티프가 주요한 내용을 이루며 현실 너머 초월 세계를 지향하는 공통분모를 지닌다.

요컨대, 정쟁(政爭)의 소용돌이에 휩싸였을 때, 전쟁의 고통에 빠져 있을 때, 불우한 인생이 서글퍼질 때 중세기 지식인들은 선계로 비상(飛翔)하여 환상을 꿈꾸었다. 그곳은 현실의 고통이나 억압이 없다는 점에서 즐거운 도피였고 동경의 세계였다. 그러면서 한편으로 자유로움을 추구하고, 현실을 부질없다고 여기며, 현실 너머 세계를 꿈꾸었다는 점에서 기존 세계관과 질서에 대해 의문을 품는 성격의 것이었다. 무엇보다 유선시는 근본적으로 현실 너머 세계란 실재하는가에 대한 물음을 작자나 독자에게 던짐으로써 현실과 초월세계[선계(仙界)] 사이에서 끊임없이 머뭇거리게 만드는 양식인 것이다.

V. 결 론

본고는 유선문학의 개별적 양상을 밝히고 유선시가 당대 지식인들의 삶과 내면에 어떻게 작용하였는가를 밝히고자 한 글이다. 지식인들의 초월 세계에 대한 개별적인 꿈꾸기 방식, 문학적 형상화 방법 등에 대해 논해 보고 새로운 현실을 갈망하는 작가의 고독한 내면세계 등을 들여다보았다. 나아가 유선문학과 환상의 관계에 대해 살폈다. 유선문학은 초월세계에 대한 꿈꾸기이며 현실 너머의 세계를 갈망한다는 점에서 환상의 속성과 매우 밀접한 관련이 있다.

이를 위해 먼저 Ⅱ장에서는 유선문학의 유입과 흐름에 대해 알아보았다. 유선문학에는 시와 산문의 갈래가 있으나, 그 공통의 연원은 대체로 굴원(屈原)의 『초사(楚辭)』, 「원유(遠遊)」에서 찾았다. 곽박에 이르러 유선문학은 새로운 변화를 맞게 되는데 유선의 제재를 나열하거나 단순 제시에 그쳤던 이전 체재에서 벗어나 자신의 감개(感慨)를 기탁하였다.

우리나라의 유선문학 기원은 고려시대까지 소급되었다. 예종(睿宗)을 비롯한 곽여(郭興), 이중약(李仲若), 이자현(李資玄) 등의 고려 도교 1세대들이 세속(世俗)에 뜻 없이 자연과 벗하여 은일의 삶을 누리겠다는 뜻을 시문(詩文)에 밝혀 놓았다. 고려 초기의 유선문학은 승경(勝景)을 선계로 착각하거나 혹은 선계 같은 자연 속에 묻혀 살자는 선취시(仙趣詩)였다. 본격적인 유선문학은 대체로 김시습(金時

習)의 「능허사(凌虛詞)」 5수를 연원으로 한다. 뒤이어 조선 초기 성현(成俔), 심의(沈義) 등의 작가군의 유선시 창작이 있었다.

유선문학은 16~17세기에 오면 화려하게 꽃핀다. 악부시 작가라면 대부분 유선시 한두 수 정도는 창작할 정도였다. 특히 『악부신성(樂府新聲)』에 와서는 유선시의 비중이 앞 시기에 비해 뚜렷이 늘고 있어 주목된다. 이 시기에는 유선시에 대한 연작 경향이 엿보인다. 난설헌의 「유선사」 87수를 비롯하여 장경세(張經世)의 「유선사」 87수, 이춘영(李春英)의 「독신선전(讀神仙傳)」 53수, 허균(許筠)의 「상청사(上淸辭)」 18수, 「열선찬(列仙贊)」 30편 등이 있다. 독후감적인 성격을 띤 유선 작품들이 꽤 존재하는데 이를 통해 당대 신선전이 얼마나 폭넓게 읽혔는지를 짐작하게 된다.

17세기 후반 이후 18세기로 접어들면서 유선문학은 쇠퇴한다. 집권층에서는 도학(道學)의 권위를 한층 강화하는 방향으로 사상계의 분위기를 굳혀 갔고, 이단을 척결하고 명분론적 사회를 튼튼하게 세움으로써 당대의 사회문제를 해결하려는 수구적 움직임이 시대정신으로 나타났다. 유선문학 창작의 주요 주체들이 체제 안으로 수렴되면서, 유선문학 창작의 이유가 되었던 불만이 건전한 비판이나 적극적 참여로 바뀌게 된 것도 유선문학 쇠퇴의 한 원인이 되었다.

본고가 설정한 16~17세기는 유선문학이 가장 활발하게 창작된 시기이다. 여타 시기는 유선 작품이 드문드문 창작되었기 때문에 유선문학의 보편적 특질을 논하기에는 어려움이 있다. 그 가운데 본고는 허난설헌과 이춘영, 이수광과 양만고를 택하였다. 허난설헌은 조선 중기 유선문학의 선성(先聲)을 담당했을 뿐 아니라 양적인 면이나 질적인 면, 여성 유일의 유선 작가라는 점에서 빼놓을 수 없는 인물이

다. 이춘영은 당대 독후감 계열의 유선문학 창작 경향을 살펴보기 위
한 인물로서 선정하였다. 이수광은 기몽(記夢)류의 작품을 많이 남겼
는데 환상성이 꿈꾸기의 문제와 매우 관련 깊다는 점에서 다루었다.
양만고는 봉래 양사언의 장남으로서 감호집의 새로운 발견, 신선 찾
기라는 유토피아에 대한 갈망 의식 등을 살펴보고자 선정하였다. 여
타 작가들도 여럿 있으나 작품 양으로 보아 미미한 경우가 많고 이
들 네 인물의 작품 특질에 수렴될 여지가 많다. 따라서 이들 작가를
통해 유선문학의 다양한 특질을 아우를 수 있다고 본다. 특히 본고는
유선문학의 특질을 통해 환상성까지 짚어보는 데 궁극적 목적이 있
다. 따라서 형식적 특질에 관심을 두기보다, 환상성과 관계된 초월의
식, 인간의 욕망, 꿈꾸기 등에 초점을 두어 작업을 진행하기로 한다.

먼저 허난설헌(許蘭雪軒, 1563~1589)은 가장 많은 11제 99수에 달
하는 유선 작품을 남겼다. 조선시대에는 "여자의 재주 없음이 오히려
덕이다[女子無才便是德]"라는 논리가 사회를 지배했다. 현실에서의
불우(不遇)로 채워지지 않는 욕망을 난설헌은 유선으로 극복하고자
하였다. 닫힌 현실에 절망하며 자신의 바람과 한을 가지고 현실 세계
를 초월하여 선계로 날아갔다. 특히 난설헌의 유선문학에는 여선(女
仙)들이 주로 등장한다. 이 여선들에게 외로움이 주는 고통이란 없다.
스스로 남자를 선택하고, 대담하게 애정을 추구한다. 도교 고사에서
인물들을 빌려와 난설헌 자신의 마음을 대신 이입한 것으로 보인다.

허난설헌의 선계는 화려하고 설레는 공간으로 묘사되는 한편, 서글
프고 애상적 느낌이 배어난다. 난설헌의 시에는 '외롭다'라는 뜻의 글
자가 유독 많이 나온다. '孤', '獨' 등의 글자가 빈번하게 쓰여 그녀의
마음이 꽤 직접적으로 드러나 있다. 현실에서 흘린 눈물이 선계에서

도 무의식 속에 펼쳐지고 있는 것이다.

결국 난설헌의 유선문학은 현실 인식에 따른 한(恨)과 그 한을 벗어나려는 심리의 투영물이다. 난설헌이 현실에서 자신의 재능을 인정받고 남편과 행복한 생활을 꾸렸다면 그녀가 그린 선계는 어떠했을까. 아마도 남녀가 화합한 사랑을 노래했으리라고 쉽게 유추해 볼 수 있다. 다른 일반 작가들과 마찬가지로 외로움이 거세된 황홀한 곳으로써의 선계가 부각되었을 것이다. 그러나 그녀는 현실에서 삼한(三恨)을 겪어야 했다. 그런 까닭에 화려한 선계에서 노닐면서도 그녀는 여전히 인간 세상에서와 마찬가지로 고독했고 외로웠다. 선인(仙人)들이 누리는 불로장생(不老長生)이 그녀의 꿈은 아니었다. 그녀가 선계에서 얻고 싶었던 것은 삼한(三恨)의 현실을 벗어나 외로움을 극복하는 것이었다. 어릴 적부터 선계에 집을 지어 놓고 자신을 신선이라 여기며 스스로 선화(仙化)한 난설헌은 선계에서도 내면에 가득한 외로움을 씻지 못하고 슬픔과 애상이 깃든 시를 펼쳐내었다.

이춘영(李春英, 1563~1606)은 도학을 한 기록도 없으며 도교의 수행을 실천한 인물도 아니다. 조정이 부르면 곧바로 달려간 유자(儒者)였다. 복잡한 정치 현실과 불우한 지식인의 처지 속에서 이춘영은 신선전을 읽고 그 속에 나오는 화려한 선경으로 현실을 위로받았을 것이다. 허균은 「열선찬(列仙贊)」을 지으면서 그 서문(序文)에 "때때로 이를 보면서 신선을 그리는 마음을 달랜다 時觀之以釋懷仙之念云"라고 말한 바 있다. 신선전을 읽고 이에 대한 요약과 감상을 적어 놓고는 때때로 읽고 신선을 그려봄으로써 고단한 현실을 잊어 본다는 것이다.

신선전 독서는 작자의 현실을 억압하고 있는 현실에 대해 질문하고 그 규범에서 일탈하고자 하는 욕망을 간접적으로 드러낸다. 등고(滕固)는 유선문학에 대해 '그 속에 담긴 상징적 암시성을 통해 독자를 환상적이고 허무한 경계로 끌어들여 예술상의 정화 작용을 완성하는 것'이라고 지적한 바 있다. 그 가운데 이춘영의 「독신선전」 53수는 시인의 감정이입은 최대한 억제한 채 장면 위주로 시화하였다. 이춘영이 『태평광기』를 시로 옮김으로써 얻은 시적 창조는 무엇이며 또 이춘영이 꿈꾼 환상은 무엇이었는지를 자연스레 밝혀보고자 하였다.

이춘영은 신선전의 서사 구조를 옮기는 일에는 관심이 없어 보였다. 그가 관심을 가진 것은 화려한 선계, 아름다운 선계 이미지이다. 시인이나 작가는 수많은 제재 가운데 의미가 있는 특정한 소재를 선택하기 마련이다. 시 속에서 그려진 아름다운 선계에 대한 동경은 역설적으로 그가 발 딛고 있는 공간이 아름답지 못하다는 것을 말해 준다. 이춘영이 살다 간 시대는 전쟁을 두 번이나 겪어야 했던 시기이다. 양란으로 피폐해진 현실의 공간에 몸담으면서 평화로운 세계를 꿈꾸는 것은 보편적 인간의 마음이다. 그러나 그러한 공간은 현실적 유가의 세계에는 없었다. 그렇기에 그는 신선 고사 중에서도 특히 선계의 화려한 공간을 동경했고 그러한 장면만을 시화한 것이라 볼 수 있다.

이춘영의 시 속에는 선화(仙化)의 과정이나 구체적 방법 등이 나타나 있지 않다. 탈인간화, 즉 선화에 관심을 갖고 있으면서도 구체적 방법이 나와 있지 않은 것은 어떤 이유인가? 이춘영은 신선이 되는 방법 자체에 관심을 가진 것이 아니라 현실을 떠나 자유롭게 비상하는 자아를 꿈꾸었던 것이다. 이춘영은 황홀한 선계의 모습을 표현함으로써 현실의 고단함을 잊었을 테고, 하늘로 비상하는 이미지를 그려냄으로써 꿈속에서나마 완벽한 자유를 구가했다.

이처럼 「독신선전」은 단순히 신선전의 줄거리를 시화한 듯 보이나 그 속에는 끊임없이 현실 밖으로 뛰쳐나가고픈 시인의 갈망이 담겨 있다. 이는 비단 이춘영 개인만이 아닌, 당시 신선전을 즐겨 읽었던 중세기 지식인들의 공통적 모습이었다고 본다.

이수광(李晬光, 1563~1628)의 경우 「기몽(記夢)」의 형식을 빌려 시차(時差)를 두고 지속적으로 유선시를 창작하는 양상을 보여주는데, 이는 전작 창작과는 사뭇 다른 양상이다. 다른 작가들이 하나의 제목 아래 연작을 기술한 반면, 이수광은 끊임없이 유선에 대한 꿈을 실제로 꾸고 이를 기록하였다. 더욱이 동일 표제 아래 묶은 연작들을 제외한다면 이수광의 유선시 25제(題) 41수(首)와 문(文) 1제(題) 1수(首)는 16, 17세기 유선시 창작자 가운데 양적인 면에서도 수위를 차지한다.

이수광의 꿈꾸기는 일과성(一過性)에 그치는 것이 아니라 몇 해를 두고 지속적으로 계속된다. 일회성이 아닌 계속 반복되는 꿈꾸기라면 그 꿈에는 그만큼 절실한 갈망의 대상이 담겨 있다고 볼 수 있다. 곧 작가가 의식하든 안 하든 자의식의 편린들이 강하게 침투되어 있는 것이다. 프로이드의 말대로 꿈꾸기란 인간 무의식의 활동이며, 꿈에서 표현되는 것은 무의식의 소망이라 할 수 있다. 곧 꿈속 세계야말로 소망이 충족된 공간이자 불만족한 현실을 수정한 공간이다.

이수광은 꿈을 통하여 환상 세계-선계(天上仙界)-로의 도입을 시도하였다. 그러나 그에게 환상 세계는 막연한 망상의 공간이 아니라 고통을 치유해주는 공간이었다. 이수광 유선문학에 나타나는 선계는 더할 수 없이 황홀하고 정신을 아득하게 하는 공간이다. 가장 아름답고, 자유로운 곳이며, 생로병사의 고통이나 현세의 시름이 전혀 자리하지 않는 곳이다. 꿈에서나마 만나는 이 공간은 현실에서 상처받고 왜소해진 자아의 의식을 소생시킴으로써 아무 얽매임도 없는 자유로운 비상을 가능케 하였다. 그의 삶의 세계가 일그러지고 비틀릴 때마다 적선 의식을 통해 현실을 이겨낼 수 있는 항체의 역할을 수행하였다. 이수광의 유선문학은 부정적 현실이 갖고 있는 결핍을 극복하는 이미지의 제시를 통해 초현실적 공간을 마련했다는 측면에서 환상적 성격과 연결된다.

환상성을 "근대적 사유 너머에 있는 삶의 불가해성, 존재의 가없는 심연, 직설적 언어로 담을 수 없는 정서적 파토스 등을 담아내고자 하는 절실한 인식"171)이라고 정의할 때, 이수광의 유선문학이야말로 고통도 없고 소외의 아픔과 좌절이 없는 세상을 절실히 갈구한 노래로서, 괴로운 현실을 벗어나고픈 염원이 매우 선명하게 드러나 있다.

그러나 이수광의 유선문학은 단순한 현실에 대한 부정, 현실에 대한 도피는 아니다. 꿈꾸기가 사실임을 믿도록 하는 서문의 장치를 통해 환상의 공간을 현실 속으로 끌어들였다. 그럼으로써 그의 환상은 현실과 긴밀한 긴장 관계를 이루어 냈으며 현실에 대해 성찰, 탐색할 수 있는 발판을 만들어 주었다. 환상 체험을 통해 현재와의 단절을 꾀한 것이 아니라 현실을 강화하고 현실 삶의 고통과 불안을 무의식적으로 덜게 하는 효과를 가져다준 것이다.

허균(許筠)은 자유주의적이고 급진적인 문인(文人)이었다. 그의 유선문학은 시인 자신의 감정을 최대한 배재한 채 선계 장면을 마치 그림 그리듯 상세하고 구체적으로 형상화하고 있었다. 또한 시 분위기가 전체적으로 매우 역동적이고 생동감 있게 그려졌다. 역동적이고

---

171) 고미숙, 「대중문학론의 위상과 '전통성'에 대한 비판적 접근」, 『문학동네』 1996년 여름호, 62면.

생동감 있는 분위기 창출은 작가 자신뿐만 아니라 독자에게도 신선한 기분을 던져준다. 허균은 불만족한 현실, 끊임없이 구속당하는 현실이 힘들 때면 신선의 세계를 찾아 대리 만족을 느꼈다. 자유로운 신선들의 행위를 선택하여 절대 자유를 향한 시인의 바람을 마음껏 담아냈다. 호탕하고 자유로운 신선들의 모습은 세속에서 거리낌 없이 자유분방하게 살다 간 시인 자신의 또 다른 투영물이었던 셈이다.

요컨대 허균의 유선문학작품은 16~17세기 유선문학의 다양한 모습을 반영한다. 「상청사(上淸辭)」와 「열선찬(列仙讚)」에서 보이는 생동감 있고 역동적인 선계 모습에서부터 「몽유연광정부(夢遊鍊光亭賦)」와 「몽기(夢記)」의 선계 오유에서 보이는 적선 의식, 「남궁선생전(南宮先生傳)」과 『동국명산동천주해기(東國名山洞天註解記)』에 나타나는 실제 존재하는 공간으로써의 선계 인식 등은 허균 자신의 선계 인식이자 당대인들의 신선사상에 대한 심리를 선명하게 반영한다.

감호(鑑湖) 양만고(楊萬古, 1574~1654) 또한 신선 세계를 갈망하고 신선을 찾아다닌 조선 중기의 유자(儒者)이다. 본고는 『감호집(鑑湖集)』에 실린 「은적암비승(隱寂庵飛僧)」, 「증신승의천(贈神僧義天)」, 「적소이선기(謫嘯二仙記)」, 「영원동우선기(靈源洞遇仙記)」, 「중구서운암(重構瑞雲菴)」을 중심으로 조선 중기 신선 찾기의 단면을 살펴보았다. 이 작품들은 양만고가 겪었거나 직접 들은 신선 이야기를 다루고 있다.

양만고는 신선을 보고 들은 것에 그치지 않고, 직접 신선이 되고자 신선이 되는 방법에 대해서 상세히 설명하고 있다. 양만고의 신선 체험은 상상이나 꿈, 혹은 독서를 통한 간접 경험이 아니었다. 고대 중국의 신선전에서 유형화되었던 장면을 그대로 빌려 오지도 않았다. 신선을 실제로 만난 인물들을 통해 혹은 본인이 직접 경험한 일을 통해 우리의 공간, 우리의 신선을 입전(立傳)시켰다. 늘 유람하던 금강산에 선계가 있었으며 주변의 인물들 누구나 신선을 만날 수 있었다. 그에게 신선은 책 속에서나 볼 수 있는 가상의 인물이 아니었으며, 선계는 상상을 통해서나 갈 수 있는 공간이 아니었다. 자신이 살고 있는 일상의 공간에 선계는 존재했으며 오랜 수련과 연단을 쌓으면 누구나 신선이 될 수 있었다. 양만고에게 선계는 현실이요, 실재하는 세계였다.

양만고의 신선에 관한 의식은 16~17세기 유선문학에 중요한 의미를 부여한다. 양사언과 양만고에 이르면 천상의 신선이 땅으로 내려오게 된다. 양만고의 유토피아는 더 이상 추상적, 관념적 공간이 아니다. 그가 발 딛고 있는 우리 땅, 일상의 공간에도 존재할 수 있는 구체적, 현실적 공간이다. 더 이상 유토피아를 찾아 바다로, 하늘로 가지 않아도 되었던 것이다. 양만고가 묘사한 선계는 전혀 화려하지 않을 뿐더러, 일상의 삶에서도 언제든지 만날 수 있는 공간이다. 선계 공간에서 늘 등장하는 옥이라든가 금, 향기나 기화요초(琪花瑤草)의 이미지는 전혀 언급되지 않았다. 지극히 일상적이고 평범한 우리나라의 공간, 이것이 감호가 그린 선계 공간의 특징이다.

양만고의 신선담은 대체로 작가 본인이 직접 체험한 경험이 아니다. 대부분 제 삼자가 겪은 실제 체험을 양만고에게 이야기하는 형식을 취하고 있다. 흥미롭게도 이야기를 들려준 발화자(發話者)에게 공통적 특징이 있다. 신선을 부인하는 인물들이라는 점이다. 뿐만 아니다. 양만고 자신도 허탄한 망상을 금기시하는 유자(儒者)의 입장을 면면히 밝히고 있다. 신선의 존재를 부정하던 자들이 신선을 만났다고 이야기할 경우 상대방으로 하여금 실체에 대해 확신을 하도록 해

준다. 양만고가 만난 신선담 발화자들은 하나같이 신선을 부인하던 인물들이다. 오히려 그렇기 때문에 독자들에게는 신선의 존재, 신선의 공간이 더 신빙성 있게 들린다. 감호가 노린 효과는 바로 이러한 점이었을 것이다.

Ⅳ장에서는 유선문학의 환상성에 대해 논하였다. 환상은 사실에 대한 인식 위에 자리 잡고 있다는 흄의 말에 귀를 기울일 때 환상과 경이로움은 구별되어야 한다. 경이로움은 두려움과 공포를 주지만 환상은 즐거움과 유희를 가져다준다. 저 먼 세계에 대한 도피를 통해 마음껏 즐기고 동경한다. 토도로프의 망설임이나 톨킨의 즐거움, 로즈마리 잭슨의 전복 등 환상에 대한 제 정의는 비록 미메시스의 한계에 대한 의문으로 제기된 것이긴 하나 현실과 깊이 관련해 있다. 표면적으로 초현실적이고 불가능한 사건이 나타났을 때 심리적으로 받아들이기 어려운 영역은 경이로움이지 환상이 아니다. 환상은 비록 초현실적인 상황이라 하더라도 실재할 수 있다는 심리를 갖는다. 곧 환상은 현실적인 것과 초현실적인 것, 가능한 것과 불가능한 것, 믿는 것과 믿을 수 없는 것 사이에 있다. 그 가운데서 끊임없이 망설이며 모호성을 갖는다.

환상은 추악하고 부조리한 현실로부터 도피하는 탈출구이며 고통스런 삶에 대한 위안이자 보상이다. 환상은 가려졌던 문화, 부재하게 만든 문화를 추적하고 법과 질서, 기존의 가치관을 조롱하고 의도적으로 이에서 일탈하고 현존 질서 밖의 세계를 묘사함으로써 현실을 전복한다.[172] 그러므로 환상은 끊임없이 리얼리티로부터 탈출하려

---

172) 이도흠, 「신화와 판타지; 해방의 출구인가, 억압의 장인가」, 『문학과 경계』 2002년 봄호.

하지만 궁극적으로 도달하려는 세계는 또 다른 실재의 세계이다. 곧 인간은 끊임없이 현실을 도피하고자 환상을 꿈꾸지만 그 꿈꾸는 세계는 단순히 허무맹랑한 세계가 아니라 인간의 진정성이 담겨 있는 실재의 세계일 수 있다. 그러므로 작자나 독자는 환상의 세계를 단순히 초자연적인 세계로 치부하지 못하고 현실과 초현실 사이에서 끊임없이 머뭇거리게 되는 것이다.

이러한 점에서 동양의 환상은 오히려 환상의 특성을 더 잘 반영하고 있는 듯하다. 현실과 이성을 중시하는 서양과 달리 동양은 초감각적이고 초현실적인 세계를 실재하는 세계로 받아들였다. 신선이라든가 유토피아의 세계는 단지 허무맹랑한 이야기가 아니라 실재한다고 믿어지는 존재였다. 그러한 환상적 존재는 늘 현실에 깊이 뿌리박혀 있었다. 따라서 우리 고전 문학이야말로 환상성을 논하기에 매우 유효한 것이다.

동양적 환상을 이해하는 표지로써 기(奇)와 이(異)를 다루었다. 중국 문학에서 환상성과 관련하여 빈번하게 출현하는 글자들을 살펴본 후 가장 빈번하게 등장하는 글자로서 '신(神), 기(奇), 이(異), 묘(妙)' 등을 추출하여 그 정당성을 논해보았다.

기(奇)나 이(異)는 평범하지 않은 특별한 일, 상식적인 논리나 이성을 넘어서는 상황을 반영하였다. 괴(怪)가 현실과는 동떨어진 내용을 담았다면 기(奇)는 현실과의 관계 속에서 의미가 드러나기도 하였다. 기이(奇異)한 이야기에서 다루는 세계에 대해 독자들은 거부감이나 혐오감을 느끼지 않았다. 그 세계에 대해 혐오하지 않는다는 것은 두려움이나 공포감을 갖지 않고 대한다는 말이다. 오히려 그 세계를 꿈꾸며 동경하기도 한다. 이는 동양의 기이(奇異)는 경이나 공포의 영역에 있지 않고 환상의 영역에 있음을 말해 준다. 기이한 이야기에서 다루는 세계는 있어야 할 세계, 인간이 꿈꾸는 세계이다. 작품 속 등장인물들은 초월적 인간이 되기를 열망하였다. 영원불멸의 삶을 산다거나 하늘을 난다거나 불로장생하는 소망이 이야기에 나타났다. 그리고 그것은 단지 허무맹랑한 불가능한 꿈이 아닌 실제로 일어날 수 있다고 믿는 꿈이었다.

이를 바탕으로 유선문학이 환상성을 제대로 드러내는가를 살펴보았다. 토도로프는 시는 환상문학이 될 수 없다고 했다. 소설처럼 망설임의 상태를 지속적으로 끌어내기가 어렵고 시는 재현적이 아니라서 환상을 유발할 수 없다고 했다. 토도로프는 현실의 재현보다 이미지의 상상에 주력하는 시를 부정적으로 본 것이다. 하지만 반론을 제기하는 김경복의 논의를 토대로 유선시는 환상성의 표지를 전부 갖추고 있음을 밝히고자 하였다. 곧 유선시는 주로 선계 공간을 이미지화하기에 묘사적이며, 다루는 대상은 전부 초현실적 영역이다. 또 유토피아를 시 속에서 재현시킨다. 더구나 유선시는 환상문학의 기본 자질인 비합리성, 초월성, 변신을 전부 가지고 있다.

근거를 좀더 구체적으로 따져보았다. 우선 유선문학은 기본적으로 꿈꾸기의 산물이다. 초현실적이며 불가능한 사건을 창작가가 경험하기도 하지만 독자에게도 경험시킨다.

둘째, 유선시의 선계 공간은 이(異)의 특성을 보여준다. 나아가 선계 공간의 모습과 선계에서 노닐기는 기(奇)의 특성이 잘 드러난다. 환상에서 중요한 요소 중 하나는 '공간'의 문제이다. 환상적 공간은 즐거운 도피처이며 욕망이 충족된 공간이다. 현실에 있지는 않으나 실재한다고 믿어지는 세계이다. 환상문학의 동양적 공간이 바로 용궁이나 지옥, 선계 등이다. 그 공간은 자유로운 꿈꾸기가 보장되며 현실의 고통이 거세되어 있다. 그 가운데 유선시는 선계를 설정한다.

선계는 天上에도 있고 地上에도 있다. 허난설헌과 이춘영의 선계는 하늘에 있었다. 반면 양만고의 선계는 지상에 존재했다. 이수광의 선계는 꿈속이었다. 이들 유선문학에 나타나는 선계는 더할 수 없이 황홀하고 정신을 아득하게 하는 공간이다. 생로병사의 고통이나 현세의 시름이 전혀 자리하지 않는 곳이다. 꿈에서나마 만나는 이 공간은 현실에서 상처받고 왜소해진 자아의 의식을 소생시킴으로써 아무 얽매임도 없는 자유로운 비상을 가능케 한다. 삶의 세계가 일그러지고 비틀릴 때마다 적선 의식을 통해 현실을 이겨낼 수 있는 항체의 역할을 수행한다. 유선시는 부정적 현실이 갖고 있는 결핍을 극복하는 선계 공간을 통해 초현실적 공간을 마련했다는 측면에서 환상적 성격과 연결된다.

셋째, 유선문학 속의 환상, 그 환상이 안고 있는 현실에 대한 부정 정신은 곧 환상의 속성이다. 유선문학은 유교 문화 속에서 인간의 의식을 알게 모르게 억압하고 왜곡하는 현실을 초월하려 하고 있다. 대부분의 유선시는 자유로움을 추구하며 속세를 하찮게 여기는 심리를 반영한다. 환상성이 현실의 한계와 허구를 질문하고 그 규범을 위반하려는 욕망을 표현하는 양식이라면 유선문학이야말로 그러한 욕망을 직접적으로 드러낸다. 유선문학을 창작한 지식인들은 대체로 기존의 체제 속에 수렴되지 못하고 방외인의 삶을 살던 이들이었다. 유교 질서에서 억압하고 금기시하는 자유로운 인간 욕망이 숨김없이 나타난다는 점만으로도 유선시에서의 환상성은 제도적 질서에 맞서는 것이다. 이외에도 유선시는 인간에서 신선으로의 변신 모티프가 주요한 내용을 이루며 현실 너머 초월 세계를 지향하는 공통분모를 지닌다.

요컨대, 정쟁(政爭)의 소용돌이에 휩싸였을 때, 불우한 인생이 서글퍼질 때 중세기 지식인들은 선계로 비상(飛翔)하여 환상을 꿈꾸었다. 그곳은 현실의 고통이나 억압이 없다는 점에서 즐거운 도피였고 동경의 세계였다. 한편으로 자유로움을 추구하고, 현실을 부질없다고 여기며, 현실 너머 세계를 꿈꾸었다는 점에서 기존 세계관과 질서에 대해 의문을 품는 성격의 것이었다. 무엇보다 유선시는 근본적으로 현실 너머 세계란 실재하는가에 대한 물음을 작자나 독자에게 던짐으로써 현실과 초월세계[선계] 사이에서 끊임없이 머뭇거리게 만드는 양식이라 하겠다.

참고문헌

1. 資　料

『山海經』

『梧溪集』

『莊子』

『全唐詩』

『直指鏡』

『參同契註解』

『靑鶴集』

『枕中書』

『太平廣記』

『抱朴子』

『海東異蹟』

『海東傳道錄』

瞿佑, 『剪燈新話句解』

權韠, 『石州集』

金時習, 『梅月堂集』

申欽, 『晴窓軟談』

楊萬古, 『鑑湖集』

楊士彦, 『蓬萊詩集』

柳夢寅, 『於于野談』

李睟光, 『芝峰類說』

李睟光, 『芝峯集』

李德楙, 『靑莊館全書』

李穡, 『牧隱集』

李崇仁, 『陶隱集』

李承召, 『續東門文選』

李仁老, 『破閑集』

李春英, 『體素集』

林椿, 『西河集』

鄭斗卿, 『東溟集』

丁若鏞, 『與猶堂全書』

趙緯韓, 『玄洲集』

周中孚, 『鄭堂讀書記』

許篈, 『荷谷集』

許筠, 『惺叟詩話』

許筠, 『惺所覆瓿藁』

許筠, 『鶴山樵談』

許楚姬, 『蘭雪軒詩集』

黃節, 『曹子建詩注』

2. 著 書

김용덕, 『韓國傳奇文學論』(민족문화사, 1987).

김용석, 『깊이와 넓이 4막 16장』(휴머니스트, 2002).

김용석, 『문화적인 것과 인간적인 것』(푸른숲, 2000).

김점용, 『미당 서정주 시적 환상과 미의식』(국학자료원, 2003).

金埈五, 『詩論』(三知院, 1995).

권육상, 『정신건강 심리치료-꿈 해석과 정신 분석』(학문사, 1999).

김낙필, 『권극중의 내단사상』(서울대학교 박사학위논문, 1990).

김명희, 『난설헌의 문학』(동국대학교 박사학위논문, 1987).

김명희, 『허부인 난설헌, 시 새로 읽기』(이회, 2002).

김미영, 『최인훈 소설의 환상성 연구』(한양대학교 박사학위논문, 2003).

박영호, 『허균 문학과 도교사상』(태학사, 1999).

박정수, 『현대 소설과 환상』(새미, 2002).

손찬식, 『조선조 도가의 시문학 연구』(국학자료원, 1995).

吳海仁, 『蘭雪軒詩集』(海仁文化舍, 1980).

袁珂 저, 전인초·김선자 옮김, 『중국신화전설 Ⅱ』(민음사, 1998).

윤미길, 『權克中 연구』(고려대학교 박사학위논문, 1989).

李健清, 『韓國田園詩 연구』(文學世界社, 1986).

이도흠, 『화쟁기호학, 이론과 실제』(한양대학교출판부, 1999).

이문규, 『허균 산문문학 연구』(삼지원, 1986).

이숙희, 『허난설헌시론』(새문사, 1990).

이숙희, 『허난설헌의 시연구』(고려대학교 박사학위논문, 1987).

이연재, 『고려시와 신선사상의 이해』(아세아문화사, 1989).

이종묵, 『한국 한시의 전통과 문예미』(태학사, 2002).

이종은, 『韓國詩歌上의 道敎思想 硏究』(보성문화사, 1982).

이종은, 『한국의 도교문학』(태학사, 1999).

이학주, 『동아시아 전기소설의 문학세계』(북스힐, 2002).

정민, 『목릉문단과 석주 권필』(태학사, 1999).

정민, 『미쳐야 미친다』(푸른역사, 2004).

정민, 『초월의 상상』(휴머니스트, 2002).

정재서, 『동양적인 것의 슬픔』(살림, 1996).

정재서, 『불사의 신화와 사상』(민음사, 1995).

최삼룡, 『한국초기소설의 道仙思想』(형설문화사, 1982).

허경진, 『허균시 연구』(평민사, 1984).

허미자, 『허난설헌 연구』(성신여대 출판부, 1984).

顔進雄, 『唐代 遊仙詩 硏究』(文津出版社有限公司, 1996).

李豐楙, 『憂與遊－六朝隋唐遊仙詩論集』(臺灣學生書局, 1996).

李豐楙, 『誤入與謫降』(臺灣學生書局, 1996).

C. N. Manlove, 「On the Nature of Fantasy」, 『*The aesthetics of
    Fantasy Literature and Art, ed.*』 Roger C. Schlobin(Univ. of
    Notre Dame Press, 1982).

Jerome Stolnitz 저, 오병남 역, 『미학과 비평철학』(이론과 실천, 1999).

Kathryn Hume 저, 한창엽 역, 『환상과 미메시스』(푸른나무, 2000).

Rosemary Jackson, 서강여성문학연구회 역, 『환상성－전복의 문학』
    (문학동네, 2001).

S. 지젝 저, 김종주 역, 『환상의 돌림병』(인간사랑, 2002).

S. Freud, 박찬부 역, 『쾌락 원칙을 넘어서』(열린책들, 1997).

S. Freud, 정장진 역, 『창조적인 작가와 몽상』(열린책들, 1996).

Sigmund Freud 저, 김대규 역, 『꿈의 해석』(그레이트북, 1994).

T. Todorovd 저, 이기우 역, 『환상문학 서설』(한국문화사, 1996).

3. 論 文

강민경, 「李睟光 遊仙詩의 幻想과 超越」, 『韓國漢文學硏究』 26집(한
    국한문학회, 2000).

강민경, 「조선 중기 지식인의 신선전 독서 경향과 詩化」, 『도교문화
　　　연구』 17집(한국도교문화학회, 2002).

강민경, 「許蘭雪軒 유선시의 표현기법 연구」, 『한국 도교 문화의 초
　　　점』(아세아문화사, 2001).

고미숙, 「대중문학론의 위상과 ‘전통성’에 대한 비판적 접근」, 『문학
　　　동네』 1996년 여름호.

곽선희, 「허난설헌의 유선사 고구」(동국대학교 석사학위논문, 2000).

길진숙, 「허난설헌-페미니즘과 섹슈얼리티의 외부」(수유연구소 겨울
　　　강좌원고, 2003).

김경복, 「한국 현대시에 보이는 환상성의 의미」, 『외국문학』 97년 가
　　　을호.

김상훈, 「사이버펑크의 과거, 현재, 미래」, 『외국문학』 97년 가을호.

김석하, 「허초희의 유선사연구」, 『한문학연구』(국어국문학회, 정음문
　　　화사, 1981).

김성곤, 「미국 포스트모던 소설과 환상문학」, 『상상』 96년 가을호.

김욱동, 「환상적 상상력과 소설」, 『상상』 96년 가을호.

김종순, 「여류의 유선세계-난설헌과 소설헌의 유선사 비교」, 『온지
　　　논총』 7집(온지학회, 2001).

김종순, 「허난설헌 문학과 생에 대한 페미니즘 연구-닫힌 사회에서
　　　의 자아를 찾아서」, 『한성어문학』 14집(한성대학교, 1995).

김춘식, 「데카르트가 모르는 곳」, 『문학동네』 2001년 봄호.

김춘진, 「‘알렙’과 ‘픽션집’-혼돈의 시대와 환상문학의 논리」, 『외국

　　　　문학』 97년 가을호.

김현, 「행복의 상상력」, 『상상력과 인간/시인을 찾아서』(문학과 지성
　　　　사, 1993).

김현자, 「21세기 문명과 신화」, 『문학과 경계』 2002년 봄호.

문경현, 「허난설헌 연구」, 『한문학연구』(정음사, 1981).

박설호, 「문학과 환상에 관한 12개의 테제」, 『실천문학』(2000, 겨울호).

박은정, 「蓬萊 楊士彦의 '또 다른 세상'」, 『한국 도교 문화의 초점』
　　　　(아세아문화사, 2001).

박종탁, 「중남미 현대소설과 환상적 리얼리즘」, 『오늘의 문예비평』
　　　　96년 겨울호.

박현규, 「허난설헌 시작품의 표절 실체」, 『한국한시연구』 8집(한국한
　　　　시학회, 2000).

박현규, 「허난설헌의 또 하나의 중국간행본 '취사원창'」, 『한국한문학
　　　　연구』 26집(한국한문학회, 2000).

브루스 프랭클린·김상률 옮김, 「리얼리즘에서 가상 현실까지 ─ 미국
　　　　전쟁들의 이미지」, 『외국문학』 97년 가을호.

서동욱, 「아이와 초월」, 『세계의 문학』(민음사, 1999 가을호).

서재남, 「허난설헌과 그 시세계 ─ 신선사상을 중심으로」(숭전대학교
　　　　석사논문, 1984).

손찬식, 「청하 권극중의 金丹詩의 이해」, 『온지논총』 3집(1997).

손찬식, 「추강(秋江) 남효온(南孝溫)의 시세계(詩世界)」, 『어문논집』
　　　　33(고대 국어국문학연구회, 1994).

송병선, 「중남미 문학의 환상과 마술」, 『상상』 96년 가을호.

안동준, 「북창 정렴의 嘯와 도교 음악」, 『도교문화연구』 15집(동과서, 2001).

안병국, 「태평광기의 이입과 영향」, 『온지논총』 6(온지학회, 2000).

이도흠, 「신화와 판타지―해방의 출구인가, 억압의 장인가?」, 『문학과 경계』 2002년 봄호.

이동근, 「허균 傳의 문학사적 一考察」, 『관악어문연구』 13(서울대학교 국어국문학과, 1988).

이승수, 「19세기 지식인의 장편 소설과 타자들의 연환성」, 『한국도교문화의 초점』(아세아문화사, 2000).

이승수, 「서사에서 환상과 여성의 인접성과 그 의미」, 『한국고전여성문학연구』 2집(한국고전여성문학회, 2001).

이신성, 「'鑑湖集 所載 '遊楓岳錄'에 대하여」, 『韓國古典散文硏究』(보고사, 2001).

이신성, 「'鑑湖集 所載 作品'의 이해」, 『韓國古典散文硏究』(보고사, 2001).

이재실, 「환상문학이란 무엇인가」, 『오늘의 문예비평』 96년 겨울호.

임준철, 「차천로 시세계의 연구」(고려대학교 석사학위논문, 1996).

임혹희, 「환상, 그 위반의 시학」, 『여/성이론』 2호(1999년).

장석주, 「환상의 제국」, 『상상』 96년 가을호.

장영란, 「우리 신화학은 어디에 서 있는가?」, 『문학과 경계』 2002년 봄호.

장진, 「허난설헌론」(동국대학교 석사학위논문, 1979).

정민, 「16, 7세기 유선시의 자료개관과 출현동인」, 『韓國道敎思想의 理解』(아세아문화사, 1990).

정민, 「비기(秘記)의 문화사, 허균의 동국명산동천주해기」, 『초월의 상상』(휴머니스트, 2002).

정민, 「실락원의 비가, 유선시」, 『한시미학산책』(솔 출판사, 1996).

정민, 「유선문학의 서사구조와 갈등 층위」, 『韓國道敎와 道敎思想』(아세아문화사, 1991) 정민, 「유선사부의 도교적 상상력」, 『韓國學論集』 26집(한양대 한국학연구소, 1995).

정민, 「조선 전기 유선사부 연구」, 『道敎의 韓國的 變容』(아세아문화사, 1996).

정연봉, 「허난설헌 한시의 연구」(고려대학교 석사학위논문, 1979).

정재서, 「중국 환상문학의 역사와 이론」, 『중국어문학지』 8집(중국어문학회, 2000).

정재서, 「'溫城世稿'를 통해 본 朝鮮朝 丹學派의 理念的 性格」, 『한국정신과학학회지』 제1권 제2호(한국정신과학학회, 1997).

정재서, 「韓國 道敎文學에서의 神話의 專有」, 『道敎文化硏究』 제14집(한국도교문화학회, 2000).

정재서, 「한국 도교의 기원론에 대한 검토」, 『한국종교연구』 제3집(서강대학교 종교연구소).

최삼룡, 「古阜道人 권극중의 면모에 대한 고찰」, 『比斯伐』(전북대, 1984).

최일범, 「권극중 禪丹互修에 관한 연구」, 『동양철학연구』 9집(1988).

최일범, 「청하자 권극중의 성리학에 관한 소고」, 『동양철학연구』 7집(1986).

츠베탕 토도로프·하태환 옮김, 「문학과 환상」, 『세계의 문학』 97년 여름호.

크리스 발딕·이병호 옮김, 「위반의 이야기, 산업의 우화」, 『세계의 문학』 97년 여름호.

프라코 모레티·조형준 옮김, 「공포의 변증법」, 『세계의 문학』 97년 여름호.

홍순석, 「봉래 양사언 시 연구」, 『東洋學』(단국대학교, 동양학연구소, 2000).

홍인숙, 「난설헌이라는 소문에 접근하기－유선사의 정신분석학적 분석을 중심으로」, 『한국고전여성문학회 하계학술대회 발표요지』(2003).

황국명, 「90년대 소설의 환상성, 그 상상력의 모험」, 『외국문학』 97년 가을호.

황병하, 「환상문학과 한국 문학」, 『세계의 문학』 97년 여름호.

황순재, 「사이버공간에서 환상적 글쓰기」, 『오늘의 문예비평』 96년 겨울호.

簡翠貞, 「李義山詩多用仙典試解」, 『新竹師專學報』(1968).

康 萍, 「論魏晉遊仙詩的興衰與類別」, 『中外文學』(中外文學月刊社, 1962).

顧 農, 「曹操遊仙詩新論」, 『山東師大學報』(1993).

唐亦璋, 「神仙思想與遊仙詩研究」, 『淡江學報』(1965).

廖明君, 「生命的渴望與理想」, 『暨南學報』(1993).

劉　瑜,「龔自珍'小遊仙詞十五首'的藝術特徵」,『山東社會科學』(1993).

吳淑玲,「唐詩中的仙境傳說硏究」(東海中文所碩士論文, 1887).

王宜瑗,「輕擧與回歸」,『國文天地』(國文天地敎誌社, 1984).

李劍國,「唐五代志怪傳奇敍錄」,『中國小說硏究會報』26호(1996. 6).

李光哲,「魏晉　遊仙詩　仙境考」,『中國語文學論集』(中國語文學硏究會, 2000).

李乃龍,「論仙與遊仙詩」,『西北大學學報』(1995).

李永平,「遊仙詩死亡再生母題」,『中國古代近代文學硏究』(1997).

李豊楙,「郭璞遊仙詩變創說之提出及其意義」,『古典文學』6(臺灣, 學生書局, 1984).

李豊楙,「曹唐大遊仙詩與道敎傳說」,『中華學苑』(國立政治大學中國文學硏究所, 1980).

林文月,「從遊仙詩到山水詩」,『中外文學』(中外文學月刊社, 1962).

張鈞莉,「六朝遊仙詩硏究」(臺大中文所碩士論文, 1887).

鄭土有,「神話: 神仙信仰的文學」,『中外文學』(中外文學月刊社, 1979).

蔡仁堅,「中國煉丹術的歷史·科學與藝術」,『中華文化復興月刊』.

彭　毅,「在中國古代文學裏遊仙思想的形成」,『中外文學』(中外文學月刊社, 1979).

何錡章,「灶神考源」,『大陸雜誌』35권 12기.

黃坤堯,「郭璞'遊仙詩'淺析」,『孔孟月刊』(孔孟月刊社).

· 저자 ·

강민경 서울에서 태어나 한양대학교 국어국문학과를 졸업하고 동대학원에서 박사학위를 받았다. 무언가를 쓰는 것이 삶에 대한 보답이라 여기며, 고전텍스트의 즐거움을 어린이들에게 알려주는 작업을 하고 있다. 논문으로 「조선 중기 지식인의 신선전 독서경향과 시화」, 「감호 양만고의 신선설화」 등이 있으며, 동화책 『아이떼이떼 까이』, 『까만 달걀』 등을 썼다.

조 · 선 · 중 · 기

유선문학과 환상의 전통

· 초판 인쇄	2007년 4월 20일
· 초판 발행	2007년 4월 20일
· 지 은 이	강민경
· 펴 낸 이	채종준
· 펴 낸 곳	한국학술정보㈜
	경기도 파주시 교하읍 문발리 526-2
	파주출판문화정보산업단지
	전화 031) 908-3181(대표) · 팩스 031) 908-3189
	홈페이지 http://www.kstudy.com
	e-mail(출판사업부) publish@kstudy.com
· 등 록	제일산-115호(2000. 6. 19)
· 가 격	25,000원

ISBN 978-89-534-6611-1 98810 (Paper Book)
      978-89-534-6612-8 98810 (e-Book)